我殺的人與殺我的人

僕が殺した人と僕を殺した人

東山彰良

作者序

這是我以臺灣為舞臺寫的第二本小說。

上一本小說《流》的故事在一九七五年拉開序幕，當初將故事設定在那個年代的最大原因，是因為《流》的主人翁是以我父親為原型。在以我父親的青春時代為題材的同時，也想寫下了我記憶中的臺北街道。

我五歲左右離開臺灣，之後一直在日本生活，一九七五年剛好是我經常在日本和臺灣之間往返的時期。我對臺灣的記憶有一大半來自更早之前的生活，這些記憶至今仍然綻放出強烈而生動的光芒，繼續活在我內心。我相信自己改造了某些經過漫長歲月漸漸模糊的記憶和印象。人類的記憶有自淨作用，曾經對感情造成極大震撼的慘痛經驗，經過時間的洗禮，逐漸磨去了稜角，原本的真相變得像水母般模糊。我們往往會在事後賦予一些平淡的日常記憶新的意義，時而引領我們前進，時而令我們自責。我在臺北生活的往日記憶，也許在不知不覺中被我自己改寫了，但正因為如此，所以才更美好，才更加綻放出燦爛的光芒。《流》這本小說中，充滿了許許多多這樣的個人記憶。

我將這部小說舞臺設定在一九八四年。一九八四年，正是我十六歲那一年，比這個故事中出現的四名少年——鍾詩雲、林立剛、林立達和沈杰森——稍微年長。那時候，我都生活在日本，只有每年暑假回臺灣，所以，我對臺灣的記憶都是關於盛夏季節——火傘高張和暑假的自由，驚險刺激的街道和冒險的預感。我想要把這些記憶融入這部小說，但同時又希望和《流》不同，這次想要寫一個沉痛的故事。如果說，《流》是光，那我希望這部小說是影，所以，在這個故事中，沒有發生任何奇蹟。

為什麼會寫下這樣的故事？我相信是基於對自己不曾有過在臺灣度過少年時代的嚮往，以及孤寂的灰心。如果有人問我：「這四名少年中，哪一個最像你自己？」我應該會回答是鍾詩雲。我在少年時代和他一樣，很崇拜那些太保，所以也學他們做了一些惹人討厭的事，但最後依然是老樣子。

我在讓日本讀者閱讀的前提下創作了這本小說，雖然小說中提到有關政治、歷史和民族方面的問題，但目的是為了讓日本讀者瞭解臺灣，更吸引他們進入故事的世界。雖然我如實地記錄了自己的記憶，但可能有些部分與事實有出入，這些日本人不可能瞭解的表達方式，將面對臺灣讀者的嚴格考驗，不知道臺灣讀者會如何看這個故事。老實說，我內心的戰戰兢兢並不亞於期待。

以前曾經有一條鐵路沿著中華路延伸，我在故事中，將這條鐵路描寫成區分本省人和外省人的象徵性分界線。在我的記憶中，那條鐵路的確發揮了那樣的作用，但那僅止於我個人的印象。這次在推出臺灣版的時候，我並沒有針對這個部分加以修改。因為我希望珍惜自己的記憶。

王蘊潔女士繼《流》之後，再度為這本小說翻出了出色的譯文。由她擔任這本小說的翻譯工作，我就高枕無憂了。同時也非常感謝尖端出版社的各位編輯。

這三十年來，臺灣發生了巨大的改變。如今的臺北已經沒有當年那條鐵路了，但三十年前的確存在，我認為自己不能忘記這件事。臺灣現在拆除了這條鐵路，我認為這也是一件美好的事。

二〇一八年六月　東山彰良

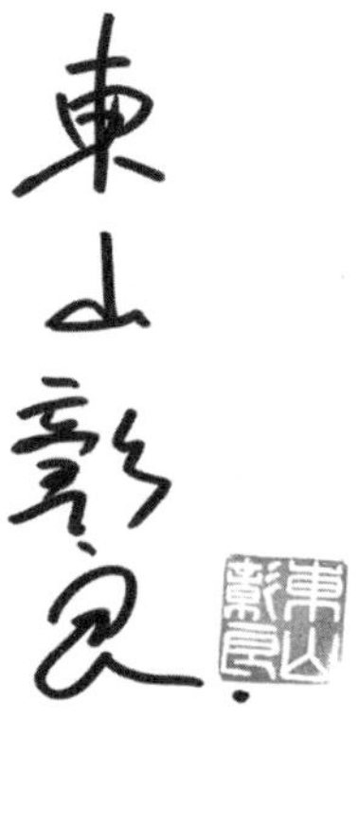

主要人物介紹

鍾詩雲　小雲。十三歲的少年。
林立剛　阿剛。兒時玩伴，小南門牛肉麵店的兒子。
林立達　達達。阿剛的弟弟。
沈杰森　阿杰。小雲和阿剛的兒時玩伴。

鍾默仁　小默。小雲的哥哥，比他大六歲。
王夏帆　小默的女朋友，老家是蛇肉專賣店「毒蛇大王」。
鍾思庭　小雲和小默的父親。律師。
段彩華　小雲和小默的母親。之後改名為段明明。

阿宏　阿剛和達達的父親，在自家牛肉麵店負責洗碗。
金建毅　阿剛和達達的母親的朋友。
沈領東　阿杰的繼父。

1

十一歲的杜伊・科納茲在西七哩路旁「瘦子披薩店」的停車場，遇見了布袋狼。

那是二〇一五年十一月七日。

這一天，杜伊・科納茲去這家披薩店為行動不便的祖母買了黑橄欖義大利香腸披薩。獨居的祖母就住在披薩店附近的羅伯森街。

杜伊捧著披薩盒走出店外，發現一個男人正在地面滿是裂痕的停車場內，動作俐落地用竹竿搭著什麼，轉眼之間就搭起了差不多有一個人高的框架。看到那個人把一塊綠色的綢布蓋上去時，他知道原來要搭一個舞臺，有點像嘉年華會時打靶遊戲或是套圈圈時的獎品臺。綢布上繡著紅色的東方文字，撩動了他的好奇心。男人把一棟小房子設在舞臺上，房子和綢布的顏色相得益彰，簡直就像是綠色山丘上建了一棟房子。

杜伊走過去問那個男人：

「這裡等一下有什麼活動嗎？」

男人轉過頭，看起來是一個親切的東方人，粗呢西裝內繫著圓點圖案的領結，戴了一頂羊毛禮帽。雖然他和其他東方人一樣，無法從他露出溫和笑容的臉上解讀出什麼，但反而增添了神祕的色彩。

「要演人偶劇。」雖然他的聲音有點高亢，但並不刺耳。「我是演師。」

「你從哪裡來？」

「臺灣，這是臺灣的傳統人偶劇，叫布袋戲。」

「等一下要演人偶劇嗎？」

「因為我是演師啊。」

「如果演人偶劇，這個舞臺會不會太高了？」杜伊問。「這麼高的話，除非你爬到樹上，否則就沒辦法操控人偶啊。」

「我就在舞臺裡面操控人偶。」說完，男人拿出一個身披藍色薄紗的美男子戲偶。「我們的戲偶和西方的傀儡不一樣，要像這樣把手伸進戲偶身體裡，躲在這塊布後面，在頭上的戲臺上表演。」

男人稍微活動了一下戲偶，杜伊雙眼發亮，臉頰泛著紅暈。他立刻看出來木雕的戲偶是在為失去了某些重要的東西而黯然神傷。

「太厲害了。」

「謝謝。」

那個演師用拿著戲偶的手碰了碰帽子，簡直就像是戲偶借他的嘴在向杜伊道謝。十一歲少年的雙眼漸漸無法分辨戲偶和演師，甚至覺得世界本來就應該這樣。戲偶和演師是出現在自己面前的魔法師，杜伊忍不住暗想，如果自己可以許三個願望，那就要許願希望奶奶的腿可以治好，希望爸爸不要再打媽媽，然後拿很多錢出來。

「但你必須先徵求羅瑪諾先生同意，才能在這裡演人偶劇。」

「羅瑪諾先生？」

「就是披薩店的老闆。」

演師低吟一聲，露出沉思的表情。

「而且這裡根本沒什麼人，再往前一點有一個購物中心，你可以去那裡表演。」

杜伊・科納茲越說越起勁。「今天是星期六，那裡絕對有很多人——請問，你還好嗎？你覺得頭痛嗎？」

「嗯，我沒事。」演師按著太陽穴，一臉蒼白地笑了笑。「舊傷有時候會痛。」

「真的嗎？你的臉色很差。」

「已經沒事了。」

「要不要我幫忙？」

「啊？」

「如果我幫你，你不是可以稍微休息一下嗎？雖然我不懂人偶劇，但我想應該可以幫上一點忙。」

「真的嗎？」

「你可以告訴我該做什麼，但我要先把披薩送回去給奶奶。」

「那我在這裡等你。」

「二十分鐘……不，我十五分鐘就回來！」

少年奔跑起來，披薩也在盒子裡搖來撞去。

演師瞇眼目送著少年的背影。到目前為止，他已經解決了七個人，而且都是少年。底特律之前是印第安納波利斯，再之前是阿肯色州的小岩城。他殺了那些可憐的少年後，每次都把他們裝進粗布袋，所以聯邦警察為他取了「布袋狼」這個綽號。

布袋狼的犯案手法並不縝密周詳，每次都是在沒有人煙的地方接近那些少年。有時候假扮啞劇演員，有時候冒充氣球藝術師，有時候假裝是霹靂舞者。也曾經有目擊證人，但不知道為什麼，過去四年期間，警方一直無法逮到他。

布袋狼這次打算擄走杜伊・科納茲時，也剛好被披薩店老闆席尼・羅瑪諾看到。亞歷克斯・賽亞那天下班後剛好去他的披薩店喝啤酒，賽亞巡佐是席尼・羅瑪諾的妹婿，兩個人一起坐在門可羅雀的昏暗披薩店吧檯前喝啤酒。

「喂，亞歷克斯，」席尼・羅瑪諾用下巴指了指窗外。「那不是杜伊嗎？」

「嗯？」亞歷克斯・賽亞身體向後仰，看著店外。「和他在一起的不是住在這附近的人。」

他們拿起啤酒瓶喝了起來，店裡輕聲播放著唐尼・海瑟威的歌。亞歷克斯・賽亞把一顆花生丟進嘴裡，然後又丟了一顆。席尼・羅瑪諾不發一語，盯著吧檯。

「喂，亞歷克斯……」

「他媽的！」亞歷克斯・賽亞喝了一口啤酒，滑下吧檯椅。「我去看看。」

杜伊・科納茲跟著演師走向車子，看著丟在後車座上那些歡樂的派對面具。他猶豫了一下，然後聽從了本能的吶喊拒絕上車。有人戴著這種惡搞的面具犯罪的事已經不只是時有所聞，根本就是了無新意了。

演師立刻變了臉，某種冷酷的東西滲進了表面的溫和。少年結結巴巴地辯解著，卻無法擺脫像鉗子般抓住他脖子的手。

「喂！你在幹麼！」

布袋狼聽到背後有人叫他，放棄了誘拐少年試圖逃走。亞歷克斯・賽亞巡佐瞥了一眼癱在車子旁的杜伊・科納茲，毫不猶豫地拔出了配備的左輪手槍。

「不許動！不許動！」

布袋狼拔腿就跑，但剛衝出西七哩路，立刻被車子撞到了。殺人魔被撞飛到空中三公尺左右，然後像空罐一樣在柏油路上滾落，摔斷了右大腿骨。

在偵訊過程中，他對之前犯的案子坦承不諱，連聯邦警察也感到傻眼。據說作惡多端的人在潛意識中想要遭到逮捕，但布袋狼的供詞鉅細靡遺，簡直就像抓到了老鼠的貓在炫耀戰果，得意洋洋地交代了殺害七名少年的來龍去脈。

正因為如此，所以在他遭到逮捕不出三個月，我就相當詳細地瞭解了這起連續殺人案的全貌。

席尼・羅瑪諾和亞歷克斯・賽亞的機警，避免了杜伊・科納茲成為布袋狼手下的第八個犧牲品，但我並不打算在這裡介紹這個死裡逃生的少年所經歷的驚險故事，我想談論的是布袋狼這個人。

時光倒轉三十年，我認識布袋狼。

一九八四年。

那一年，我們十三歲。我清楚記得那一年，阿剛家的榕樹特別茂密。

2

其實，我和沈杰森原本並不是朋友。

那一陣子，我在放學後，經常去阿剛，也就是林立剛家幫忙。阿剛家在小南門賣牛肉麵，他爸媽一起在店裡做生意。阿剛想去和阿杰玩的時候，就硬是要我去他爸媽的店裡幫忙。阿剛的弟弟叫林立達，不管哥哥去哪裡，哪怕是去十八層地獄，他都堅持要當跟屁蟲。

阿宏紅燒牛肉麵店只有巴掌大，只有三張四人坐的桌子，其中一張擠到了人行道上。運氣好的客人可以坐下來吃，否則就只能在人行道上的榕樹下吃。阿剛的母親負責煮加了八角的牛肉麵，父親阿宏負責洗碗。雖然他吹噓牛肉麵的口味是他研發出來的，但真實性顯然很有問題。因為阿宏偶爾走去廚房時，原本興高采烈地走進店裡的客人見狀就馬上轉身走出去。阿宏經常偷懶和客人聊天，阿剛的母親每次都對他破口大罵。

我的工作是端麵和結帳。

「小雲，不好意思啊。」每到傍晚生意越來越忙的時候，阿剛的母親就會一臉歉意向我道歉。「我家那兩個小鬼真是混蛋！」

阿剛的母親那時候應該才三十幾歲，雖然完全不抹脂粉，但算是個美人，和歌手崔苔菁有幾分神似。有著「一代妖姬」封號的崔苔菁是當紅綜藝節目《夜來香》的主持人，我爸爸超愛這個節目。

「沒什麼好道歉的啊。」阿宏從裡面走出來，把洗好的碗疊在工作檯上。「在這裡比回那種家裡好多了，小雲，你說是不是？」

阿宏又瘦又矮，比起賺錢，他打麻將輸錢的本領絕對更厲害。

「你不說話沒人把你當啞巴，」阿剛的母親在瀝乾麵條的水分時罵他。「你這個人怎麼沒有同理心！」

「人啊，該死的時候躲不掉。」阿宏靠在牆上，點了一支菸抽了起來。「只要覺得是終於逃離了充滿苦難的這個世界就好。」

「你在說什麼鬼話！」聽到阿剛母親的喝斥聲，正在吃麵的客人紛紛抬起了頭。

「現在是小雲家的非常時期，如果我們的兒子也遇到同樣的事怎麼辦？你也會像這樣說風涼話嗎？」

「人生在世是瞬然。」

「閉嘴！」

「阿姨，沒關係。」我勸說著，希望他們別再吵架。「叔叔說得沒錯，反正即使回家，家裡也沒人。」

我在說謊。只要踏進家門，就會看到變成行屍走肉的媽媽。阿剛的母親狠狠瞪了她老公一眼，阿宏踩熄了菸，躲回裡面去了。

那一年二月，我哥哥被人打死了。還在服兵役的哥哥過年回家探親時出了事。

那天晚上，我哥鍾默仁的狐朋狗友邀他一起去迪斯可，結果在那裡和別人發生了口角。起因根本是芝麻小事。我哥小默去上廁所，在排隊等著上廁所，心血來潮吹起了口哨。就只是這樣而已。但當時正在撒尿的黃偉很不爽，覺得聽起來像是大人在為小孩子把尿時吹口哨。

哥哥回到舞池時，黃偉立刻帶了他的朋友來找他理論。「你剛才吹口哨是什麼意思？」哥哥看著對方罵了回去。「幹！我又沒吹給你聽。」「你這個小鬼嘴巴真臭啊！」黃偉笑著張開雙手。「你剛才說的『幹』，是對我說的吧？」哥哥當然也不是單槍匹馬，於是雙方人馬立刻陷入了混戰。

那裡是當時盛行的地下迪斯可舞廳，因為都是非法營業，所以店家沒有報警。如果警察趕到現場，哥哥也許能夠免於一死。但是，店家沒有報警，卻找來了凶神惡煞的保鑣，把惹麻煩的雙方人馬一起趕了出去。雙方人馬在馬路兩側叫囂對罵了一陣子之後，對方那些人騎上機車不知道去了哪裡。哥哥他們也換了地方繼續喝啤酒，喝到深夜一點，哥哥才騎機車回家。

我媽說，我爸為小默買的這輛機車才是罪魁禍首。「你太寵他了！」我媽披頭散髮，大聲嘶吼著：「他想要什麼就給他什麼才是愛嗎？」

小默獨自騎在夜深人靜的仁愛路上時，一輛機車從後方超越他，然後掄起棍子打他的頭。小默騎的偉士牌機車撞到了行道樹，撞得面目全非，他孤伶伶地死在被鈉燈染黃的夜色中。

之後，爸爸和媽媽就一直吵不停。

晚上八點後，客人越來越少。

吃完阿剛的母親為我準備的晚餐，通常就在店裡的桌子旁寫功課。

那一天，我像平時一樣坐在店裡寫功課，坐在同一張桌子旁吃麵的男人問我：

「你讀哪一所高中？」

客人閒著無聊，經常會找我說話。除非我心情特別好，否則都會假裝沒聽到。

「你個頭這麼大，字怎麼寫得這麼淡？我建議你寫字時要用力一點，字寫得太淡，長大之後，別人不會信任你。因為別人會覺得你很神經質。」

我抬起頭。這個和店裡那些老主顧感覺明顯不同的男人看著我，筆挺的白襯衫上沒有任何汗漬，抹了油的頭髮也梳得整整齊齊。他沒有穿拖鞋，嘴巴也沒有被檳榔汁染紅。雖然他坐了很久，但面前那碗炸醬麵一點都沒減少。

「南山國中。」我回答說。

「你還是中學生嗎？」雖然蒼蠅圍著炸醬麵打轉，但那個男人似乎完全不在意。

「我還以為你是高中生。」

說句公道話，我必須說，他說話的語氣並不差，相反地，他的聲音聽起來有點迎合我的味道。店裡有很多客人說話頤指氣使，但不知道為什麼，這個男人說話的聲音讓我感到很不爽，所以我又低頭用原子筆繼續寫功課。

「你幫忙爸爸媽媽做生意，真乖啊。」

我沒有答理他，聽到他咂了一聲，我更討厭他了。

「他不是我們家的孩子。」阿剛的母親對他說。「是阿剛的朋友鍾詩雲。」

我察覺到炸醬麵的男人正不經意地打量我。

「妳老公呢？」

「誰知道啊。」阿剛的母親回答：「不知道那個王八蛋又死去哪裡了。」

店裡沒有其他客人，只有我們三個人。黑白電視開得很小聲。阿宏剛才溜出去後就沒再回來，不是在其他店裡和別人天南地北閒扯淡，就是拿了店裡的啤酒喝了起來，要不然就是去梁太太的理髮店理那頭根本還沒長長的頭髮。

阿宏對理髮店老闆娘梁太太有意思。我之所以知道這件事，是因為之前去理髮時，親眼看到阿宏對老闆娘毛手毛腳。阿宏沒有發現我隔著鏡子看他們，他把錢交給老闆娘時，趁機慢慢摸她白嫩嫩的手。理髮店的梁太太因為在工作時，不小心把梳子的尖柄戳到客人的眼睛，為了支付賠償費喘不過氣來，所以阿宏可能打算展開金錢攻勢，老闆娘似乎也欲拒還迎。

一陣奇妙的沉默。

那種渾身不自在的感覺，就像全班同學都知道某個只有我不知道的祕密，正在相互偷偷使眼色。鍋子裡的熱水沸騰的聲音聽起來格外大聲。阿剛的母親攪動著鍋子，炸醬麵的男人怔怔地看著從天花板上垂下來的捕蠅紙。十三歲的我知道這種時候就該識相地寫完功課，趕快走人。

所以，我就這麼做了。

「小雲，要回家了嗎？」阿剛的母親露出僵硬的笑容。「如果看到我兒子，叫他們乾脆別回家了。」

「明天見。」我把課本和作業本塞進書包，逃也似地衝出牛肉麵店。「阿姨，晚安。」

離開巴掌大的牛肉麵店，呼吸終於稍微順暢了些。一輪眉月掛在榕樹的上方。走在人來人往的延平南路上，我不由自主地想起了阿宏的事。不知道是因為工作的關係，還是天生個性的關係，我爸爸總是滿嘴大道理。比起爸爸，我更喜歡飄忽不定、難以捉摸的阿宏，也更欣賞他那種及時行樂，不崇拜名牌高中、名牌大學、知名企業，雲淡風輕的生活方式。

「然後呢？」有一次，阿宏和我爸爸為孩子的教育問題爭論後，這麼問爸爸。「進了知名企業，娶一個好老婆，孩子個個有出息，以後可以讓你躺在高級棺材裡嗎？思庭，這就是你想要的嗎？」

「這有什麼問題嗎？」爸爸反駁道。「能夠躺在高級棺材裡，至少代表日子過得不錯，不至於只買得起廉價的棺材。」

「那你的心呢？」

「那種東西，只要有點錢，就可以滿足了。」

「思庭，你真的這麼認為嗎？」

「犯罪的人，十之八九都是窮人。」

「難怪小默會結交那些壞朋友，」阿宏搖著頭。「我會祈禱臺灣並不是每個律師都是像你這樣的冷血動物。」

他們是從小一起玩到大的好朋友，從很久以前，阿宏還是我爺爺的跟班時，他們就玩在一起了。阿宏來臺灣之前，一個人在湖南流浪。

「那時候根本沒東西吃，」阿宏曾經回首當年。「因為軍隊三天兩頭闖進家裡，在我們老百姓眼裡，不管國民黨還是共產黨都半斤八兩，全都會搶走我們的糧食。我家有五個兄弟，我是老大，我大弟腦袋有點不靈光。我記得那是冬天很冷的日子。相較之下，臺灣的冬天根本沒資格稱為冬天。那天，我下田去工作，我媽叫另外幾個弟弟殺了那個腦袋不靈光的弟弟。因為沒有多餘的糧食給只吃飯不做事的人，這樣就可以少一個人吃飯。幾個弟弟商量之後，決定用僅有的白米煮了飯給大弟吃。因為他們覺得這麼一來，大弟死了之後就不會變成餓鬼，至少可以當一個吃飽肚子的鬼。在大弟吃飽後，其他幾個弟弟就把繩子套在他的脖子上，吊在磨房的橫梁上。磨房就是把米和麥磨成粉的地方。我做完田裡的工作回到家時，就看到大弟吊在磨房。他雖然傻傻的，但心地很善良。其他幾個弟弟經常欺負他，但他總是啊哈啊哈笑得很開心。聽說另外幾個弟弟用繩子套住他的脖子時，他也啊哈啊哈地笑著。他的手被綁在身後，但聽說他很開心，可能以為大家在和他玩，還得意地說，即使綁得再緊，他也不會痛。我看到之後，馬上衝出家門，之後再也沒回過家。」

那時候，國民黨在中國大陸和共產黨打得不可開交，阿宏剛好被國民黨抓到，於是就當了我爺爺的勤務兵，也就是幫爺爺做一些打雜的事。那一年他十五歲。一九四九年，國民黨戰敗，被趕到臺灣時，他也跟著我爺爺一起來到臺灣。爺爺當時是國軍的陸軍上尉，他的長官叫孫立人，在一九五五年企圖發動政變，卻以失敗告終。之前曾經聽爸爸說，孫立人打算在新竹幹掉蔣介石，結果爺爺在混亂中被殺了，孫立人之後被軟禁了將近三十年，阿宏卻在小南門賣牛肉麵。

小南門位在廣州街靠我們這一側。東西向延伸的廣州街被沿著中華路南下的鐵路軌道攔腰截斷，目前所有的鐵路都已經地下化，但那時候鐵軌都在馬路上，直達快車自強號和快車莒光號都會轟隆轟隆地從地面上的鐵軌駛過。鐵路的西側是本省人的地盤，東側有從大陸來到臺灣的外省人生活的眷村。只有軍人家屬才能住進眷村，可以說，多虧了阿宏很久以前被國民黨抓到，所以阿剛家才能夠在小南門開牛肉麵店。

小時候，大人都不准我們去鐵路的那一側。阿剛常偷偷越過鐵路去找阿杰玩，一旦被他母親發現，就會用擀麵棍狠狠揍他一頓。阿杰是少數在鐵路這一側和那一側都吃得開的人。

阿杰的爺爺也曾經為國民黨打仗，但因為不是正規軍隊，所以無法搬進我們住的眷村愛國新村。阿杰家雖然住在鐵路的那一側，但並沒有讀那裡的鶴門國中，而是特地遷了戶籍，和我們一起讀南山國中。我們很難想像那些和本省人生活在一起的外省小孩那種整天都打打殺殺的日子。聽說有時候走去上學的路上就會被丟石頭，結果頭破血流地走進教室。阿杰可以自在地用國語和臺語幹譙別人，簡直就像一團火球一樣揍本省人的小孩。別人都罵「幹你娘」，但阿杰經常掛在嘴上那句罵人的話古典又有氣質。如果我死了，會去好好操你的七代老祖宗。他可以臉不紅、氣不喘地吐出這種其他中學生根本想不到的詛咒。阿剛讀小學的時候，把阿杰當神一樣崇拜。

走進我家那條小巷，李爺爺和郭爺爺坐在門口的籐椅上納涼。我叫了兩位爺爺的名字，向他們打了招呼。兩位爺爺也叫了我的名字。

「小默那件事的官司進行得怎麼樣了？」李爺爺開口問道，郭爺爺接著說：「要不要過來吃龍眼？」

「謝謝。」我從郭爺爺遞過來的塑膠袋裡拿了一顆龍眼，剝了殼之後放進嘴裡。

「聽爸爸說，判了七年。」

「七年！」李爺爺扯著破嗓門大聲說話的同時，把龍眼的籽吐了出來。「殺了一個人，只判這麼輕嗎？」

「能抓到凶手就算不錯了，」郭爺爺數落著李爺爺。「殺了老葉的凶手到現在都還沒抓到呢！」

和這兩個老人家一起吃龍眼時，我才發現自己不太知道龍眼這種水果，於是就問了他們。

「很久很久以前，有一條作惡多端的龍，」李爺爺不停地丟著龍眼殼說了起來。「有一個很勇敢的小孩子叫桂圓，挖出了那條龍的眼睛，把牠打敗了。桂圓因為身負重傷死了，他的爸媽把龍的眼睛埋在地下之後，竟然長出了和龍的眼睛一模一樣的水果，而且吃起來很甜。」

「是喔，難怪龍眼也叫桂圓，」我把吃起來很甜的龍眼丟進嘴裡。「老葉就是葉哥哥的爺爺嗎？」

「小雲，你是幾年次的？」

「民國六十年次（一九七一年）。」

「那老葉被殺的時候你才四歲。」「難怪不記得了。」郭爺爺和李爺爺你一言，我一語地聊了起來。「老葉是我們的兄弟，是在大陸同生共死的刎頸之交，更是肝膽相照的哥們兒，他死了快十年了。他以前在迪化街開布行做生意，不知道是哪個畜生把他淹死在店裡的浴缸裡，一開始警察還四處調查，但最近根本連影子都沒看到——」

「那個凶手還沒抓到嗎？」

「應該抓不到了。」

郭爺爺嘆了一口氣，李爺爺氣憤難平地用手背捶著手掌，連說了好幾次「真是豈有此理！」

「小雲，惡有惡報這種話根本是騙人的。你要記住，這個世界並沒有這麼美好，也沒有這麼純潔，這種虛有其表的漂亮話根本行不通。」

我向兩位爺爺道了晚安，走回自己家裡。

庭院裡的月桂樹開了黃色的花，就連巷子裡都可以聞到月桂的花香。每次深呼吸，就會不由地感到難過。

小時候，我曾經和小默一起在月桂樹的樹根挖了洞，在洞裡裝了水，然後把蝌蚪放在水裡。我們很期待有一天可以看到蝌蚪變成青蛙，但水一直滲進土裡，所以我們必須一次又一次用水桶裝水，把洞裡的水填滿。哥哥最後很火大，乾脆跑出去玩了。我在一旁看著水窪中掙扎的蝌蚪，然後就走進屋裡了。等到傍晚時又去看了一次，發現蝌蚪全都不見了，連屍體都沒留下，潮濕的泥土上只留下了淺淺的洞。小默滿不在乎地說，一定變成青蛙逃走了，春天時，當月桂樹開花後，我就會想起我們把蝌蚪玩死的事。蝌蚪會不會被吸進樹裡，現在仍然在樹幹裡游來游去？蝌蚪雖然沒有變成青蛙，但開出黃色的花，讓我想起自己幹的好事。

家裡陰森昏暗，爸爸在南京東路的事務所工作還沒回家，媽媽癱在客廳的沙發上，連燈也沒有打開。

「媽，我回來了。」

「吃飯了沒？」媽媽坐了起來，但有點重心不穩，慌忙抓住了沙發背。「在阿剛家吃了嗎？」

「嗯。」

「是喔。」

「媽，妳吃了嗎？」

媽媽沒有回答。

媽媽似乎覺得沒她的事了，再度重重地癱在沙發上。她的腰埋進沙發，胸口也埋進了沙發，很快連腦袋也埋進沙發看不到了。

我走回自己房間，看著窗外的月桂樹片刻。唐大爺家的白貓靈活地走在為了防止小偷，插了很多碎玻璃的圍牆上。當貓無聲無息地走過之後，綠色和棕色的透明碎玻璃看起來格外寒磣。

我打開檯燈，從抽屜裡拿出印了學校校徽的筆記本，拉開椅子坐了下來，準備繼續畫之前畫到一半的漫畫。

住在日本的人武伯伯每隔幾個月就會寄來周刊漫畫雜誌《Young Magazine》，是我的教科書。在雜誌上連載的漫畫中，我特別喜歡大友克洋的《阿基拉》。為了看懂這部漫畫，還特地開始學日文。我有時候會去葉家，請葉家那個會說日文的哥哥教我。

以未來的東京為舞臺的《阿基拉》出現了未來的不良少年，飆車族的老大金田手下有一個叫鐵雄的少年，在某次車禍後，鐵雄具備了超能力。原本乖巧的他變得殘暴，搶走了其他飆車族成員，開始和金田敵對。金田和其他飆車族結盟，最後兩派飆車族人馬在新東京街頭發生了激烈的衝突。金田等人被鐵雄打得落花流水後，軍隊的直升機從天而降，把鐵雄帶走了——這是我花了一年的時間慢慢解讀出來的劇情，我相信應該八九不離十。雖然我再怎麼努力，也畫不出那麼細膩的畫，但我很想模仿那部漫畫中所描寫的世界觀。

我把臉湊到筆記本前，拿起鉛筆一個勁地畫了起來。

我正在畫一起在像新東京那樣混亂的城市發生的命案。哥哥遭到殺害後，弟弟成為名叫冷星的反派英雄，用所能想到的最殘忍手法殺死凶手為哥哥報仇。仇人總共有六個人，那天晚上剛好畫到終於要殺第二個凶手的場面。我為這第二個敵人取名為「虎眼」，八成不會有人猜到這個名字是抄襲「龍眼」的。

我一直畫不好冷星用手槍指著哀求饒了他一命的虎眼時臉上的表情，不是畫得太邪惡（雖然他是反派英雄，即使看起來很邪惡也沒有問題），就是看起來好像在笑。我用橡皮擦擦了好幾次，結果把筆記本也擦破了。當我參考金田和鐵雄對決時的表情，總算畫出勉強能夠接受的表情時，房間的門靜靜地打開了。

「小雲，你還沒睡嗎？」爸爸探頭進來小聲地問。「快十二點了。」

我闔起了筆記本。

「你還在寫功課嗎？」

「嗯。」

「快睡吧。」
「那我要睡了。」
爸爸仍然站在那裡不動。
「爸爸可以進去一下嗎?」
「幹麼?」
爸爸走了進來,坐在床上。他走過我面前時,我聞到了濃濃的酒味。
「學校怎麼樣?和阿剛的關係還好嗎?」
「嗯。」
「是喔。」爸爸點了點頭,用力吸了一口氣,好像在鼓勵自己。「你會不會排斥去阿剛家住一段時間?」
「……………」
「剛才我和阿宏在討論這件事,阿宏說,只要你沒有意見,去住他家沒問題。」
「什麼意思?」
「媽媽這樣下去會出問題……只是最不希望你誤會……爸爸和媽媽都最在乎你,但是因為小默的事,媽媽至今仍然走不出來,你應該知道吧?」
「你們要去幹麼?」
「你和小默是我以前在美國的法律事務所工作時生的。」

所以我和哥哥都有美國的國籍。

「老實說，我也不知道該怎麼辦，」我覺得爸爸在嘆息的同時，似乎也有什麼東西離開了他的身體。「我打算帶媽媽去洛杉磯一陣子，我覺得在造成無可挽回的結果之前，她暫時離開臺灣一段時間比較好——」

「什麼無可挽回的結果？」

爸爸愣了一下，立刻閉了嘴。

「你們要去多久？什麼時候回來？」

「目前還沒有決定。」爸爸用手撐著大腿站了起來，在走出房間時說：「但爸爸和媽媽都希望你知道，我們都很愛你。」

我打開筆記本，目不轉睛地看著畫得很髒的漫畫。雖然有一股衝動想要撕掉，但我並沒有這麼做，想到可以把劇情設定為冷星和哥哥是一對舉目無親的孤兒。他們在孤兒院長大，無依無靠，兄弟兩人在這個墮落的世界相依為命。嗯，不錯喔。正因為他們是孤兒，所以當哥哥被人殺害後，弟弟單槍匹馬地用殘酷的方式復仇。

3

雖然並不是第一次住在阿剛家，卻是第一次在他家長住。

牛肉麵店的二樓有一個房間是客廳兼臥室，一到晚上，所有人都在那裡躺成川字。原本空間就很狹小，阿剛的體重有八十公斤，我的身高超過一百七十公分，所以阿剛的母親和他弟弟達達應該很難入睡。因為實在沒辦法睡，所以阿宏搬了折疊床去店裡睡覺。

五月之後的悶熱空氣開始帶著濕氣，越來越沉重。不僅如此，樓下一整天都不熄火的牛肉湯鍋不斷冒出帶著八角味的熱氣，簡直就像怨靈般在臥室打轉。巨大的蟑螂可說是開餐廳無法擺脫的宿命，但即使蟑螂頻繁出沒，阿剛家也沒人打死牠們，那些蟑螂也都不怕人，見到人也不逃。

那時候的廣州街，房子和房子之間的圍牆很低，鄰居家就像是自己的另一個家，我們也經常大剌剌地走進鄰居家吃吃喝喝，或是坐下來看電視。阿剛經常跑去我家，沒打一聲招呼就自己打開冰箱，我之前也沒打一聲招呼就騎著他的腳踏車趴趴走，最後腳踏車還被人偷走了。大人雖然數落我太不小心，也對到處都會遇到壞人，連小孩子的腳踏車都要偷的臺北感到失望，但沒有人罵我為什麼擅自騎走阿剛的腳踏車。只不過我和阿剛為了這件事打了一架。

所以，我並不需要因為搬去阿剛家住，就改變自己的生活態度。也就是說，我可以為自己可能被父母拋棄這件事整天擺臭臉。

但我很清楚自己寄人籬下，所以當放學回家，林家兄弟就像子彈般衝出去玩的時候，我就乖乖留在店裡幫忙。我並不討厭在店裡幫忙，而且做事的時候可以避免胡思亂想。我每天都認真寫功課，所以阿剛的父母越來越欣賞我。當林家兄弟盡情地玩到即使明天死了也不會後悔地回到家時，他們的母親就會罵他們。

「你們要學學人家小雲，到底有沒有考慮到自己的將來？難道打算像你爸爸一樣，讓女人在外面賺錢，自己一輩子都游手好閒嗎？這就叫做沒出息！」

阿宏在一旁嘿嘿笑著，既沒有生氣，也沒有覺得抬不起頭。

林家兄弟很恨我，因為我住在他們家，所以更顯得他們素行不良，也因為我住在他們家，他們經常挨媽媽的罵。反正我住在他們家，對他們有百害而無一利。

我的態度更像是火上澆油。我覺得自己是被父母拋棄的孩子，所以全世界的人都應該瞭解我的悲傷，都該對我有所顧忌。最後發生了牛肉麵店的錢短少的事件，阿宏和他太太因為這件事互揭瘡疤地吵翻了天。「除了你還有誰！八成花在理髮店那個不要臉的女人身上！」被冤枉的阿宏氣得逼問兩個兒子，達達被逼急了，最後告狀說是我偷的。沒多久之後，我和阿剛就為這件事打了一架。

那一天，放學準備回家時，發現阿剛和阿杰在校門口等我。那是一個悶熱多雲的日子，吹來的風濕氣很重。

我一看到他們，就知道他們是來找麻煩的。那一天，我的作業又得了「甲」，江老師在全班面前表揚了我。阿剛和阿杰忘了寫功課，不光被老師用很粗的木棍打了手心，還被處罰半蹲。一年乙班的所有人都看著他們偷笑。

阿杰面無表情地站在阿剛身後看著我，敞著襯衫第二顆鈕扣的胸前掛著用紅色繩子吊著的翡翠護身符。我知道阿剛很想揍我，但我和阿杰之間沒有任何過節，只不過我並沒有感到太奇怪，只是有點驚訝阿剛和阿杰什麼時候變成了兄弟。當朋友做錯事時，勸朋友改過向善是真正的朋友；在朋友做錯事時也能夠兩肋插刀的就是兄弟。

阿剛用力轉動下巴，把我帶去司令臺後方。雖然校舍就在旁邊，但司令臺後方會被周圍的棕櫚樹遮住。我們只要有事，都會來這裡解決。

「臭小偷，你又偷東西了。」阿剛搶先發難。「你之前就有前科了。」

「小偷？」這句話可不能置若罔聞。如果他罵我其他的話，或許可以根據狀況，有不同的解釋，但他說我偷東西，情況就不一樣了。「你在說什麼屁話？」

「你以為我不知道嗎？有人看到你從我媽的皮夾裡偷錢！」

「你說我有前科是什麼意思？」
「就是腳踏車的事啊！可別說你忘記了。」
我目瞪口呆。他說我是小偷，似乎並不是用比喻的方式說我偷走了他父母的關心，而是真的在罵我小偷。
「誰看到了？」
「是誰並不重要。」
「是不是達達？」我看著他的小眼睛說。「我看到他去阿婆的店買了很多零食。」
「你別胡說八道了！」
「你才不要胡說八道，誰要偷那種破牛肉麵店的錢！」
這句話脫口而出時，我就知道今天非要見血才能收場。
「破店？」阿剛連續點了好幾次頭，似乎在說，既然你有種說這句話，我就不能當作沒聽到。「不知道是誰還要來投靠那家破店！」
「你以為我想去嗎？」我用全身迎戰，鼻孔噴氣說：「如果你不爽，那我就走人啊！」
「被父母拋棄很了不起嗎？」阿剛用力把書包往地上一丟，指著我的鼻子說：
「不要以為全世界只有自己最可憐！」
「我可沒有這麼想，」我警戒地瞥了阿杰一眼。「全世界最可憐的傢伙，就是不敢單挑的八十公斤死胖子！」

阿剛的頭頂頓時噴出了火，他搖晃著下巴的肥肉，一邊破口大罵，一邊衝過來抓住我。我用書包砸他的臉，伸出腿把他絆倒了。當他像豬一樣趴在地上時，我又用力踢向他的肚子。阿剛這頭肥豬倒在地上呻吟。

「別以為自己很厲害，死胖子！」我又對著他的後背猛踢。「我怎麼可能打不過你？」

「阿杰！阿杰！」

猛烈的衝擊貫穿了我的後腦勺，當我回過神時，發現自己已經倒在阿剛身旁。我把身體縮成一團，保護自己的臉避開接連的猛踹。阿杰打架和我們完全屬於不同的層次，我敢一次又一次踢向阿剛被脂肪保護的腹部和後背，但踢臉太危險了，我根本不敢下手。臉上集中了很多要害，稍不留神，可能會導致失明，而且聽說鼻子下方的人中這個穴道攸關性命，但阿杰毫不猶豫地用力踢向我的臉。

我用雙手在臉前交叉阻擋，然後抓住他的腳踝一下子站了起來。阿杰被我抓住一隻腳重心不穩，另一隻腳單腿跳著。

「王八蛋，放開我！」

我放開了他，但在鬆手之前，把他的腳用力一甩，他跌倒在地。我跳起來準備騎在他身上打他時，阿剛從旁邊撞過來，我整個人被他撞飛出去。阿杰趁機站了起來，反過來騎在我身上。

「阿杰，揍他！」阿剛大喊著。「打死這個孤兒！」

阿杰的拳頭像雨點般打在我遮住臉的手臂上。他的拳頭打到我的眼睛，我頓時眼冒金星。鼻血噴了出來，嘴唇也破了。阿杰的拳頭毫不留情，幾乎讓我覺得用手臂保護自己的臉根本沒有意義。不一會兒，就失去了疼痛的感覺，最後還是阿剛驚慌失措地阻止了阿杰。

「夠了！夠了！阿杰，我們走吧，不然老師要來了！」

阿杰的身影掠過我空洞的視野。當我看到他因為憎惡而扭曲的臉時，覺得這傢伙搞不好以後會殺人。

阿剛和阿杰離開後，我仍然倒在司令臺後方無法站起來。老師並沒有來。天空中飄著一片一片的雲，我忍不住想起阿杰那雙眼睛。我覺得好像在哪裡看過那個眼神，立刻就想起來了。阿杰的眼神就是鐵雄毫不掩飾對金田的敵意時的眼神。就是那個眼神。我的漫畫就需要那個眼神。當我發現這一點時，就覺得所有的事都很荒唐，忍不住想要發笑。

我坐了起來，臉上的血滴到了繡了學號的襯衫上。我繼續構思我的漫畫，覺得憎恨和膽怯很相似。雖然還很模糊，但我覺得自己似乎抓到了什麼重要的東西。即使經歷了慘痛的事，如果能夠對故事的創作有幫助，能夠看到真相，被痛扁一頓也很值得。我把嘴裡的血吐了出來，搓掉沾到襯衫胸口的血跡，咳嗽了幾下，然後拍拍身上的灰塵，撿起書包走回家。

小默是孩子王。

我還很小的時候，附近的雜貨店有一臺快打磚塊的遊戲機，是那種必須站著玩的大型機臺。住在附近一帶的所有孩子都迷上了那臺遊戲機。磚塊牆上有一個缺口，只要順利把小巧的電子鋼珠打進那個缺口，電子鋼珠就被夾在磚牆和遊戲機邊緣之間無處可去，就像發了瘋似地彈來彈去，打掉磚塊。鋼珠的速度迅速加快，把鋼珠打回去的平臺短得幾乎讓人感受到遊戲設計師的惡意。小默總是巧妙地轉動轉盤，以驚人的速度一次又一次打掉磚塊。他每次只投一枚硬幣就可以玩很久。每當小默在那裡打磚塊，周圍總是擠了一大堆人圍觀。小孩子個個瞪大了眼睛，發出感嘆聲。我為有這樣的哥哥感到自豪。

「小雲，我告訴你，誰有錢就由誰出錢，」他請朋友吃零食時，經常這麼對我說。「男人和男人之間的交往不要斤斤計較。」

讀高中時，他交了一個女朋友叫王夏帆。王夏帆的臉上有很多雀斑，她家在華西街開了一家蛇肉店，不知道是否因為這個原因，所以她可以輕輕鬆鬆地徒手抓毒蛇。

我曾經看過小默和她親嘴。那是小默快去當兵的時候，家裡沒有其他人。我沒敲門就走進小默的房間，看到他們兩個人抱在一起。

「幹！不會先敲門嗎？小心我宰了你！」

我慌忙關上了門，心跳不由地加速。我只知道看到了不該看的東西，卻完全不知道自己為什麼知道這種事。不一會兒，小默的房間傳來彈吉他的聲音——

我拿起當時那把吉他，試著撥了撥琴弦。緩慢的音符聲在空蕩蕩的家裡迴響。

為了避免積灰塵，爸爸和媽媽出發去美國前，在小默的房間蓋上了白布，所以小默死後，他的房間也好像跟著一起死了。

我巡視四周，在牆上的鏡子中看到了自己鼻青臉腫的樣子。一隻眼睛周圍都是瘀青，左耳下方也受了傷。我扯掉了蓋在書桌上的白布。書桌上除了檯燈和幾本書以外，還有小默的錄音機。我不加思索地按下了播放鍵，錄音機裡傳來他和王夏帆親嘴那一天彈的歌曲。

小默和王夏帆走去院子時又擁抱在一起。我在自己房間的窗前偷看他們。夕陽染紅了院子裡的月桂樹，一隻小蝙蝠飛了過去。樹梢在這對戀人的頭頂上隨風搖曳。小默不知道說了什麼，王夏帆好像在哭。男生去當兵後，男女感情變淡，發生兵變的情況並不稀奇，有時候甚至會發展為行凶傷人事件。

我聽著錄音機播放的寧靜歌聲，想起看著小默摟著女朋友的肩膀走出院子後，我偷偷溜進來這裡。吉他丟在床上，那時候我也像現在一樣，抱著吉他站在鏡子前。雖然我對女生的事和吉他都搞不太懂，但覺得必須經歷這兩件事，才能夠長大成人。不一會兒，小默走回家時，臉上的表情有點悲傷。

「既然早晚要分手，不如趁早分了。」

我大吃一驚。

「談論人生就和談論女人一樣——」哥哥用力摸亂我的頭髮。「但你還聽不懂我在說什麼吧？」

現在我稍微有點懂了。我猜想小默那時候已經知道，人是多麼善變。王夏帆雖然在小默的葬禮上哭了，但當遺體送去火葬爐時，她立刻衝去公用電話亭，不知催促誰趕快去張羅空中補給合唱團演唱會的門票。「你非買到不可！」她氣勢洶洶地對著電話說。然後又一臉哀傷的表情和我們一起等待小默的骨灰。

「反正啊，」小默說。「最重要的是，不要為離別感傷。」

但是，小默的離開讓我痛苦不已。爸爸媽媽低估了我的感受令我感到痛苦。我知道他們愛我，但我覺得他們的愛太不充足。鏡子中腫起的臉扭成一團，鼻子深處感到酸酸的，眼睛深處也熱熱的。如果不是聽到院子有動靜，我可能會放聲大哭。

我放下吉他打開窗戶，看到一個熟悉的人影站在月桂樹旁。

「我就知道你在這裡。」

夜晚溫熱的空氣微微顫動。

「我沒想到阿杰下手這麼狠，如果不是我在場，事情會更大條。」

我沒有說話。

「走吧，跟我回家。」

「我在想我哥哥。」

阿剛垂下雙眼，許多小蟲在他頭上飛舞。一陣好像油一樣難以捉摸的沉默。

「小默他們營區的雞棚曾經遭到野狗攻擊。」

連我自己都不知道為什麼會提起這件事。我承認因為打架打輸了，所以有點想家，但不希望阿剛發現這一點。也許我希望至少不要把打架的事計入自己目前所處的悲慘狀況。

「野狗把所有的雞都吃得精光，」我隔著紗窗繼續說道。「我哥去勘驗了現場，立刻發現不對勁。因為如果是野狗幹的好事，為什麼鐵網並沒有破？現場既沒有發現野狗挖洞後進入雞棚的痕跡，也沒有發現狗的腳印。如果真的是野狗，現場不是應該會有很多血跡或是雞毛嗎？雞棚裡原本有二、三十隻雞，但雞棚內幾乎沒有打鬥的痕跡——」

「真的是達達偷了錢。」

「…………」

「我回家之後逼問他，他馬上就承認了。那傢伙竟然說這種一戳就穿的謊言。」
「他說把錢用去哪裡？」
「就是小學生會買的那些東西，零食啦，還有聞起來香香的鉛筆。」
「別罵他罵得太凶，他應該沒有惡意。」
「誰知道呢？更何況現在已經來不及了，我爸用皮帶狠狠抽了他一頓。」
「是喔。」
「我告訴你啊，大家都以為你不知道這件事，所以回家之後，你也要假裝不知道。」
「好。」
「然後呢？」阿剛問。「到底是誰吃了那些雞？」
「喔……幾天之後的晚上，」我又接著說了下去。「我哥原本已經睡著了，被奇怪的動靜吵醒了。營房內此起彼落的鼾聲和磨牙聲不知道什麼時候安靜下來，我哥覺得很奇怪，於是就坐了起來，在昏暗的燈光下看到一個人影。人影緩緩從床鋪之間走了過來，但我哥說幾乎聽不到腳步聲，簡直就像站在平板車上有人拉著走一樣。我哥發現是他們小隊的人，但我忘了那個人的名字。即使我哥叫他的名字，那個人也沒有回答，而且沒有看我哥一眼，就滑著繞去槍架後方。雖然腳下瀰漫著陰森的煙霧，但不知道真的有煙霧，還是我哥哥看錯了。總之，如果被長官發現，我哥也會受到牽連，所以我哥偷偷下床追了上去。輕輕地尖聲叫著那個同袍的名字，如果是平時，那些不容易入睡的同袍一定會破口大罵，但那天營房內安靜得令人心裡發毛。就在這時，有什麼東西輕輕飄到我哥的臉上。」

「那是什麼？什麼東西飄到他臉上？」

「我哥用手撥了一下，看到白色的羽毛慢慢飄落到地上。我哥瞪大了眼睛，你知道那是什麼？是雞毛！」

阿剛用力吞著口水。

「我哥眼前出現了悽慘的景象，似乎看到了滿地是血的雞棚。該不會並不是野狗，而是那個傢伙吃掉了那些雞？」

「等一下，你剛才不是說，雞棚裡沒有打鬥的痕跡嗎？」

「喂，你不想聽接下來的發展嗎？」

「對不起，你接著說。」

「我哥追著那個人走到營房外，立刻感到一陣天旋地轉，好像時空感覺錯亂了。雖然我哥很小心，努力不發出聲音，但還是小跑著衝出了營房。那個傢伙走得很慢，但我哥在營房門口看到他時，發現他已經走得很遠了。如果用電影來比喻，就好像剪掉了一段底片，然後再接上去。眨一次眼睛的工夫，那個人就跳越了空間和時間，出現在下一個地方。那個人似乎打算走出營區，但崗哨有人站夜崗，一旦被發現，可能會被槍打死。」

阿剛瞪大了眼睛。

「那個傢伙並沒有蹲下身體，而是大搖大擺地走出崗哨。周圍沒有任何動靜，連蟋蟀都閉了嘴。站夜崗的士兵好像蠟人般一動也不動，那個人走進漆黑的黑夜中，就再也沒有回來。」

「……然後呢？」

「就這樣而已。」

「什麼意思？你是在說逃兵的事嗎？」

「我是在說整件事很不可思議。」

「走吧，快回家吧。」阿剛說：「肚子太餓了，我又想揍你了。」

我只是想說和打架無關的話，我想他抓到了重點。重點就是剛才打架的事完全不重要，也完全不必放在心上。最好的證明，就是阿剛沒有再提打架的事，即使大家問我的臉怎麼了，他也只是輕描淡寫地說，我和阿杰打架而已，隻字不提我就像被婆婆虐待的媳婦一樣跑回娘家哭哭啼啼的部分。這一點最重要，其他的事都無足輕重。店裡的客人都稱讚我很有男子氣概，只有達達一直用那雙哭腫的眼睛狠狠瞪著我。

正準備送麵給客人的阿宏露出好像在看珍禽異獸的眼神注視著我和阿剛，拿著冒著熱氣的碗公，一句話都不說。有人點炸醬麵，他也一口回絕說：「我家的炸醬麵很難吃，勸你別點了。」

「是喔，原來打架了。」

我和阿剛默不作聲地站在那裡，阿宏沒有再問什麼，就走去廚房了。

「好了好了，吃晚餐之前，先去把身體洗乾淨。」阿剛的母親把手拍得好像在放鞭炮。「髒得像豬一樣，真是的！」

阿剛家狹小的浴室幾乎變成了倉庫，我們在後方的廚房脫光衣服，走去後院。阿宏怔怔地在廚房抽菸。

美其名為後院，但其實只是用一塊鐵皮波浪板隔開巷子，用來堆放破爛的地方。一輛生鏽的腳踏車靠在鐵皮上，捕鼠器上抓到一隻像阿剛那麼肥的老鼠。我們用橡膠水管相互沖著水，輪流用已經變得很小的肥皂把身體從頭到腳洗得滿是泡沫。

「阿杰那傢伙是瘋子，」阿剛用灰色的泡沫用力搓著臉說。「他老爸是本省人，整天都揍他。」

那時候，臺灣和中國處於交戰狀態，從一九四九年開始，就一直執行戒嚴令，但如果真的想回中國，並不至於回不去，甚至聽說有人從金門游去對岸。阿杰的父親陶先生說要去香港做買賣，之後就失去了音訊。至於陶先生是不是就這樣回去中國，沒有人知道真相。只是在廣州街，大家都當作是這麼一回事。因為陶先生的家人都留在大陸，這種人即使在臺灣又有了新的家庭，仍然會惦記著大陸的家人，那種思念應該像磁鐵一樣，把身體吸過去。

陶先生拋棄臺灣的家人消失之後，阿杰的母親又改嫁給本省人。阿杰的母親也是本省人，但因為和外省人生了孩子，所以在左鄰右舍面前抬不起頭。阿杰的新爸爸姓沈，就像骰子一樣，很難猜透他的心思。反正事情就是這樣，在我們讀小學三年級時，阿杰突然從陶杰森變成了沈杰森。

「阿杰的繼父是做什麼的？」

「如果你問的是除了打人、喝酒和賭博以外的事，他什麼都沒做。」

「那他靠什麼吃飯？」

阿剛在回答我的問題之前，突然把水管對準身後。水都沖在通往後院的門上，躲在門後的達達大吃一驚逃走了。

「下次再敢偷聽，我就不饒你！」阿剛大聲喝斥弟弟後，繼續回到剛才的話題。

「他阿公是布袋戲的演師。」

「他阿公靠布袋戲養活一家人嗎？」

「他在假日的時候也會去幫忙。」

我們默默地洗著身體。

「怎麼又來了！」

門後的確有動靜，但並不是達達。

「你們怎麼還沒洗完？」阿宏叼著菸走了過來，把水管的水對著我們。「快點洗，飯都冷了，不要像女生準備出門約會那樣磨磨蹭蹭。」

我和阿剛放聲大笑起來，在原地轉圈，用力踢著水花。

十三歲的我總算保住了面子。

4

五月底的時候，接到了國際電話。

那時候店裡很忙，阿宏接起電話後，必須扯著嗓子大聲說話。

「喔，是思庭啊……你們在那裡的情況都還好嗎？」

我正準備送麵給客人，不小心手一滑，手上的碗掉在地上。碗公像慢動作般掉落，落在水泥地面的瞬間，停止的時間一下子撲了過來。店裡的客人被冷不防爆炸的牛肉麵嚇了一大跳，繃緊了身體，失去了原來的鎮定，然後心神不寧地繼續低頭吃麵。

「不，沒事……」阿宏對我點了點頭，重新握好電話。「是啊，他在。」

「────」

「這種小事，你不必放在心上。」

「────」

「小雲就像是我家的孩子。」

剛才在後面洗碗的阿剛衝了出來。

「你太太的情況怎麼樣？」

「————」

「嗯，嗯……這樣啊。」

阿剛立刻瞭解了狀況，什麼話都沒說，就開始收拾地上打破的碗和麵。

「別這麼說，我家完全沒問題。」

「————」

「是啊，這裡現在是晚上七點十五分，你們那裡還是早上吧？」

阿剛的母親拿著麵切，摟住了我的肩膀。

「嗯，嗯……是啊，很好啊。」

「————」

「你等一下，我叫他來聽電話。」

我看了看阿宏遞過來的電話，又看了看他擔心的臉，完全不知道該怎麼辦。

「小雲，快去啊，」阿剛的母親推了我一把。「國際電話很貴欸。」

我注視著她，在整家店所有人的注視下接過電話。

「喂……」

「小雲。」

「爸爸……？」我覺得口乾舌燥。「你在哪裡？」

「我們在二阿姨家。」二阿姨是媽媽的二姊，住在芝加哥。「對不起，這麼久都沒辦法和你聯絡。」

「你們什麼時候回來？」

「這個嘛……」我聽不到爸爸的聲音，不光是因為通話品質不良的關係。「媽媽……可能還需要一點時間。」

「…………」

「小雲，你聽到我說話嗎？」

「……嗯。」

「醫生診斷說，媽媽得了depression……憂鬱症。」

「憂鬱症……？」

「就是一直情緒低落，提不起勁做任何事的疾病。」

「很糟嗎？」

「你不必擔心。」爸爸語氣開朗地說。「目前正在吃藥，已經慢慢好轉了。」

「這種病不會死吧？」

「不是會死的病。」

「真的嗎？」

「真的。」

「是喔……」

「所以小雲……」

我知道爸爸正在思考該怎麼說，所以我必須在爸爸開口之前做好心理準備。

「所以小雲，你可不可以繼續在阿宏家住一段日子。」

「好啊。」我只能假裝還是小孩子。「但你要買很多禮物給我。」

「喔喔，那當然，小雲，你想要什麼禮物？」

「漫畫。」

「漫畫……comic books？」

「嗯。」

「好，我會買一大堆漫畫回去給你。媽媽還在睡覺，所以……」

「沒關係，等媽媽起床後，你告訴媽媽，說我在阿宏叔叔家很好。」

我掛上電話後巡視四周，周圍的一切依然如故得令人生厭。阿剛已經回去後面，達達坐在客人的桌子旁，不顧客人正在吃麵，自顧自摳著鼻孔看電視。老舊的電風扇辛苦地轉著頭，每次風一吹過來，被油煙燻得黏答答的捕蠅紙就啪答啪答翻了起來。阿剛的母親一邊為外帶客人的鍋子裡裝湯，一邊和客人聊天。

我等了一會兒，地球也沒有毀滅，所以只好走去店外。有人把吃剩的食物丟在榕樹的樹根旁。

我站在路肩，想要構思漫畫，卻完全無法專心。我無法想像冷星在為哥哥報仇，殺了所有仇人之後，必須照顧得了憂鬱症的母親。怎麼可能有反派英雄冷酷無情地殺了求饒的敵人之後，回到家裡餵母親吃藥、喝粥，為母親灌腸通便？

「小雲，你還好嗎？」

我一直低著頭。

「反正事情就是這樣，」阿宏摟著我的肩膀搖晃著。「你就繼續在我家住一陣子，好不好？」

「阿宏叔叔。」

「你等一下，」阿宏頭也不回地發出了警告，簡直就像腦袋後面也長了一雙眼睛。「達達，哥哥不是一直叫你不要偷聽別人說話嗎？」

躲在窗邊的達達驚慌失措地逃走了。

「什麼？小雲，你剛才想說什麼？」

「阿宏叔叔，你比較喜歡阿剛還是達達？」

「小雲……」

「如果阿剛被別人殺了，你會覺得達達無所謂了嗎？」

「你爸爸並沒有覺得你無所謂。」

「大概吧。」

我和阿宏在那裡站了一會兒，一名計程車司機從店裡走出來，坐上自己的車子，慢慢開走了。在那個計程車司機離開後，阿宏開了口。

菩提本無樹，明鏡亦非臺。

本來無一物，何處惹塵埃。

「這是禪宗大師慧能說的話。慧能原本靠撿柴過日子，當然也不是叫慧能這種聽起來很有那麼一回事的名字，應該只是叫阿宏或是阿剛這種菜市場名。有一天，慧能突然決定要拜弘忍這位偉大的禪師為師。我不知道他為什麼突然想要出家，反正八成發生了什麼不順心的事。慧能想要成為禪僧，但他不識字，所以就只能在那裡打雜，做一些用石臼磨米之類的事。小雲，你知道什麼是禪宗嗎？就是那些覺得這個世界空無一物的傢伙。有一天，弘忍要求七百名弟子寫下修行後的體會。弘忍最優秀的弟子叫神秀，他洋洋得意地在牆上寫了這幾句話。『身是菩提樹，心如明鏡臺。時時勤拂拭，莫使染塵埃』。」

「……什麼意思？」

「自己的身體就像是菩提樹，心是明亮的鏡臺，必須經常擦拭，才能避免髒掉——差不多就是這個意思。弘忍看了之後頻頻點頭，要求其他弟子向神秀學習，努力修行。」

我看著阿宏。

「慧能不識字，所以要求其他修行僧把神秀寫在牆上的字唸給他聽。慧能仔細聽了之後，請那位修行僧幫他在牆上寫字。」

「就是剛才那幾句話嗎？」

「沒錯。」阿宏點了一支菸。「菩提是擺脫煩惱，頓悟真理後達到的境界，原本就不是什麼樹，明鏡也沒有臺，這個世界原本就空無一物，所以也不可能弄髒。弘忍看了之後露出了微笑，決定提拔這個打雜的成為自己的繼承人。」

「真的嗎？」

「你說呢？」

「…………」

「我是不知道這個世界是不是真的空無一物，」阿宏抽著菸，吐出一個又一個漂亮的煙圈。「但有時候這麼想也很有意思。」

要說留下深刻印象，不光是那些說出口的安慰話，周圍那些微不足道的情景也會同樣留在記憶中，令人難以忘記。榕樹樹根下的殘羹剩飯、遠去的車尾燈、牛肉麵店傳出來的電視聲，還有阿宏吐出的煙圈。世間本無事。隨著在半空中飄浮的煙圈一個又一個飄散，我不由地產生了這種想法。

時序進入六月，誰都無法阻擋炎熱夏天的腳步。

雖然心有罣礙，但我整天和阿剛、阿杰混在一起。我和阿杰和好了，對阿杰來說，那天那種程度的打架就像是不小心和別人撞到了肩膀，只要相互說聲：「不好意思啊」、「小事一樁」就沒事了。應該說，阿杰的樂天開朗，讓人覺得和他之間沒什麼好計較的。

我們很有男人風度地不計前嫌，像本省人一樣去吃了豬腳麵線。本省人只要在生意不順，或是考試失利，或是出獄，反正就是遇到倒楣事，就會吃豬腳麵線去霉氣。豬腳麵線當然是阿剛付的錢，不然誰要付錢？阿杰可能經過這件事後對我刮目相看，所以把他的整塊豬腳都給我吃。

和阿杰在一起時，我覺得有點理解哥哥以前對我說的那句話，就是「男人和男人之間的交往不要斤斤計較」。一旦成為朋友，阿杰就會徹底發揮大陸人的血氣。朋友的朋友都是朋友，朋友的敵人就是所有人的敵人。這成為我們之間的規矩。

曾經發生過這樣一件事。

那是六月的第一個星期六，我們無所事事地站在便利商店門口，胖子開了一輛橘色跑車過來。那是廣州街無人不知，無人不曉的火鳥跑車。胖子穿著雪白的三件式西裝，戴了一副幾乎遮住半張臉的墨鏡，一下車就對著後視鏡，用梳子梳著抹了很多髮油的油頭。這一帶的大人都會教自己的女兒，只要看到胖子，能躲就躲，能逃就逃，所以整條馬路簡直就像變魔術似的看不到半個女生。阿剛忍不住咂嘴。

「呿，原來是胖子。」沒想到這句話被耳尖的胖子聽到了。

「什麼？」胖子一臉凶狠轉頭看了過來。「剛才這句話是誰說的？」

我們紛紛移開了視線。

「林立剛，是不是你？」胖子摸了摸褲襠，聳著肩膀走了過來。「你有沒有撒泡尿照照鏡子？你這種胖子有什麼資格叫我胖子？算了，欺負你這種小鬼也沒意思……對了，你那個窮鬼老爸和騷貨老媽還好嗎？」

胖子的雙手做出捧著自己胸部的動作，阿剛再度咂了嘴。

「他媽的，你不知天高地厚，竟然敢對我咂嘴！」胖子趕著聚集在他頭上的小蟲子，對阿剛糾纏不清。「你老媽以前可是在酒店上班的小姐，你知道嗎？就是靠和男人喝酒賺錢的女人，只要客人願意付錢，應該還會有額外的特別服務。沒想到最後竟然和阿宏那種窮光蛋在一起！阿宏以前就傻傻地送錢給那個女人……你已經是中學生了，應該知道這代表什麼意思。」

阿剛握緊拳頭，懊惱的眼淚從他的臉頰滑落。我和阿杰不知所措。

我狠狠瞪著一臉無恥的笑容走進便利商店的胖子。等我長大之後，絕對不會放過這傢伙，但現在只能瞪著他。

但是，阿杰不等自己長大就採取了行動。一輛腳踏車拖著蒐集餿水的二輪拖車剛好路過，阿杰衝了過去，咚地一聲跳上二輪拖車。我和阿剛目瞪口呆，還沒有反應過來，他已經抱起裝了黏稠餿水的桶子。蒐集餿水的男人不知道罵了什麼，阿杰也用臺語罵了回去。當他從二輪拖車上跳下來時，身上都被濺出的餿水弄濕了。

胖子嘴裡叼著剛才在便利商店買的菸，一邊點火，一邊走了出來。他皺著臉，好像聞到了什麼酸臭味，酸臭味來自阿杰。那個味道實在太強烈，連我和阿剛都忍不住捏住鼻子。胖子看到阿杰抱著餿水桶衝過來，嘴上的菸也掉了。

「幹你娘！」阿杰大罵一聲，立刻豪邁地把餿水桶裡的餿水倒向火鳥。「你別以為我們是小鬼就好欺負，王八蛋！」

胖子雙手抱頭慘叫著。

「閃人！」阿杰把餿水桶一丟，就笑著對我們大叫。「快逃啊！」

我和阿剛也慌忙拔腿狂奔。

「狗、狗娘養的！死小鬼，竟然敢弄我。啊……你們這幾個狗娘養的！給我記住，我會要你們好看！絕對會要你們好看！」

「有本事就試試看啊！」阿杰轉頭罵了回去。「誰怕誰啊！」

我們大笑著，好像風一樣穿越大街小巷。當我們回過神時，發現已經從植物園的後門逃了進去。胖子並沒有追上來，但腎上腺素噴發的身體停不下來。阿杰全身發出惡臭，來往的行人都嚇得閃開了。

蓮池內的蓮花開始綻放。今年夏天會很熱，所以應該會開出漂亮的桃色花朵。

5

暑假前的那個星期天，我和林家兄弟一起去迪化街的霞海城隍廟。星期天是牛肉麵店公休的日子，而且那天阿杰的阿公要在那裡演布袋戲。我們在中華路搭公車到南京西路，然後一路走去城隍廟。

迪化街是位在淡水河畔的批發街，以前是茶葉的集散地。貨船把各地的茶葉運來這裡，送進紅磚倉庫內，然後又賣去各地。日據時代之後，除了茶葉店以外，還出現了許多賣雜貨、布料和南北貨的商店。日本人將清朝時代的狹窄道路拓寬，建造了圓環。延平北路以前稱為太平町路，是日本人鋪的路。這些都是聽我爸爸說的，他對我說：「小雲，你知道嗎？日本人也為臺灣建了市場、學校和警察局。」

我想，爸爸應該希望我瞭解到凡事都有兩面性。因為像我們這些後來才來臺灣的外省人，通常都對日本人沒有好感。因為大部分家庭都曾經在大陸經歷過抗日戰爭，所以這也是無可奈何的事。我爺爺更是到死都痛恨日本人。

但本省人就不一樣了。一九四五年，日本在太平洋戰爭中落敗，撤離臺灣之後，本省人張開手臂歡迎我們外省人。因為大家都是中國人，比日本人更好溝通，沒想到蔣介石冷酷鎮壓了本省人。一九四七年發生的二二八事件，就是本省人無法忍受國民黨的壓制，在路上不管遇到誰，就對他們說臺語和日文，只要對方答不上來，就認定是外省人痛打一頓。因為本省人都會唱〈君之代〉，所以反國民黨的抗議遊行中，都會大聲唱這首日本國歌。

國民黨也不可能沉默。不，因為國民黨手上有手槍和機關槍，所以更加惡劣。他們逮捕了那些曾經接受日本教育的菁英後用酷刑折磨，接連處死。只要有人不會說國語，就用鐵絲綁住手丟進海裡。雖然二二八事件的直接導火線，是政府機關的人員在取締一名臺灣女性販賣走私香菸時的粗暴行為，但最後造成超過兩萬名本省人遭到殺害。本省人對國民黨太失望，所以才會懷念日據時代。

因為天氣太熱，我們走在騎樓下。騎樓下很暗，所以走到房子和房子之間遇到陽光時，就覺得很刺眼。天空中萬里無雲，從淡水河吹來的熱風撲面，整個世界都在流汗。

城隍廟拜的城隍爺是陰間司法體系的職司。生前公正無私的人，在死後變成了城隍爺。公務員被派到某地任職時，都要去當地的城隍廟拜拜。阿杰的阿公那一天受人之託演布袋戲獻給城隍爺。那個人曾經許願要出人頭地，後來實現了心願，所以要來還願。

走過永樂市場，來到迪化街和永昌街路口的城隍廟後，我們開始找阿杰。其實根本不用找，因為這是一座小廟，香爐後方聚集了很多人，旁邊已經搭好了布袋戲的戲臺。可以勉強擠進一個人的戲臺上披著色彩鮮豔的綢布，戲臺的頂端用夾板做了一個富麗堂皇的廟宇。

「布袋戲是專門演給神明看的。」達達自信滿滿地說：「爸爸說他從小看到大。」

「白痴喔！」阿剛巴了他弟弟的頭。「那根本是胡說八道。」

「好痛！」達達摸著自己的頭，生氣地問：「為什麼是胡說八道？」

「爸爸是湖南人，布袋戲是福建省的傳統戲，他怎麼可能從小看到大？」

「搞不好湖南也有啊！因為爸爸對布袋戲超瞭解。」

「爸爸什麼都知道，」阿剛語帶同情地說：「即使不知道的事，他也會說知道。」

我們從香客的縫隙中看到了阿杰的身影。

但是，當我們撥開人群，叫著他的名字走過去時，他完全沒有發現我們。他站在繚繞的香菸後方，目不轉睛地看著地面。

「阿杰，怎麼了？發生什麼——」

阿剛倒吸了一口氣。我和達達也一樣。阿杰眼神空洞地巡視了我們三個人，又將視線移回倒在地上的老人身上，費力地擠出沙啞的聲音。

「阿公、阿公他……」

「喂！現在要怎麼辦？」一個氣色很差的乾瘦男人在阿杰身旁打轉。「這樣不是沒辦法演布袋戲給城隍爺看了嗎！我向城隍爺發過誓，只要能夠升遷，就要找全臺北最棒的布袋戲來演給祂看！」

「喂！」阿剛衝到男人面前。「現在哪有時間管這種事！你沒看到有人昏倒了嗎？」

「有沒有叫救護車？」我搖著阿杰的肩膀問：「阿杰，你有沒有叫救護車？」

他六神無主，不管問他什麼，他都聽不到。

我衝出城隍廟找公用電話。當我打電話叫完救護車回來時，看到阿剛和布袋戲的雇主正在圍觀的人群中相互叫罵。達達也在一旁幫腔，大叫著他知道的所有罵人的話。

「阿杰！」我大聲問愣在那裡的阿杰。「阿公怎麼了？」

阿杰眨了眨眼睛，似乎聽不懂我在說什麼。

我低頭看著阿公，他的臉紅得像石榴，連皺紋深處也都是紅的。我完全沒有想到心臟病發作或是腦中風的可能性。畢竟我才十三歲，看到有人在大熱天昏倒，只想到可能中暑了。我看到廟門前有攤販在賣愛玉冰，立刻衝過去，向老闆娘要了很多冰塊裝在塑膠袋裡。

「趕快！趕快！」我從賣愛玉冰的老闆娘手上搶過冰塊，用學校教的方法，把碎冰塊倒在阿公的脖子和腋下。「阿杰，你站來這裡為阿公遮蔭！」

我們脫下襯衫，為阿公遮蔭、搧風，當救護車趕到時，我們也差一點中暑昏倒。

「等一下！」阿杰正準備坐上救護車陪阿公時，那個雇主的男人抓住了他。「不管怎麼樣，都要演布袋戲，否則我就違反了和城隍爺的約定。」

阿杰甩開了他的手，跳上救護車。

「好啊好啊，沒關係！」那個傢伙甩著手，額頭冒著青筋對圍觀的人說：「有這樣做生意的嗎？我可是付了錢！以後誰還敢請這種不把神明放在眼裡的傢伙來演布袋戲？如果我發生什麼倒楣的事，全都是那兩個傢伙的過錯！我要去告他！」

阿剛想要去抓那個男人，我擋在他面前。

「那就演啊。」

雇主的男人惡狠狠地瞪大了眼睛。

「我說演就演。」阿剛聽到我這麼說，露出懷疑我是不是發瘋的表情轉頭看著我。「這樣你就沒話說了吧？」

「是喔。」雇主用鼻子發出冷笑聲。「你要代替那個老頭演布袋戲嗎？你要演的劇目是什麼？」

「嗯，這……」

我答不出來。我當然不可能答出來。因為我只是太火大了，幾乎是自暴自棄地回嘴而已。

「你會說臺語嗎？」
「不會。」
「你要用國語演布袋戲嗎？我從來沒聽過這種事。」
「請你讓我演。」
「你這種小鬼能幹什麼，趕快回家寫功課去吧！」
「冷星……」
「什麼？」
「冷星風雲。」我對他說：「我要演《冷星風雲》。」
「你在胡說什麼啦？」阿剛把我拉去一旁。「《冷星風雲》是什麼東西啦？我們怎麼可能演得出來啦！」
「不，我們要演。」
「你根本不懂布袋戲啊。」
「即使不懂也要演。」
「我說你啊……」
「阿杰家不是靠這個過日子嗎？」
「是沒錯啊！」
「如果我們不演，搞不好他爸又會打他。」我瞪著那個雇主。「而且現在是八〇年代，有誰知道布袋戲是怎麼回事？」

阿剛目瞪口呆，我催促著他，跑進了戲臺。我不理會阿剛在一旁抱怨，把手伸進最有冷星味道、看起來最帥的戲偶，幾乎只是憑著一股氣勢，把戲偶高高舉在頭頂上。主角突然登場，只聽到稀稀落落的掌聲。布袋戲開始了，但我腦袋裡一片空白。

「你找一個他的敵人。」

「幹！」阿剛小聲罵道。「如果搞砸了，我可不管喔。」

「這裡是新臺北——」

我因為太緊張，聲音分了岔，觀眾中響起了同情的笑聲。我從綢布的縫隙中，看到有人趿著拖鞋離開了。我清了清嗓子，腹部用力，大聲喊了起來：

「這裡是新臺北！冷星在哥哥遭到壞蛋殺害之後，就孤苦伶仃，無依無靠，內心燃起了冷酷的復仇之火！」

我的布袋戲既沒有音樂伴奏，也不知道說臺詞的技巧，完全搞不清楚狀況。我跳過了用四句五言或七言古詩介紹出場人物的「四念白」，直接進入了劇情。那個雇主的男人聽到之後，抓著頭髮慘叫起來。

「我就知道！我就知道！」

我沒時間理會他。不管阿杰的阿公為這一天準備了什麼劇目，我都只能演我的

《冷星風雲》。不用說也知道，那正是我每天晚上畫的漫畫。

「『嗚嚕嚕嚕……你是誰？』」我操作著頭上的戲偶，扯著嗓子慢慢補充劇情。「『你不記得我很正常，因為你們殺了我哥哥的時候，我年紀還很小。』」

我右手拿著正義的英雄，左手拿著壞蛋奮戰不懈。必須換戲偶的時候，躲在戲臺後方的阿剛就會馬上遞給我，所以原本全都是男人的復仇劇中，竟然出現了渾身散發出危險味道的妖嬌女人。「『你騙人！我哥哥才不會中這種美人計！』」「『噢哈哈哈哈，那你就自己去陰間問你哥哥。』」我忘了時間，也完全聽不見觀眾喝倒彩的聲音，滿頭大汗地操作著戲偶。等到冷星終於和壞蛋的頭領對決時，我已經渾然忘我。什麼都看不到，什麼都聽不到，整個世界就只有手上的兩具戲偶。

「『你們為什麼要殺我哥哥？』」冷星低吟道，流刀冷笑著說：「『那我就告訴你，你哥哥是怎麼死的。我們把你哥哥裝進布袋，像貓一樣亂棒打死他。哈哈哈！』」

「『流刀，看招！』」「『冷星，是你自己來送死！』」兩雄激烈纏鬥，用力彈開後接連出招。寶劍和妖刀相碰，頓時火花四濺。一進一退，簡直就是龍虎相鬥。決一雌雄的時候慢慢逼近，遍體鱗傷的冷星趁流刀稍微閃神之際，立刻逼到他面前。在寶劍精準落下的剎那，我可以感受到觀眾倒吸了一口氣。「『高、高招，冷星！』」流刀在倒地之前，搖晃著身體說道。「『但是，壞人並不會從這個世界消失……像我這樣的人會層出不窮。』」

「『如果是這樣，我就會一次又一次打死這些壞蛋。』」我用盡全身的力氣，讓冷星說完最後一句話。「『即使我死了，也一定會有人繼承我的意志。』」

我的心臟劇烈跳動，就像劇情達到高潮時響起的銅鑼聲。在幾乎可以聽到汗水順著臉頰滑落聲音的寂靜中，城隍爺哈哈大笑起來。

小小的城隍廟內響起如雷的掌聲和喝彩。

我聳著肩膀喘氣，阿剛的大臉上都是汗水和淚水。達達發了瘋似地拍著手，不知道對著戲臺大喊著什麼。

「我從來沒看過這麼離譜的布袋戲！」那個雇主好像生氣似地走了過來，緊緊抱住了我。「《水滸傳》裡應該也要有一個像冷星這樣的好漢。心意最重要，只要城隍爺感受到真心誠意就好，大家說對不對？」

我又熱又渴又緊張，幾乎累癱了，微風吹來，就差一點把我吹倒。

每個人的臉上都露出了笑容。

巨大的夕陽正在倉庫街的遠方慢慢沉落。城隍廟的廟公認識阿杰的阿公，所以一口答應收拾戲臺。在回家之前，我們和那個雇主一起拿著香，向城隍爺三跪九叩。也許人在離開人世去陰間後，也能夠像城隍爺一樣為他人帶來幸福。我把香插進香爐時忍不住想，祈禱爸爸和媽媽也能夠早日發現這件事。

雖然那時候的臺北到處都很髒，到處都是陷阱，到處都有壞人，但只要仔細尋找，就可以發現奇蹟。阿杰的阿公果然只是中暑而已。

幾天後，阿杰找我們一起去龍山寺拜拜。

我們把香插進關帝爐後合掌祭拜。我、阿杰和阿剛自認為是劉備、關羽和張飛，像他們在《三國志》中一樣桃園結義，就是說什麼「我們三人不能同年同月同日生，只求同年同月同日死」結拜的那個。

結義之後，我們相視而笑。雖然曾經提議要割手指放血各喝一口，但最後也不了了之。

6

「今天撇的條形狀真漂亮，簡直就像剛擠出來的牙膏！」

阿宏身心舒暢地說完這句話，林家兄弟把他推到一旁搶廁所。

「啊，哥哥，你太奸詐了！」

「你少囉嗦，去學校上廁所啦！」

阿宏得意地瞥了一眼骨肉相殘的兩兄弟，用鼻子發出冷笑聲。「喂，我去買報紙。」「順便幫小孩子買早餐。」他太太翻炒著鍋子的東西大聲說道：「達達的三明治不要加美乃滋。」

林家每天的早晨都差不多是這樣，只是這天早晨稍微有點不同，林家兄弟爭吵的表情也很開朗。

連續好幾天都是大晴天，才早晨七點，馬路上就已經熱氣蒸騰。被蟬霸占的榕樹好像隨時快爆炸了。中華路上的公車和計程車互不相讓，一萬輛機車噴著白煙，發出巨大的噪音在街頭穿梭。載了一家四口的機車悠然行駛，萬一發生意外，一家人都會同歸於盡，只是從來沒有聽過曾經發生這種車禍。蒐集餿水的二輪拖車好像亡靈般經過發出惡臭的小巷弄，排水溝的格子蓋上都黏著好像鮮血般的紅色檳榔汁，肥大的老鼠在下面竄來竄去。

在天堂和地獄之間，離地獄的距離比較近的臺北，在六月三十日這一天突然綻放出光芒。沒錯，我們即將迎接暑假的到來！

「暑假結束後，你們就升上二年級了。」江老師好像老虎一樣在講臺上踱來踱去，叮嚀所有的學生。「即使放暑假，也不能鬆懈。不要忘記，對你們來說，暑假是充滿誘惑的危險時期。如果沒有大人陪同，不可以自己去西門町。因為一到暑假，全國各地的不良分子都會去西門町，最近更有奇裝異服的年輕人聚集在街頭，警方也加強了取締。你們隨時要記住，自己是南山國中的學生，要帶自覺心和責任心，過一個有意義的暑假。」

然後就開始交代暑假作業的事。我們把暑假作業向後傳時，心早就已經飛了出去，所有人都迫不及待地想要趕快撲向伸手可及的暑假。

「我相信你們都知道文亭國中的那件事。」

教室內的氣氛頓時緊張起來。幾天前，萬華的文亭國中發生了一起慘不忍睹的事件，一個心理變態的傢伙闖進學校，對著學生的臉潑鹽酸。

「雖然當場逮到了凶手，但那個人向警方供稱，他只是隨便挑選了一所中學，也就是說，那個心理變態的人也可能來我們南山國中。我想要提醒各位同學，這個世界上存在許多我們難以想像的罪惡，一旦被盯上就無處可逃了，所以我們能做的，最多就是盡量遠離這些罪惡——沈杰森！林立剛！你們聽到了沒有？」

全班同學都哄堂大笑，轉頭看著阿杰和阿剛。然後，等待已久的燦爛時刻終於來到了。

「那就祝你們有一個美好的暑假。」

我們大聲歡呼，就像拿掉項圈的狗一樣衝出教室。積了灰塵的棕櫚樹在熱風中搖曳，其他班級的學生也衝出教室，每張臉上都充滿希望，眼眸反射著夏日的陽光。我和阿剛、阿杰一路發出怪叫聲，鑽過人群，衝出了校門。

「YO！」阿剛龐大的身軀跳著月球漫步。「要不要直接衝西門町！」

「YO、YO、YO！」阿杰踩著複雜的舞步呼應。「今天一定要把那雙球鞋搞到手。」

阿剛和阿杰迷上了不久之前偷溜去電影院看的那部電影《霹靂舞》。這部電影讓全臺北的年輕人都為之瘋狂，就連我這種沒有看過那部電影的人也一樣。江老師剛才說的「穿著奇裝異服聚集在街頭的年輕人」，一定就是說那些被霹靂舞迷得神魂顛倒的人。

「喂，小雲，就看你囉。」阿剛摟住我的肩膀，阿杰也從另一側摟住了我的肩膀。「如果你搞不定，本來可以得手的東西也會飛走。」

如果是以前，也就是住去阿剛家之前，我絕對不可能參與這種犯罪行為。爸爸曾經告訴我，重視朋友當然沒問題，但如果脫離常軌，就會毀了自己一輩子。我百分之百贊成爸爸的意見。

「阿剛的作戰方案是不是我去吸引店員的注意力，你們趁機偷鞋子？」我對他們說：「真不愧是豬腦袋想出來的方案。」

他們兩個人互看了一眼。

「問題在於尺寸，偷了沒辦法穿的鞋子也沒用。」

「那該怎麼辦？」阿剛噘著嘴問，阿杰也問：「難道你有什麼好主意嗎？」

我賊賊地笑了笑。

服裝店、鞋店、塑膠模型店、關東煮店、鐘錶店、涼麵店、遊樂場、香水店、日本雜誌專賣店——萬年商業大樓是一棟擠滿各式各樣店家的綜合商業大樓，以前還有溜冰場和滑冰場。

我們先去廁所換衣服。穿著胸前繡了學號和姓名的制服襯衫偷竊也未免太大膽。接著，我和阿剛、阿杰去偵察下手目標的店。

二樓有一家，三樓有一家，四樓有兩家店都有我們要的那款鞋子。考慮到逃跑路線，二樓那家店最理想，但那家店的店員是個很壯碩的年輕人，而且手臂上還有刺青。我們偷瞄著那個傢伙，乖乖地搭電扶梯去樓上。三樓那家店在店門口埋了很多鞋盒，只有一個戴著眼鏡，瘦瘦高高的男人，條件很理想，只不過那家店所在的位置不佳，讓我們猶豫不決。因為這家店位在上樓電扶梯的正前方，也就是說，逃走的時候必須繞半個樓層。於是，我們繼續搭電扶梯上樓。四樓的兩家店中，其中一家只有一個老太太在顧店，另一家店只有兩、三坪大，卻有三名店員。我們若無其事地走過店門前，走去逃生梯，把頭湊在一起討論。

「不要去那家老太婆的店。」

阿剛說，我和阿杰都點點頭。

「那就去三樓那家。」

阿杰說，我和阿剛都點點頭。

「不要搭電扶梯，走樓梯比較快。」阿剛和阿杰聽我這麼說，都點了點頭。「知道怎麼做了吧？你們先過去，我會在十五分鐘後過去。萬一走散了，就去遠東百貨公司的人行陸橋見面。」

「酷！」

我們用黑人的方式握手後，阿剛和阿杰勇敢地踏上了征途。

我目不轉睛地看著手錶，在剛好十五分鐘後，從逃生梯走到商店的樓層，總覺得來往的每一個行人似乎都知道我們心懷不軌。「我認識你。」擦身而過的女人似乎用眼神這麼對我說。「我知道你是南山國中的鍾詩雲。」我故意放慢腳步，努力讓心情平靜下來。「你是南山國中的鍾詩雲。」雜貨店門口的男人盯著我。「鍾詩雲要去做傻事了。」我立刻滿身大汗。

當我動作僵硬地走向鎖定目標的那家店時，看到阿剛正坐在椅子上試穿一雙嶄新的籃球鞋，阿杰背對著我。我沒有停下腳步，走過那家店門前，繞那個樓層一周，然後用頭撞向堆在店門口那些耐吉的鞋盒。

鞋盒紛紛砸在我頭上，簡直就像從空中掉下來。

「你、你幹麼！」店員驚慌失措，一個勁地想把被鞋盒淹沒的傻瓜挖出來。

「喂，你沒事吧？」

我用力閉著眼睛，隔著眼瞼，看到好幾個影子。「他發作了！」遠處傳來阿剛的聲音。「趕快叫救護車！」一陣慌忙的腳步聲後，聽到有人拿起電話的聲音。這時，有人粗暴地推開了堆在我臉上的鞋盒。

「閃人！」我偷偷張開眼睛，看到阿杰的臉出現在我面前。「動作快！」

當我掙扎著站起來時，阿剛和阿杰已經分別跑向左右兩側。我跌跌撞撞地跑了起來，身後傳來店員的怒罵聲：

「原來你們是一夥的？來、來人啊！趕快幫我報警！」

我用力擺動手臂，兩腳蹬地，目不斜視地跑了起來。加速的雙腿輕盈無比，簡直就像以前一直在沉睡的真正自我終於甦醒。路人困惑的臉不斷向後飛，我至今仍然可以回想起當時好像全身的細胞都在燃燒的感覺。哥哥被人殺了，爸媽拋下我去了美國，但在萬年商業大樓的那家鞋店偷球鞋時，我真真實實地活著。不是靠別人活著，而是自己努力想要活下去。嶄新的暑假無邊無際、永無止境地出現在我們眼前。這就是一切。

七月漸漸接近尾聲，洛杉磯奧運成為全世界矚目的焦點。臺灣第一次以「中華臺北」的名稱參加夏季奧運。

跑得像子彈一樣快的卡爾・路易斯風靡了整個臺灣，但大家最關心的應該還是棒球。因為棒球在那一年成為表演項目，前一年九月舉行的第十二屆亞運棒球錦標賽，臺灣隊戰勝了日本隊，獲得了參賽權。但因為蘇聯和古巴相繼抵制，參賽隊伍不足，結果日本隊也因為不便明說的原因參加了奧運棒球比賽。

隔壁的李爺爺把電視搬到院子裡，和左鄰右舍一起大聲吶喊助威，臺灣隊也順利奪得銅牌。在正式競賽項目中，蔡溫義在舉重中獲得的銅牌，成為臺灣隊唯一的獎牌。

阿剛和阿杰在那年夏天的最大目標，就是要學會大風車，在西門町的某個地方表演。

白天的時間，我們必須在各自家裡幫忙。阿杰的阿公並不是經常有人請他去表演布袋戲，說實話，其實只有偶爾有人請他去表演。阿杰的媽媽那時候剛開始去有錢的外省人家裡幫傭，替那些整天忙著去髮廊、修指甲、打麻將的有錢闊太太打掃家裡、洗衣服、洗碗，如果有需要，還可以做出不輸給欣葉的臺灣菜。阿杰媽媽工作細心，而且為人誠懇，很快就口耳相傳，轉眼之間就成為廣州街的熱門幫傭。她接了好幾戶人家，每一家做兩個小時。阿杰家住在萬華的一個看起來有點髒的市場內，但不管什麼時候去他家，他家都窗明几淨，地上找不到一絲灰塵、一根頭髮。

阿杰的媽媽不在家時，他除了要照顧兩個妹妹以外，還要整理房間、洗衣服和買菜，他繼父心情不好的時候還會揍他一頓。他繼父有一支用很硬的竹子做成的簫，但從來不吹，專門用來打小孩。阿杰讀小學的時候，為了讓兩個妹妹遠離繼父，曾經把她們帶去學校。我們在上課時，兩個妹妹就自己在操場上玩耍，經常看到她們單腿跳，或是掛在平行雲梯下，在操場上跑來跑去。

我記得那是在我們小學四年級的時候。一聲聽起來就知道發生了狀況的尖叫聲，打破了下午上課時的寂靜。我和阿杰不同班，但這並不重要，所有人都擠到了面向操場的窗戶前，其他班的情況也一樣。老師怒不可遏地大聲斥責學生，要求大家趕快回座，還有幾個人被老師甩了耳光。

阿杰的兩個妹妹被幾個高年級的不良分子團團圍住，推來推去。我們在窗邊大聲責備，但那些不良分子反而更加來勁了。其中有人在中學畢業後去混了黑道，所以對老師的警告和威脅充耳不聞。當老師在窗邊大聲斥責時，他們把手放在耳邊，假裝聽不到。

阿杰衝出教室大樓，在幾乎把世界都晒成了白色的豔陽中，筆直地跑向那些傢伙，吸引了所有人的目光。阿杰輕跳起來，用好像李小龍般迷人的飛踢攻擊敵人。

那幾個高年級學生愣了一下，立刻像飢餓的野狗般撲向他。阿杰動作俐落地打向敵人，閃過對方的攻擊，壓低姿勢後撲向對方。我們大聲叫罵，把衛生紙、課本、文具和垃圾這些所有手邊可以拿到的東西都從窗戶丟了出去，聲嘶力竭地大喊著：「阿杰，痛扁他們！」曾經被那些不良分子欺負的學生更是興奮得忘乎所以，盡情大罵著如果在家裡說就會被母親處罰的髒話。幹你娘！阿杰，打死他們！

不知道阿杰是否聽到了我們的聲援，他無所畏懼地和那幾個人奮戰。只不過阿杰再怎麼會打架，對方有四個人，當然寡不敵眾。即使被打倒在地、被狠踹、被用力踩，他仍然像不倒翁一樣站起來。最後，幾個老師終於趕到，那幾個不良分子撂下狠話逃走後，阿杰的妹妹哭哭啼啼地抱著阿杰。阿杰鼻青臉腫，誰都看得出他只能勉強站直，但還是摸著妹妹的頭和後背安慰她們。如果勇氣是人生的必修課，我相信阿杰在小學四年級時就已經掌握了真髓。

阿杰在傍晚時來到阿剛家，有時候和達達一起在客人吃麵的桌子旁下象棋或是動物棋，等我們忙完店裡的事。動物棋是用象、獅子、老虎、豹、狼、狗、貓、老鼠的棋子對戰，搶先攻進對方的獸穴者得勝，但因為是玩暗棋，所以必須由第三者當裁判。「小雲，小雲，幫我們看一下誰贏！」當我去送麵時，他們就會拉住我，有時候也會找客人當裁判。

當客人慢慢變少之後，阿剛就會去後院拿出厚紙板，我帶著哥哥的錄音機，大家穿上罪惡的耐吉球鞋走去植物園練習霹靂舞。在蓮池旁播放 RUN-DMC 和胡迪尼的錄音帶，在厚紙板上灑上滑石粉，在上面打轉。不，我們只是練習打轉。因為沒有人教我們，我們想靠自己學會大風車，所以肩膀和腰部很快就練出一大堆瘀青。在植物園納涼的老人經常盯著我們看，還會七嘴八舌地評論。「你們這些年輕人在幹麼？為什麼一直在這裡扭來扭去，腦筋有問題嗎？」

達達最先學會，只是動作還很生硬。小學五年級的達達身輕如燕，而且動作很敏捷。他在三年級的時候拚命練習，學會了後空翻，立刻把後空翻和大風車結合在一起，完成了複雜花俏的高難度動作。他做完大風車後再倒立，然後再後空翻，在原地站穩。因為我們一直稱讚他，所以他得意地刻苦練習，精進舞技。

在達達傳授訣竅的一個星期後，阿杰也開始旋轉。那時候，達達已經轉得很有模有樣，但阿剛早就已經放棄，任憑自己的身體越來越肥。至於我，雖然沒學會大風車，但成功地學會了讓身體像觸電一樣震動，也勉強學會了月球漫步。

進入八月後，阿剛的母親對我們練舞這件事露出了難色。

我們丟著暑假作業不做，整天熱衷練舞固然是原因之一，但更重要的原因是因為「鬼門開了」。

農曆七月一日，也就是陽曆八月上旬左右鬼門就會打開，也就是連結陰間和陽間之間的門打開，孤魂野鬼都會來到人世間。這個時間不可以說「鬼」這個字，所以稱他們為「好兄弟」。

「我知道你們每天晚上都去植物園吵吵鬧鬧，」阿剛的母親扯著兒子的耳朵教訓我們。「你們給我記住，絕對不能吹口哨。因為一旦吹口哨，好兄弟以為你們在叫他們，所以都會找上門。」

從鬼門打開到關閉的一個月期間，有很多必須遵守的禁忌。比方說，不能拍別人的肩膀。因為每個人的肩膀上，都有守護我們的「無名火」，如果拍別人的肩膀時，不小心把無名火拍熄，也許就會導致好兄弟附身。還有掉在路旁的錢可能是好兄弟婚禮的紅包，如果搞不清楚狀況撿起來，可能會被帶去陰間參加婚禮。除此以外，也不能在水邊玩，因為這等於主動加入好兄弟的陣營。而且也不可能叫別人的全名，即使別人叫自己的全名，只要不回頭，魂魄就不會被好兄弟帶走。

雖然我們對這些迷信一笑置之，但並沒有違抗阿剛的母親。因為凡事不怕一萬，只怕萬一。具體來說，我們把錄音機的聲音關小聲，然後遠離蓮池，在練習的時候把榕樹葉帶在身上。因為榕樹葉可以避邪。

「我覺得還是不要練習大風車比較好，」阿剛簡直就像好兄弟一樣，試圖把我們拉到和他相同的程度。「因為肩膀上的無名火可能會熄掉。」

阿杰和達達並不理會他，繼續每天練習。我家有錄放影機，阿杰不知道從哪裡借來MTV的錄影帶，大家一起研究。我把大風車、機器人舞和各種舞技詳細畫了下來，當作是珍藏的祕訣和他們分享。

RUN-DMC是我第一次接觸的黑人音樂，雖然連發音都搞不清楚，但也開始經常聽馬文・蓋伊、The Marvelettes、傑克森五人組、至上女聲三重唱和波尼M合唱團的歌，每一張都是哥哥留下來的唱片。

有一天，在練習舞蹈告一段落後，我播放了誘惑合唱團的歌曲。大汗淋漓的身體感受著吹動棕櫚樹的夜風，聽著〈My girl〉的甜美合唱很舒服。我們腦袋放空地聽完之後，達達緩緩開口說：

「這首歌真好聽。」

「嗯，」我回答說。「聽說叫摩城音樂。」

「摩城？」

「摩城就是指美國的底特律，製造汽車的底特律別稱摩托城，簡稱就是摩城。」

「根本只少了一個『托』字而已。」

「胖子的火鳥也是在那裡生產的。」

「底特律嗎？」達達把玩著榕樹葉說。「一定是個超厲害的地方。」

7

二〇一六年一月二十九日，底特律的最高氣溫只有零下一度。

陰沉的天空重重地壓在到處都是空地的摩城，我坐在警車後車座，把身體縮在大衣內，雙手捧著裝了熱咖啡的免洗杯取暖。當地的警察見狀後笑了起來，雖然他們說今天的天氣根本不算冷，但我啟程飛往美國之前襲擊臺灣的那波寒流，造成八十人凍死。當時臺北的最低氣溫至少還有四度。

「我知道臺灣啊。」坐在副駕駛座上的戴夫・哈蘭副警長轉頭看著我。「我父親以前在尼米茲號航空母艦上工作，他說二十年前曾經去過臺灣。」

「是一九九六年吧。」我隔著吐出的白氣看著他。「那時候臺灣第一次舉行總統大選，中國對臺灣海峽發射了飛彈，試圖阻止選舉。」

「當時，我父親他們從波斯灣趕到臺灣海峽，尼米茲的速度很快。」

「我記得當時還出動了獨立號。」

「我弟弟在那艘航空母艦上。」戴夫・哈蘭露出滿面笑容，他的年紀大約五十歲左右。「我以前也在陸軍。」

「原來你們是軍人家庭。」

「律師，那你家呢？」

「我父親這邊是軍人家庭出身，在中國大陸和日本人、共產黨打仗之後去了臺灣。」

「原來是這樣，你父母還健在嗎？」

「嗯，他們都還在。」

「你英文說得真好。」身穿制服、正在開車的員警開了口。「你以前在美國住過嗎？」

「我在加州大學法學院讀過書，但我從十三歲就開始聽摩城音樂，像是馬文・蓋伊和 The Marvelettes 的歌。」

「你在臺灣開律師事務所嗎？」

「臺北和洛杉磯都有我們的事務所。」

「所以你也經常來這裡嗎？」

「嗯，差不多。」

「你覺得底特律怎麼樣?和你以前聽音樂時想像的一樣嗎？」

我不置可否地應了一聲，轉頭看向窗外。

這個幾乎變成鬼城的灰色街道，在一個星期前由「富比士」電子版公布「最慘的美國都市排行榜」上榮登第一名。底特律這個城市和非美國人對美國的印象完全相反，失業率和犯罪率居高不下，路上的行人用連帽運動衣的帽子遮住了半張臉，駝著背走在街上。從大都會國際機場往警局的路上，看到的空房子和廢棄大樓不計其數，從裂開的柏油路面長出來的雜草，似乎蔓延進入行人不悅的靈魂中。

然而，眼前的景象讓我有一種似曾相識的感覺。底特律的廢棄大樓令我聯想到遲遲無法峻工的臺北高架鐵路，無人的車站看起來就像一九九二年拆除的中華商場，街道上飄散的那種泛黃的味道，讓我聯想起在巷弄內蒐集餿水的二輪拖車。

「雖然這麼說對你很抱歉，」戴夫•哈蘭副警長自言自語般地說。「你應該沒辦法打贏布袋狼的官司。」

車子停下來等紅燈時，我看到幾個少年在滿是塗鴉的鐵捲門前跳舞。他們圍成一圈，隨著巨大的錄音機播放的嘻哈音樂的節奏，展現複雜的舞技。如果阿剛看到這些人的舞姿，應該就不會去碰跳舞這件事。他一定覺得與其白白流那些汗，還不如在家裡端牛肉麵更實在。

「怎麼了？」一雙眼睛從後視鏡中看著我。「發現了什麼有趣的事嗎？」

「不，只是覺得有點懷念而已。」我面帶微笑，用下巴指著那些少年說：「臺灣以前曾經有一段時間流行霹靂舞。」

「用什麼歌曲跳？」

「像是 RUN-DMC 之類的。」
「真古典啊。」
「雖然古典，但很經典。」
「只是跳舞的話無傷大雅，」制服員警說。「只不過跳舞這種事無法改變他們的人生。」
一名黑人少年跳進其他人圍起的圓圈，輕輕鬆鬆地完成了姿勢優美的大風車。以前，我也曾見識過完美的大風車。他不停地轉圈，一直轉圈，好像會飛去某個地方。

8

達達秀完大風車後，又接著完成了漂亮的後空翻，圍觀的人頓時沸騰起來。達達後退，單手按住棒球帽的阿杰衝上前去，踩著宛如電光火石般的舞步壓低重心後開始蛙轉。他以單手為軸撐住身體，另一隻手撥地面，讓身體保持旋轉。

阿剛把錄音機的音量調得更大，進一步煽動圍觀的觀眾。每個人都搖頭晃腦打著節拍，吹著口哨。當阿杰在觀眾的掌聲鼓勵下完成大風車開始背轉時，歡呼聲比前一刻更加響亮。

八月中旬過後，我們開始在中華商場的人行陸橋上跳舞。

原本希望在人潮更多的地方跳，但西門町像樣的地方都已經有其他跳得更好的人搶先了。那些人熱衷於一知半解的黑人文化，整天想找機會展現自己有多勇猛，對新加入的人毫不留情。如果搶別人的地盤，到時候還是身體沒有完成發育的我們吃虧。

第一次在街頭表演時，我們原本在紅樓劇院前跳舞，結果簡直慘不忍睹。不光是因為大家都太緊張，完全無法發揮實力，而且還被圍觀的人偷襲。如果被打也就罷了，但重點是我們是被人偷襲。

雖然之前就知道，目前已經改名為二二八和平公園的新公園和紅樓之間是同性戀者聚集的地方，但我們搞不太清楚什麼是同性戀。大人叮嚀我們不要去紅樓那裡，但我們覺得自己已經長大，所以決定去那裡表演。

阿杰轉圈失利，達達跳不起來，就連錄音機也卡帶。只有我的機器人舞勉強吸引了觀眾的目光。雖然我也緊張得要死，但機器人舞本來就要跳得動作生硬，所以並沒有太大的影響，更何況就憑我的舞技，受不受到影響都沒什麼差別。

我動作生硬地跳著，完全變成了機器人，並沒有發現圍觀的人慢慢逼近。當我發現時，達達已經落入敵人手裡。

達達被按在紅磚牆前，渾身僵硬地站在那裡，被那幾個男人上下其手。眼前的景象令人難以置信，我簡直就像電池耗盡的機器人一樣僵在那裡。雖然眼睛盯著那幾個男人試圖解開達達皮帶的手，阿剛和阿杰也一樣，但我們目瞪口呆地站在那裡，對達達見死不救。

有人抓我的屁股，我猛然跳了起來。轉頭一看，一個戴著鴨舌帽的男人露出金牙對著我笑。他不知道用臺語說了什麼，我完全沒有聽到，但全身都起了雞皮疙瘩。

「幹！」阿杰踹向另一個男人。「這些傢伙是怎麼回事？」

「林立達！」阿剛叫著弟弟的名字。「過來這裡！」

達達臉上的表情分不出是在哭還是在笑，原來人在遭遇極度恐懼時，就會露出那種表情。

我們就像是遇到暴風雨的竹葉船。右舷遭到了襲擊，左舷也有人進攻，而且前後遭到夾擊。阿剛抓住弟弟的手，用錄音機甩殺出一條血路。褲子已經被脫到一半的達達茫然不知所措。

「幹你娘！」阿杰推開從四面八方伸過來的手。「別碰我！」

雖然我完全沒有想要繼續跳機器人舞，但跟著其他人逃跑時的動作還是很僵硬。

我們威嚇著那幾個莫名其妙的男人，總算奇蹟似地逃離了虎口，但這是有生以來第一次遭遇這麼可怕的狀況。

我們花了三天，從那天的打擊中重新站起來後，決定去今日百貨公司後方的停車場表演。第一次和第二次都順利在那裡表演了蹩腳的霹靂舞，但人生不可能日日是晴天，第三次時，又被十來個男人包圍了。

這些高中生有人頭上綁著頭巾，有的人穿著垮垮的運動衣，看起來不像同性戀，但也不能鬆懈。因為他們手上拿著磚塊和可怕的武器。

阿剛嚇得關了音樂，我們就像冬天的小鳥一起依偎在一起。那幾個男人露出不懷好意的笑容，用手上的棍棒打著自己的手，發出啪西、啪西的聲音。

「幹麼？」我從來沒有像那一刻那麼痛恨不考慮後果，就去向對方嗆聲的阿杰。

「有意見嗎？」

「這裡是我們的地盤，」其中一人伸出棍棒說。「誰允許你們在這裡跳的？」

「那又是誰允許你們在這裡跳舞？」我很想揍一臉冷笑的阿杰，讓他趕快閉嘴，我相信阿剛也有同感。「我們想在哪裡跳，就在哪裡跳。」

那幾個男人把臉一沉，我們步步後退。不用說，當然是除了阿杰以外的其他三個人。

「你們懂不懂啊，」阿杰，住嘴，你想送死嗎？「美國的幫派分子開始跳霹靂舞取代槍戰，你們這些腦袋空空的傢伙根本沒資格跳霹靂舞。」

「幹你娘！」那幾個男人終於忍無可忍。「死小鬼，你找死啊！」

看吧，我就知道！

我和阿剛像烏龜一起縮著腦袋，達達就像脫兔般拔腿就跑，簡直就像一陣旋風，轉眼之間，就轉過百貨公司的大樓不見蹤影了。達達的舉動已經令我們大吃一驚，沒想到阿杰還想繼續往前走。

很久很久以前，齊國莊公出門打獵，一隻螳螂舉起腳擋在他的馬車前。莊公問車夫，那是什麼蟲？車夫回答，那是螳螂，只知進卻不知退，不自量力，敢和任何敵人對陣（《淮南子》）。

因為莊公讀書明理，所以沒有用馬車把螳螂輾死，但不能對眼前這些男人抱有相同的期待。如果不是一個身穿芝加哥公牛隊制服的男人制止他的同夥，我們一定會像螳螂一樣被打得滿地找牙，小命難保。

公牛緩緩走到阿杰面前，盛氣凌人地打量著他。他無論個子還是塊頭都至少是阿杰的一倍。然後，他一把拍落了阿杰的棒球帽，阿杰瞪著對方，還來不及長大的身體好像隨時會爆炸。公牛只說了一個字：「滾！」阿杰像沖天炮般準備撲過去，我和阿剛兩個人費了好大的勁才終於把他拉回廣州街。真是太衰了。

每當有大卡車經過下方的中華路，人行陸橋就會搖晃。

當阿杰後退時，我立刻跳著月球漫步往前，然後動作僵硬，好像全身關節都脫臼似地跳起了機器人舞。觀眾吹著口哨，用手打著拍子，甚至有人高舉手臂起鬨。

因為霧霾的關係變得更加刺眼的太陽在中華商場後方漸漸沉落。做這種事到底有什麼意義？我在注意自己包括指尖動作的同時，突然浮現這個想法。小默不可能起死回生，媽媽也無法得到心靈的平靜。即使如此，我仍然繼續跳舞。只要阿剛和阿杰繼續跳舞，我就可以一次又一次起死回生，也可以得到心靈的平靜。我覺得自己要代替哥哥和媽媽活下去。能夠投入無用的事，是無上的幸福。

音樂戛然停止。

沒有音樂和舞蹈的世界突然出現在眼前，簡直就像老天爺突然切換了電視頻道。沒有音樂和舞蹈的世界是灰色，到處都是垃圾。至於發生了什麼事，不說也罷，我頭也不回地穿越人群逃走了。在人行陸橋上賣各種小商品——手錶、梳子、雨傘、水槍、蟑螂捕捉器、鞋墊、可愛的貼紙——的攤販也立刻收起商品跑了起來。

當背後響起警察的哨子聲時，我已經跳下人行陸橋的最後幾級階梯。抬頭一看，來不及逃走的男人被警察逮到，一天賺的錢就這樣被搶走了。警察有時候會心血來潮地驅離在路旁或是人行陸橋上擺攤的人，雖然有人因此遭殃，但只要警察一走，這些攤販就又像烏鴉一樣冒出來，若無其事地繼續賣雨傘、梳子和鞋墊。

「這些警察閒著沒事，只會欺負老實人，」阿剛扛著錄音機，在我身後破口大罵。「明明自己放假的時候，也會向那些攤販買東西。」

我和阿剛向轉進中華路對面巷子裡的阿杰和達達揮了揮手，走進了西門町的人群。

我們躲過警察後，走路回到廣州街。

阿九的水果小貨車總是停在小南門，比我們更早回來的達達站在那裡和兩個女生說話。

「你家是不是就是那裡的阿宏紅燒牛肉麵？」其中一個女生問道，另一個女生又接著問：「林立達，你是本省人嗎？」

達達不知道說了什麼。因為他背對著我們，所以並沒有發現我和阿剛。阿九飼養的九官鳥在竹籠裡飛來飛去。

「我爸說，你家的牛肉麵還滿好吃的。」

「我爸爸也說，在本省人吃的食物中，他最喜歡牛肉麵。」

「你長大以後也要賣牛肉麵嗎？」

「我不會賣牛肉麵。」達達原本就很矮，內心的畏縮讓他看起來更矮了。「我想應該不會。」

「那你要做什麼？」

「不知道……但至少不會賣牛肉麵，因為光聞到味道就討厭。」

「我喜歡麥當勞！」

「我也是我也是！超時髦！」

阿剛忍不住咂嘴。那年一月，在民生東路上開了臺灣第一家麥當勞。

「林立達，你也吃過麥當勞嗎？」

「當、當然有啊！我爸有時候會買回來。對啊對啊對啊！」

「喂！」阿剛叫了一聲，達達嚇得抖了一下。「阿杰回家了嗎？」

「啊？喔……嗯。」他轉頭看我們時的眼神飄忽著。「他說要先回家一趟……晚上會再來。」

那兩個女生看到阿剛圓滾滾的肚子立刻雙眼發亮，臉上的表情就像是看到無尾熊或是阿里山元旦的日出之類難得一見的東西。

「快回家。」阿剛打著弟弟的頭。「要回去賣牛肉麵。」

達達垂頭喪氣，好像挨了打的小狗一樣跟在阿剛身後，那兩個女生呵呵笑了起來。

「牛肉麵是外省人帶來臺灣的，」準備離開前，我笑著對她們說。「我記得是四川的老兵做的，但其實只要好吃就夠了，其他的根本不重要。」

阿剛慢吞吞地走著。

達達小跑著追了上去。

「老爸什麼時候買過麥當勞？」

「…………」

「別說這種無聊的謊。」

「我討厭死這個地方了。」

他們沒有停下腳步，反而越走越快，我必須加快步伐才能追上他們。

「我討厭牛肉麵，也討厭牛肉麵店。」

「不管你討不討厭，我們家就是牛肉麵店，我們是靠賣牛肉麵才能長這麼大。」

「反正我就是討厭。」

「你是在侮辱爸媽嗎？」

阿剛轉過頭，用力瞪著弟弟。達達低下了頭，我不知道該如何是好。

「你的手錶哪裡來的？」

達達立刻把手藏到背後。

阿剛大步走回來，把弟弟的手臂扭了過來。達達的手腕上真的戴了一個嶄新的電子手錶。

「喂，這是誰買給你的？」

「放開我！」達達奪回了自己的手臂。「之前媽媽買給我的。」

「你少騙人了！」

「誰買給我都不重要啊！」

「到底是誰買給你的?說啊！」阿剛說完，一把抓住弟弟的胸口。「你該不會是偷來的？」

「你的球鞋不也是偷來的嗎？」

「你偷的嗎？」

「關你屁事啊！」

阿剛甩了弟弟一記耳光，達達用頭去撞哥哥。「他媽的！」兩個人打了起來，就在大馬路上又打又踹。「他媽的，你真敢啊！」路人紛紛停下腳步看了過來。

「阿剛，別打了！」我拉開了阿剛和達達。「達達，你也不要回嘴。」

「他媽的，你是不是偷來的！」阿剛把我推到一旁，抓住了達達。「你給我聽好了，我做壞事是因為我腦筋不靈光。」

達達扭著身體想要逃走，但阿剛力氣很大。

「但是，你不一樣。」

「放、放開我——」

「你很聰明。」

達達的眼中含著淚水。

「你不要學我，」阿剛在放開弟弟之前說。「如果你下次再偷東西，我就殺了你，聽到了沒有？」

「又不是我偷的！」

「王八蛋……」

「別人送我的啦。」

「喔，是誰送你的？」

達達的胸口用力起伏，用手臂用力擦著眼睛。

「哭有什麼用？到底是誰送給你的？」

「小金……」達達泣不成聲地說。「是小金送我的。」

「小金是誰？」

「媽媽的朋友。」

「女的嗎？」達達搖了搖頭，阿剛又繼續問：「那個叫小金的男人為什麼買手錶送你？」

「他說『經常看到你用功讀書，真乖啊』。」

「所以是店裡的客人嗎？」

「就是經常吃炸醬麵的叔叔，」然後好像想起什麼似地補充說。「應該說，是經常把炸醬麵剩下的叔叔。」

我脫口「啊！」了一聲。

「小雲，怎麼了？」阿剛看著我。「你也知道是誰嗎？」

「呃呃……不，」連我自己也不知道為什麼，竟然不加思索地說了謊。「我不知道……嗯，我不知道。」

「你一直在店裡，竟然不知道嗎？」

「雖然我一直在店裡，但都是放學後啊。」

「小雲可能也見過一次，」達達說。「因為他每次都在你們放學之前來店裡。」

「因為他每次都把炸醬麵剩下，所以送你手錶作為補償嗎？」阿剛揍了弟弟一拳。「如果你騙我，我會狠狠收拾你。他是媽媽的朋友嗎？」

「媽媽這麼說。」

「你沒有告訴媽媽，他送你手錶的事嗎？」

達達閉口不語。

「嗯，不要說比較好，不然媽媽可能會叫你還給他。」

「嗯。」

「你一開始就應該對我說實話啊。」

「但是——」

「難道你以為我會搶走嗎？」阿剛邁開步伐，達達慌忙走在他身旁。「我不會告訴媽媽，但你偶爾借我戴一下。」

「看吧！」達達大聲叫了起來。「我就知道會這樣！」

牛肉麵是阿剛家牛肉麵店的招牌，但其實還賣其他麵，牛肉湯麵、麻醬麵、乾麵、陽春麵——經常有人點炸醬麵，也經常有人吃不完，甚至有缺德的傢伙把剩下的麵倒在店門口的榕樹下。

即使這樣，我仍然確信就是那個男人送手錶給達達，就是那個穿著上了漿的白襯衫，像胖子一樣，在頭髮上抹了很多髮油的男人。即使蒼蠅圍著他的炸醬麵打轉，他也完全不介意。他上次好像還向阿剛的母親打聽阿宏去了哪裡。阿剛的母親回答說，誰知道啊，不知道那個王八蛋又死去哪裡了。幾個月前的對話在耳邊甦醒，我感到很不爽的同時，也感到不安，但到了阿剛家，這些情緒全都拋到了腦後。

「你們趕快來幫忙！」阿剛的母親發揮了三頭六臂的本領為客人煮麵，一看到我們就慘叫起來。「小雲，這碗麵是外面那個男生……不對，不是他，是計程車前的那個人！阿剛，你去後面幫你爸爸。達達，你把那裡的碗都收一收。」

正在候位的客人在門口抽菸、看報紙，或是呆呆地站在那裡。

我們立刻開始做各自的工作。

我在端麵或是把錢放進抽屜時，好幾次偷瞄阿剛的母親，並沒有任何令我感到不安的跡象。阿剛的母親像平時一樣活力充沛，俐落地張羅著店裡的大小事，客人開玩笑時，她也笑得很大聲。那天晚上難得很忙，就連來找我們一起練舞的阿杰也幫忙去送外賣。九點半之前，客人絡繹不絕，我們十點多才終於吃晚餐。

「今天真是太謝謝你們幾個小朋友了，」阿剛的母親咚地一聲，把牛肉麵放在我們面前。「多吃點，知道了沒有？」

我們幾個肚子餓到不行，加上又累了一天，除了眼前的麵之外什麼都無法思考。絲毫沒有察覺這件事已經替之後不好的未來埋下伏筆。

雨時下時停，我們利用雨停的時候在植物園練習，但晚上九點左右，雨越下越大。

阿杰和達達第一個衝進涼亭，我用T恤包住錄音機，以免被雨淋壞，也跟在他們身後。阿剛似乎覺得與其花力氣跑，還不如被雨淋一下，所以被淋成落湯雞也是自作自受。

狂風吹進涼亭，我們被雨淋濕的身體忍不住抖了一下。聳立在夜空中變成黑色的大王椰子樹在風中搖擺。雨下得太大了，蓮池裡的青蛙似乎也都乖乖閉了嘴。

「你們看！」

順著達達手指的方向看去，有一條蛇扭來扭去地在蓮花之間游泳。

「你們看到了嗎？牠的頭是三角形，所以是毒蛇吧？」

「你看走眼了吧？」先進涼亭的幾個老人笑了起來。「這裡怎麼可能有毒蛇？」

又有幾個人跑進涼亭躲雨。

我們時而伸手接著從涼亭屋簷滴下的雨水，時而複習舞步，時而張大眼睛看那條蛇是不是還在那裡，希望雨趕快停下來。大人有的在抽菸，有的慢慢搖著扇子，也有人趁這個機會認識了新朋友。

我用T恤擦乾錄音機上的水，按下了播放鍵，確認沒有問題後，隨手打開了收音機的開關，聽到一個女人的聲音在播報新聞。「華西街某位民眾發現有一條雨傘節盤踞在他鞋子裡睡覺。」雨傘節是毒蛇，如果在山上被咬到，就會一命嗚呼。

女主持人繼續介紹說，臺灣每年有超過一千名民眾被蛇咬，每個人需要兩到三支血清。一旦被雨傘節這種毒性很強的蛇咬到，如果不注射血清，致死率達到百分之八十五。

「怎麼可能有這種荒唐的事？」有人自言自語地說。「為什麼雨傘節會跑來大都市？」

聽收音機說，萬華某家蛇肉專賣店因為忘了鎖住蛇籠，導致有兩百條蛇逃走，目前警方正積極展開調查。

「看吧！」達達得意地說。「我就說剛才那條是毒蛇！」

節目主持人說，臺灣的蛇不喜咬人，雨傘節的攻擊性也並不高，即使遇到了，也不要慌張或尖叫。要不慌不忙，保持鎮定。有另一位民眾早晨醒來時，發現眼鏡蛇爬在他胸口，發怒地張開頸部的皮褶。他處變不驚，鎮定自若地瞪著眼鏡蛇，那條蛇反而嚇得逃走了。

大家聽了都笑了起來。

「我以前當兵的時候，我們小隊有一個人在山上被一條很大的蛇咬了。」一個正在抽菸的人說。「因為我們不知道那是什麼蛇，所以就活捉了那條蛇帶去醫院。因為在山裡，所以花了很長時間才到醫院，那個同袍也毒發身亡了。他是腳被咬到，被咬到的地方變成了紫色。我到現在還是不知道當時那條是什麼蛇。」

所有人都點著頭。

「有些毒蛇的頭並不是三角形，而且冬天也會跑出來。」一個搖著扇子的老人聽到有人這麼嘀咕，慢條斯理地開了口。「臺北是亞熱帶地區，所以蛇也都不冬眠。只要住在鄉下就知道了，蛇只有在寒流來的時候短暫休眠，只要氣溫上升，就立刻四處活動。」

「我哥哥以前的女朋友家就是華西街的蛇肉店。」由我做了最後的總結。「希望不是她家的蛇逃走了。」

像怒濤般的傾盆大雨很短命，當明亮的月亮從迅速移動的雲間探出頭時，躲雨的人一個又一個走出了涼亭。

我們也走在滴著水的熱帶樹下踏上歸途，被雨淋濕的柏油路面在路燈的照射下發出黑光。剛才被雨壓住的熱氣再度反撲，聞到了濃濃的泥土味和草味。風一吹，大王椰子樹和棕櫚葉子上的水滴就從高處滴了下來。蓮池那裡傳來蛙鳴，螽斯發出好像舊燈管那種滋滋聲。達達一直擔心蛇的事，阿剛打了他的頭，才終於讓他閉了嘴。再過兩星期，達達就要讀小學六年級，我們也要升國二了。

9

達達終於學會頭轉的那天晚上，我們倒在地上，滿身大汗，精疲力盡，卻心滿意足。

在成員中終於有人完成頭轉後，我們終於做好了進軍西門町中心的心理準備。我們在極度興奮後的虛脫中仰望著夜空，豎耳細聽著魚兒跳出水面的聲音。剛被繼父揍了一頓的阿杰太陽穴都是瘀青，鼻子上還貼著ＯＫ繃。

風吹來，竹林發出可怕的沙沙聲，收音機小聲播放著饒舌音樂。這時，阿杰和我們聊到了韓書明的事。他說帶兩個妹妹去淡水河畔採艾草時，看到滿臉包著繃帶的韓書明。

「結業典禮的時候，江老師不是告訴我們，」不知道是不是因為傷口很痛，阿杰說話時，動嘴巴的幅度很小。「有一個變態闖進文亭國中，對學生潑鹽酸嗎？」

「他還說只是隨便挑選了一所中學，」阿剛說。「是不是那個變態？」

「江老師不是說了，那個變態當場就被抓了嗎？」我捶了阿剛的肩膀一拳。「阿杰，是被潑鹽酸的那個人嗎？」

阿杰點了點頭，達達興奮地問：「有沒有看到他的臉？」

「沒有，因為我妹妹很害怕。」

「我之前看了報紙，」我把錄音機調小聲後說：「聽說還有學生的耳朵也都溶掉不見了。」

所有人都看著阿杰。

「我不知道他的耳朵怎麼樣，但他的眼睛從繃帶裡露了出來，有一隻眼睛全都是白色的，我猜想應該失明了。」

「然後呢？」達達追問道。「阿杰，你沒有看到其他的嗎？」

「因為這種熱死人的天氣，他還穿著長袖，但他的脖子都爛掉了，好像榕樹的根。」

「那個人經常在淡水河那一帶嗎？」

「我怎麼知道？」

「不知道還會不會見到他。」

我們皺起了眉頭。

「阿杰，真羨慕你！我也想看他。」

我以為阿剛會打達達，沒想到他非但沒有這麼做，而且和弟弟一起露出期待的眼神看著阿杰。

「那明天要不要去看看？」阿杰露齒一笑。「運氣好的話，也許可以再遇到他。」

於是，我們隔天就去找那個不幸的少年。

那天下午吹著悶熱潮濕的風，陰雲密布，低垂的雲籠罩了整個城市，停在電線上的烏鴉也喘不過氣，甚至沒有力氣聒噪。我、阿剛和達達目送搖晃著沉重車身南下的莒光號駛去，走過了鐵路平交道。

那是八〇年代中期，這條鐵路所代表的意義也比以前淡化了許多，但畢竟是走進本省人的地盤，所以隱約的緊張貫穿了我的背脊。為了避免被人發現，我故意表現得比平時更加粗暴，說話時毫無意義地加了很多「幹」或是「他媽的」，掩飾內心的膽怯。阿剛一臉複雜的表情，但並沒有談論這件事。

我們沿著廣州街往西走。那裡沒有像樣的人行道，即使有人行道的地方，我們也走在車道上。因為人行道很窄，被馬路旁櫛次鱗比的商店霸占成為私有地，出售的家具、停的機車擋住了去路。一個滿身油汙的工人從有車床的工廠裡走出來，我們繞過他繼續往前走。那個男人穿了一件沾滿油汙、已經變黑的背心，用滿是油汙的毛巾擦著滿是油汙的手看著我們。

紅磚的剝皮寮街建於清朝，我們站在像隧道般的騎樓下等阿杰。阿杰家在馬路對面的三水市場裡面，雖然稱為市場，但其實只是一條擠滿簡陋小吃店的小巷子，附近的老人坐在那裡吃飯，湯汁一直從嘴邊滴下來。

這一帶臺語稱為艋舺，我們外省人稱為萬華。因為臺語沒有文字，日據時代，日本人聽到本省人說「banka」，所以就使用了日文中和「banka」發音相同的「萬華」這兩個漢字。從萬華一直往西走就是淡水河，往北走就是迪化街。萬華和迪化街都因為河口貿易而逐漸繁榮，但萬華龍蛇雜處，混亂多了。

「小學二、三年級的時候，」因為太無聊了，所以我情不自禁聊起以前的事。「我曾經和哥哥兩個人來這裡。」

阿剛看著三水市場的方向，但我自顧自說了下去——

「哥哥，我們回去了啦。」亂逛了好幾個小時之後，我穿著短褲的兩條腿簡直變成了鐵腿。「哥哥……哥哥，如果被媽媽知道，一定會罵我們。她不是叫我們不要去鐵路那一側嗎？」

「是你自己吵著要跟我來。」小默狠狠瞪了我一眼，正前方的夕陽照在他臉上。

「還威脅我說，如果不帶你來，你就要向媽媽告狀。」

「因為……」

因為阿剛經常來這裡玩。我把這句話吞了下去，沒有說出口。對那時候的我來說，走過鐵路，去廣州街的那一側具有重要的意義，可以向同學證明自己具有勇氣，才不是聽大人話的乖寶寶，必須經過這個儀式，才能和阿剛他們平起平坐。

「如果你要回去，就自己回去啊。」小默說：「這條路就是廣州街，只要你沿著這條路往回走，走過鐵路，就是小南門了。不過，我警告你，如果你向媽媽告狀，你想清楚會有什麼後果。」

「這裡不是龍山寺嗎？我們已經走過這裡三次了。」

「你少囉嗦。」

「再怎麼找，也不可能找到啦。」我故意誇張地拖著腳步走路。「我們找了這麼久也沒找到……一定沒賣了啦。」

小默生氣地加快了腳步，我一路發著牢騷，小跑著追了上去。

我們在找蠶寶寶。

幾天前，小默放學時向一個戴了斗笠的男人買了蠶寶寶和桑葉。「這是什麼啊？」媽媽尖叫起來。「小默！你為什麼買這種東西回來！」「有人在校門口賣啊，大家都買了。」「我不是問你這個，而是問你為什麼要買回來？」「牠們會吐絲，然後會結繭。」「這種事，我當然知道！這些繭可以抽出蠶絲。我說小默啊……」「媽媽，那我為妳做一塊蠶絲手帕，做旗袍的話可能太難了，媽媽，妳就期待吧。」小默說完之後笑了起來。

媽媽走進去時，嘴裡仍然嘀嘀咕咕，但我也知道媽媽只是假裝生氣。

小默和我把蠶寶寶放進餅乾空盒裡，也把桑葉放了進去。雪白的蠶寶寶好像細細的粉筆，在空盒裡爬來爬去，吃桑葉的速度很快，排出一顆顆又小又黑的屎。牠們一下子就把桑葉吃完了，小默只好跑出去買桑葉回來。

爸爸晚上下班回家時，告訴了我們馬頭娘的故事。很久很久以前，有一個爸爸出門去打仗，家裡只剩下女兒和一頭馬。女兒很寂寞，就對那匹馬說：「如果你可以把爸爸帶回家，我就嫁給你。」那匹馬嘶嘶叫著衝出家門，而且真的讓她爸爸騎在牠身上回家了！雖然女兒欣喜若狂，但那個爸爸發現馬有點不對勁，於是質問女兒：「怎麼了？發生了什麼事？」於是知道了女兒對馬的承諾。那個爸爸勃然大怒，拿起弓射死那匹馬。「你只是一匹馬，竟然想娶人類！」然後就剝下馬皮丟在院子裡。那個女兒拿著馬皮玩的時候，馬皮突然攤開，把女兒捲了起來，衝出了家門（這時，爸爸張開雙手，我和哥哥都跳了起來）。當那個爸爸找到女兒時，女兒仍然被馬皮緊緊裹住變成了蠶，在樹上吐絲。爸爸因為喪失女兒的悲痛，就把那棵樹取名為和「喪」同音的「桑樹」，所以蠶只吃桑葉。

我們的蠶寶寶拚命吃桑葉，越來越胖，有幾條蠶開始在鐵盒角落吐絲，我和哥哥很期待牠們能夠趕快結繭，但有一天放學回家時，發現牠們全都死了。我們都不知道原因，小默認定是我做了什麼，所以還打了我一頓。我哇哇大哭起來，媽媽罵了小默一頓。「小雲什麼都沒做，是不是鐵盒裡太熱了？」結果哥哥就衝出了家門，我追了出去。

「你為什麼覺得那個賣蠶寶寶的人在萬華？」

雖然我這麼說，但內心也覺得如果要找賣蠶寶寶的人，當然要來萬華。既然在我們廣州街這一側買不到，就只能到廣州街的那一側來找。我們當時還在讀小學，這就是我們整個世界。

「我肚子餓了，如果不在吃飯時間之前回去，真的會被罵——」

小默停下腳步，我不小心撞到了他的後背。

「……哥哥，怎麼了？」

他一臉嚴肅地探頭向小巷子內張望。馬路上都很乾，但只有那裡積了水。小巷子兩側都是紅色或綠色的門，還有裝了鐵窗的窗戶，穿著性感睡衣的女人靠在門上抽菸。我想起之前李爺爺和爸爸聊天時說的事，忍不住嚇得發抖。聽說萬華的這種巷弄裡有賣春的女人，男人只要花十元買一根仙火棒，那些女人就會敞開身上的衣服讓男人看裸體，直到仙火棒燒完為止。

「不行！」我後退著。「絕對不要……不行喔！」

雖然太陽漸漸下山，但小巷內陰森得令人發毛，幾公尺的前方，就是一片黑漆漆，好像有可怕的影子正蓄勢待發地準備撲向不小心闖入的外人，黑暗中的紅色、黃色霓虹燈似乎發現了我內心的不安，閃爍了幾下亮了起來。小巷似乎在向我們招手，這裡一點都不可怕，來吧，快進來這裡。

「我們還沒有來這裡找過，」小默好像被吸進去似地踏出一步。「那來這裡找看看。」

一個身上有刺青，裸著上半身的男人從小巷子裡走了出來，一臉詫異地看著我們。他單手握蛇，另一隻手拿著菜刀。我看著那個男人出了神，當我再回頭時，小默已經走進了小巷深處。

「哥哥！哥哥！」

哥哥頭也不回，繼續往裡面走。

「哥哥！等我啦，哥哥！」

我覺得好像有黑色的煙霧籠罩了我的身體，我叫著小默，拚命在後面追趕。只畫了一張露出牙齒的嘴巴的看板，像仙女棒般閃爍、充滿妖氣的霓虹燈，所有的一切都好像要吞噬小孩子。剛才在外面時沒有發現，巷弄裡面簡直就像迷宮般複雜。小默好像知道自己要去哪裡，轉過了一個又一個街角。我拚命往前奔跑，好像背後有什麼東西張開大嘴追著我，但即使我費盡了全力，也無法追上小默。我和一個站在藍色門前的女人對上了眼。那個年輕女人臉上有一塊很大的胎記，她鮮紅的嘴角上揚，突然伸手抓住了我。

「人有前世的記憶。」

我嚇得愣在那裡。小默的背影越來越遠，雖然我想要叫他，但聲音卡在喉嚨，無法叫出來。

「三途河上有一座奈何橋，有一個叫孟婆的老太婆端著孟婆湯給死人喝。」那個女人鮮紅的嘴唇湊到我耳邊。「一旦喝了孟婆湯，就會失去前世的記憶，變成一張白紙輪迴，但是我知道不需要消除前世的記憶，就可以投胎的方法。你想知道嗎？」

我拚命搖頭。我知道遇到這種情況，萬一不小心點頭，就會被帶去地獄。她的雙眼好像穿越我的身體，看向我的後方。

我哭喪著臉，叫著哥哥，胡亂地從小巷跑向另一條小巷，完全沒有發現夜幕已經降臨。我完全不知道自己在哪裡，但在一個閃著綠光的鐵窗前停下了腳步。掛在窗上的牌子上寫著「家蠶」兩個字。確信像電流般貫穿了全身。小默就在這裡。我想要敲門，但立刻把手收了回來。不管裡面是誰，主動通知對方顯然不是上策，但我又沒有膽量像電影演的那樣，一腳把門踹開，所以我躡手躡腳地把門推開。

綠色的光從屋內滲了出來。

首先映入眼簾的是幾乎占據了整個房間的巨大神桌，深色的菩薩和觀音兩側，是一對紅色對聯，上面的字宛如行雲流水，香爐中升起裊裊銀煙。我從來沒有聞過這種燒香的味道，腦袋開始昏昏沉沉。煙都瘀積在肺部，讓我無法呼吸，這並不是我的心理作用。當我定睛細看香爐時，發現完全沒有線香，但擠滿了蠶寶寶，吐出的絲好像小煙囪。

恐懼在我的血管內奔竄，一種好像腸子被用力往下扯的絕望困住了我，兩隻腳動彈不得。一百個和尚唸著南無阿彌陀佛的聲音在我腦袋裡嗡嗡作響，正當我像在跳機器人舞般，全身關節發出擠壓的聲音向後轉時，黑暗中傳來一個聲音。

「你想知道嗎？」

宛如冰水灌頂般，無聲的聲音從頭頂蹦了出來。

「就是不消除前世記憶的方法，」背後再度傳來女人的聲音。「你想知道嗎？」

我頓時恍然大悟，我一定做錯了什麼。八成是剛才不應該搖頭，但現在已經來不及了。既然已經身處地獄，不管做什麼都無濟於事。

我下定決心轉過頭，發現果然是那個女人。她臉上的胎記好像馬的側臉。我的腦海中閃過「馬頭娘」這三個字。

「你想知道嗎？」

我點了點頭。

下一剎那，我變成了一條蠶，在香爐中和其他蠶一起吃著桑葉。

胃好像破了洞，無止境地感受到飢餓，大口咬著桑葉。吃著吃著，天亮了，吃著吃著，天又暗了。時間的感覺輕而易舉地遭到咀嚼、吞下，然後排出體外。每一天、每一天都吃個不停，除了吃以外，不關心任何事。在變成蠶之前，我是南山國中的普通中學生，有一個哥哥因為無聊的口角送了命，媽媽悲痛欲絕，整天鬱鬱寡歡，父親根本不在意我。我雖然有朋友，但他們並不是我真正想要追求的，我想要的是像脫蛹一樣破繭而出，一切重新開始。

越是專心吃桑葉，記憶就越模糊，我更像我自己。回憶一個又一個離我而去，就像枯葉一片又一片從秋天的樹木凋零。我的身體像阿剛一樣肥肥胖胖，馬頭娘不時探頭向香爐張望，一臉幸福地對我們說，多吃點，再多吃點，結出漂亮的繭，我就會把你們放進一個大鍋子煮沸，變成蠶絲，不管是胖子還是瘦子，不管幸福還是悲傷，都會變成相同的蠶絲，然後我會把你們織成銀色的布。我完全理解她說的話，所以放心地越吃越多，必須要先在大鍋子裡煮沸，才能變成銀色的布。

有一天，肚子被塞滿了，很不舒服。雖然我用力，卻擠不出蠶屎，而且，塞在肚子裡的東西彷彿有生命似地往上爬，擠在我的喉嚨口。我在這一刻之前完全不知道原來蠶也有喉嚨這件事。我無法呼吸，張大嘴巴後，喉嚨深處飄出了銀色的絲。我再也不想吃桑葉，花了好幾天的時間吐絲，像棉花糖般的銀絲緩緩裹住身體，溫柔地把我藏在裡面。

我變成了出色的繭。繭裡面沒有任何痛苦和悲傷，只聽到自己的心跳聲。我在溫暖的繭裡縮著身體，做了夢。夢境中，我在一個蕭然的房間內等待別人的出現。

然後，回憶浮現在腦海。

我豎耳細聽著走廊上漸漸靠近的腳步聲。我很久以前，就認識這個熟悉腳步聲的主人。我克制著內心的激動，注視著門把。記憶逼近的感覺有點像從高處墜落，墜落的風景並沒有消失，就像水倒進玻璃杯中般漸漸填滿我的內心。

接著，門被人慢慢推開了。

「喂，小雲！」

有人搖晃我的肩膀，我猛然回過神，拚命眨著眼睛。達達一臉納悶地抬頭看著我。

「為什麼說到一半停下來？」阿剛咂著嘴。「你在萬華的小巷子被一個女人抓住，然後呢？」

「啊?·喔……就這樣而已啊。」說出來別人也不相信的話，還是不說為妙。「後來我哥哥找到我，我們就回家了。」

阿剛有點不滿，這時，達達指著三水市場的方向，大喊著阿杰來了。

即使是現在，我有時候仍然會想起當時的事。當我回過神時，發現小默背著我。「你醒了嗎？」小默把我放下來時問。「哪有人會在那種地方睡覺？」我雙腿發軟，身體搖晃了一下。「小雲，你沒事吧？」「我怎麼了？」「你睡在人家的家門口。」我一時想不起自己人在哪裡，又做了什麼。昏暗的馬路前方傳來平交道的警鈴聲，紅燈閃爍，於是我知道自己回到了鐵路附近。「你剛才一直背我？」「有什麼辦法呢？」「我做了一個奇怪的夢。」「夢都很奇怪。」藍色列車緩緩駛向臺北車站的方向，隔著車窗，看到有人在睡覺，有人看著我們，也有人在走路，還有一個男人站在車門的階梯上抽菸。

「幹！」阿剛叫了起來。「我們足足等了三十分鐘！」

阿杰穿越炊煙和機車的白煙跑了過來。一看他的臉，就知道他又挨揍了，所以阿剛也就沒再多囉嗦。

我們一起去了淡水河畔，但那天只是在河畔玩耍而已，並沒有找到韓書明。

10

任何事都是經過漫長的時間緩慢變化，我們往往在事情徹底發生改變之後，才會終於發現；在變化的過程中卻難以察覺，簡直就像日晷儀，以為沒有任何變化。在不得不面對時，人們才終於發現事態重大，被眼前的事實擊垮，納悶到底出了什麼狀況。就這樣，一件又一件的事變得無法收拾。

暑假的最後一個週末，阿剛的母親失蹤了。

那天早晨一如往常。和往常一樣，八月的酷暑把我們叫了起來；和往常一樣，阿宏為了和理髮店的老闆娘搞七捻三，偷偷從店裡拿了錢；阿剛的母親也和往常一樣，騎著機車出門去買菜。

照理說，應該是這樣。

但是，到了牛肉麵店開始營業的上午十一點，她仍然沒有回來。榕樹上的蟬扯著嗓子大叫，歡頌著夏季，沒有開火的廚房卻感受到陣陣寒意，鍋子裡的牛肉湯表面的油都凝固成了白色。

我們把店裡的鐵捲門打開一半，等待阿剛的母親回家。上門想來買牛肉麵的客人抱怨了幾句後離去，雖然也有老主顧鑽進鐵捲門，探頭向店裡張望，阿宏鞠躬向他們道歉。「不好意思，我老婆買菜還沒回來。」

到了正午，到了一點，到了兩點她仍然沒有回來。只有蟬鳴聲和一直開著的黑白電視勉強打破了昏昏欲睡的午後寂靜。下午三點多時，阿宏緩緩打開火，為鍋子裡的湯加熱，然後呆呆地看著煮沸的湯。「我一直都交給她張羅。」牛肉湯沸騰的聲音淹沒了阿宏的說話聲。「但其實做牛肉麵的方法原本是我教她的。嗯，沒錯。」

我和阿剛，還有達達偷偷互看著，靜靜吃完阿宏做的有點不太夠味的牛肉麵後，在凝重的酷暑和沉默中默默等待。阿杰快五點的時候上門，因為我們原本說好要去練舞。我簡短地向他說明情況後，阿杰也留下來一起等。阿宏打了幾通電話。

暮蟬寂寞的叫聲不知道什麼時候取代了蟬聲，在廣州街上迴響。客人上門後又失望離開，達達說太無聊了，在他央求之下，我說了《冷星風雲》接下來的劇情。

「接著，他又遇到了名叫蠶娘娘的敵人。」我心血來潮地編了冷星在殺了流刀之後的復仇故事。「蠶娘娘口吐銀絲，銀絲上有許許多多肉眼看不到的迷你蠶，一旦吸進去，蠶就會在敵人的身體裡吐滿絲，讓敵人窒息身亡。冷星不小心吸了那些絲，危在旦夕。蠶娘娘低頭看著窒息倒下的冷星，撇著紅脣，露出了冷笑。但是冷星並沒有死，他平時就勤練氣功，所以倒在地上運氣，讓體溫上升到一百度。普通人無法承受這樣的高溫，但冷星勉強撐住了，結果把進入體內的蠶都燒死了，然後七竅都噴出了黑煙。蠶娘娘見狀，臉上的笑容僵住了——」

「蠶娘娘的絕招就只有這一招嗎？」開口發問的不是達達，而是阿杰插嘴問我。

「不，不可能……接下來身分會曝光吧？脫下女人的外皮後，其實是巨大的蠶吧？」

「呃呃……嗯，」事態的發展出乎我的意料，我結結巴巴地繼續說了下去。「沒有沒有，蠶娘娘的絕招就只有這一招……嗯，絕招不就是可以讓敵人一招斃命的招數嗎？不會有機會和同一個敵人打第二次，所以只要有一招就足夠了。」

「蠶娘娘的那個絕招叫什麼？」

「呃，這個嘛——」

就在這時，電話鈴聲大響，我們都閉了嘴。

阿宏猛然從椅子上跳了起來，但只是怔怔地看著響個不停的電話，好像電話鈴聲在宣告他的死刑。我們的視線在阿宏和電話之間移動，覺得電話鈴聲每響一次，導火線就好像越來越短。

「爸爸。」

聽到阿剛的催促聲，阿宏才好像終於擺脫了咒語的束縛似地接起了電話。我聽到他用力吞口水的聲音。

「喂？」

「────」

阿宏閉上眼睛，仰頭看著天花板。

「喔，很好啊。」他用壓抑的聲音應了幾句。「你們在那裡的情況怎麼樣？」

「────」

「不必在意這種事，我叫他來聽電話。」阿宏說完，把電話遞給我。「小雲，找你的。」

「……啊？」

「是國際電話。」

阿剛輕輕咂了一下。我接過電話，背對著其他人。

「喂，爸爸嗎？」

「小雲，你最近還好嗎？」

「呃……嗯。」

「怎麼了？發生什麼事了嗎？」

「嗯，沒有……」我的後背感覺到有好幾雙眼睛看著我。「沒事……我很好。你們呢？媽媽有沒有好一點？」

「我們決定下個星期回臺灣。」遠在國外的爸爸說。「對不起，這段時間，都讓你一個人留在臺灣。」

「真的嗎？」我興奮地問，但慌忙壓低了聲音。「星期幾？」

「星期天，隔天不是新學年開學的日子嗎？我們打算在你新學年之前回臺灣。你有沒有聽阿宏的話？」

「嗯。」

「爸爸想請你去把家裡的窗戶打開透透氣，可以嗎？」

「嗯。」

「小雲，真的沒問題嗎？如果有問題——」

「沒問題。」

「那就好。」

「要不要叫阿宏叔叔聽？」我看向阿宏，他對我搖了搖手。「阿宏叔叔說沒事了。」

我和爸爸又閒聊了一、兩句之後，掛上了電話。叮……這聲鈴聲就像是讓廣州街好像暫停的時間再度恢復運轉的暗號，也像是切換夢境和現實的轉輸器所發出的擠壓聲音。阿宏看著半空，阿剛心浮氣躁地抖著腳。一通電話就把我和他們隔離了，我唯一能做的事，就是克制興奮的心情離開牛肉麵店。

黃昏讓整個廣州街都快燒起來了。蝙蝠匆忙地在在暗紅色的殘光中飛來飛去。雖然我不加思索地離開牛肉麵店，但我要去做爸爸交代我的事。我走在延平南路上，一個乞丐老婆婆把裝了零錢的塑膠杯伸到我面前搖晃著，發出嘎答嘎答的聲音，我把一枚十元硬幣放進杯子。老婆婆沒有牙齒的嘴巴動了動，轉身離開了。

「你給了一個人，其他人都會圍上來。」

回頭一看，發現阿杰在我身後。

「你也走出來了嗎？」

「我就是討厭那種氣氛，所以不想留在家裡。這種氣氛時，爸爸都會打小孩。」

「阿宏不會做這種事。」

「那他就會傷害自己，」阿杰伸了一個懶腰，雙手抱在腦後。「阿剛他老媽到底去了哪裡？」

「不知道。」

「她不可能像我老爸一樣偷偷回中國。」

在這一刻之前，我完全沒有想到那個男人。就是那個每次都把炸醬麵剩下，還送手錶給達達的男人，沒錯，他好像姓金。不知道那個王八蛋又死去哪裡了——阿剛的母親妖媚的樣子在眼前晃動。

「你怎麼了？」阿杰皺著眉頭。「你知道他媽媽去哪裡了嗎？」

「啊？喔喔……不，不知道啊。」

我有點語無倫次，這時，第二個乞丐走到我們面前，伸出髒得發黑的手。

「我給了剛才的婆婆。」

「所以呢？」那個男乞丐問。「難道剛才那個老太婆拿了你的錢去吃了什麼東西，我的肚子也會飽嗎？」

阿杰咂著嘴，正想要說什麼，我制止了他。

「你說的對。」

我又拿了十元硬幣放在他的髒手上，阿杰很受不了，對著沒有道謝、一副理所當然的態度離開的乞丐大叫：「恭喜發財，紅包拿來。」

我打開客廳的窗戶，但完全沒有風吹進來，帶著灰塵的空氣仍然賴在家裡不走。我和阿杰把桌子挪到一旁。挪出了雖然無法練習大風車，但至少可以練習舞步的空間，然後播放了之前阿杰沒有拿走的麥可•傑克森的錄影帶。雖然舞步並不難，但我們的動作無法同步。

「你聽我說，我們是殭屍。因為是殭屍，所以上半身的動作不一樣也沒關係，但下半身的動作要一致，而且踩腳步的聲音要更大。」

我們一次又一次把錄影帶倒帶，研究麥可•傑克森的動作，然後加以改良，練習像殭屍一樣只抬起右肩走路。滿身大汗地練了一個小時，阿杰小聲嘀咕說：

「只有我們兩個人練習也沒用。」

「那倒是。」

「如果動作沒辦法和阿剛、達達統一，就沒辦法去街頭跳。」

我們感到很空虛，整個人倒在沙發上，怔怔地看著正在播放的錄影帶。

我想像著阿剛的母親和那個男人在一起的情景，但無法想像成年男人和成年女人在一起到底玩什麼。麥可・傑克森的MV播完了，開始播〈閃舞〉的MV，穿著黑色腿套的女人像自由的小鳥般在舞蹈教室內跳來跳去。雖然已經看過好幾次，但每次都被她穿著緊身衣的身影吸引。藍色的聚光燈下，她挺著後背，水用力打在她完美的肉體上。這一幕是那個時候我所知的最情色的畫面。

這時，阿杰的臉突然出現在面前，他的嘴唇輕輕碰了碰我的嘴唇。

一切都發生在轉眼之間。

阿杰重新靠在沙發上，我們繼續看錄影帶，好像什麼事都沒發生過。女舞者壓低重心後開始背轉。她踩著輕快的舞步，搖動的屁股占據了整個螢幕。

「外國的女人，」我好不容易張開發黏的嘴。「好像不怎麼排斥露屁股。」

阿杰沒有說話。

所以我也閉了嘴，看著單腿旋轉，幾乎和裸體無異的女人，好像在宣告，女人的自由和裸露程度成比例。

「剛才的、是怎麼回事？」

阿杰還是沒反應。

「不可以再這樣。」

內心深處湧起了莫名的憤怒，覺得剛才的行為好像玷汙了爸媽即將從美國回來，一切都將否極泰來的人生。

「聽到了沒有，不可以再這樣！」

我們都面對著電視。螢幕上八成正在播放文化俱樂部合唱團，或是汽車合唱團這種無聊的MV。因為那時候很流行這些，只不過我完全不記得了。

不一會兒，阿杰站了起來，悄悄離開之後，我仍然坐在電視前一動也不動。

11

兩天後，阿剛的母親才打電話回家。

她已經下定決心要離婚。她對阿宏說，要帶著阿剛和達達離開那個家。之後，林家就陷入了離婚官司的泥沼中。阿宏的律師就是從小和他玩在一起的我爸爸，爸爸在回國之前，在國際電話中建議阿宏蒐集他太太紅杏出牆的證據，但後來浮出檯面的都是阿宏搞七捻三的證據。

阿宏關了牛肉麵店，從一大早就開始喝啤酒。阿剛也跟著整天悶悶不樂，他的眼神越來越凶，到處亂吐口水，經常因為一些雞毛蒜皮的事打他弟弟，所以達達也無法再笑著過日子。當阿剛搶過那只手錶丟去牆上時，達達當然不可能善罷甘休。兄弟兩人扭打成一團，把店裡弄得亂七八糟。

「住手！」阿宏擋在兩個兒子之間。「你們怎麼回事？阿剛，你為什麼砸壞弟弟的手錶。」

阿剛一臉悵然，沒有回答。達達立刻假裝自己是受害者哭了起來。阿宏撿起砸壞的手錶。

「這只手錶怎麼回事？」

兄弟兩人都默不作聲。

「阿剛，這只手錶是怎麼回事？」

阿剛把頭轉到一旁，咬緊牙關。

「林立達，這只手錶是媽媽買給你的嗎？」達達悶不吭氣，阿宏轉頭看著我問：

「小雲，你知道是怎麼回事嗎？」

「這……」我吞吞吐吐，阿宏很有耐心地等我回答。「這應該是……那個小金買給達達的。」

「達達，是這樣嗎？」

達達用力抿著嘴。

「你想要手錶嗎？」

達達沒有回答。

阿宏把壞掉的手錶輕輕放在桌上，不發一語地走了出去，直到半夜都沒有回來。

自從那天晚上之後，我和阿杰之間也有點怪怪的。

我覺得阿杰完全沒有解釋很不公平。一旦無法用言語表達，內心就萌生了憎恨。我開始覺得阿杰沒有向我解釋，是根本沒把我放在眼裡。因為在發生這種事之後，不是應該由做錯事的人主動示好嗎？

那年暑假最後幾天，我們因為各自的原因生悶氣。憎惡就像氣球一樣越來越大，好像隨時都會爆炸。我和阿剛在我爸媽回國的前一天揍了阿杰。

阿宏整天都在拉下鐵門的昏暗店裡喝酒，所以阿剛和達達都睡在我家。我們從那時候開始抽菸。

那天晚上，我和阿剛癱在沙發上抽菸，達達在我的床上睡死了。雖然窗戶打開，卻完全沒有一絲風，所以客廳內瀰漫了紫色的煙，好像就連風都避開我們。

一直開著的電視正在演無聊的娛樂節目，我們完全不感興趣的男人正唱我們完全不感興趣的老歌。不要整天哭泣，哈。要開心過日子，不要怕吃苦，哈。要笑著迎向困難，可愛的人生。要祝福可愛的人生——簡直他媽的廢話連篇。

「人生啊，」阿剛緩緩開了口。「聽了這種歌，就覺得好像是用相同的材料做成了不同的菜。」

「我瞭解。」

「你瞭解什麼？」

「你想要說的是，就像牛肉麵和牛肉湯麵一樣吧。」

「到頭來還是換湯不換藥。」

我們抽著菸。

阿剛打開錄放影機，大聲唱著祝福可愛人生的歌手消失了，開始播放〈閃舞〉的MV。

「幹！」

我們抽著菸，看著舞者扭動的屁股。

「怎麼了？」阿剛問我。

「什麼意思？」

「你剛才不是說『幹』嗎？你對我有意見嗎？」

「和你沒有關係。」

我繼續抽菸，盯著舞者扭動的屁股。

「幹！」

「到底是怎麼回事？」阿剛咂著嘴。「有什麼話就趕快說出來，不要以為我很閒。」

「是阿杰啦。」

阿剛瞇起了眼睛，並不光是煙的關係。

「那傢伙竟然把我當同性戀。」

「怎麼回事？」

「上次我們兩個人看錄影帶的時候，」我把菸蒂塞進空罐，然後丟了出去。「他突然親我。」

「親你……是親臉嗎？」

我斜眼瞪著阿剛。

「不會吧？」

「你有沒有遇到奇怪的事？」

「我也不太清楚。」阿剛的眼神飄忽著，努力在記憶中搜尋。「被你這麼一說，我發現他在小便時經常探頭看我。」

「那就沒錯了。」

「但這種事很常見啊。」

「你剛才沒有聽到我說的話嗎?他親我欸。」

「他媽的，我覺得他只是在鬧你。」

「他用那種眼光看我們。」

「之前曾經和他一起去中華商場找色情書刊，那時候他好像也沒有太大的興趣。」

「幹！」

「幹！」阿剛說。「那他不就和之前紅樓那票傢伙一樣嗎？」

我們並沒有光說不練。

隔天，我們就把阿杰約了出來。阿杰似乎沒想到我們會打電話給他，所以聲音有點緊張，但最後還是像小狗一樣答應了我們的邀約。他說他媽出門幫傭，要傍晚才會回家，所以我們約好五點在龍山寺門口見面。

我和阿剛提前三十分鐘抵達，在阿剛的提議下，去問神明到底可不可以打阿杰。龍山寺的本尊是觀音菩薩，但也同時祭祀很多其他的神明。我們繞過擠滿香客的正殿，尋找正確的神明。觀音爐、天公爐、文昌爐、水仙爐、媽祖爐、註生爐，最後是關帝爐。

「我跟你說，」阿剛對我說：「關羽是商人求生意興隆的神明。」

「再怎麼說，也是《三國志》中的豪傑，」我回答說：「至少不該問註生娘娘吧？」

「那倒是。」

我們按照正規的方法問事。也就是雙手捧著筊杯，向關公報上自己的姓名、住址和生日。

「一次就決定，對嗎？」阿剛問我。

「一次就決定。」我回答。

「如果關公說不行，就不打他，對嗎？」

「對，那就不打他。」

「如果不說清楚想問的事，就會出現笑筊。」

「笑筊？」

「就是兩個筊杯都是陽面，不是看起來筊杯好像在笑嗎？笑筊就代表神明不知道你想問什麼，或是你問得太莫名其妙了，所以神明也忍不住笑出來的意思。」

「哪一個是陽面？」

「陽面就是平的那一面。」

「你真瞭解啊。」

「因為我們家做生意啊。」

「那如果兩個都是陰面呢？」

「那就是陰筊，那是最糟的回答，即使做了也不會順利的意思。」

「這次的事，最糟的狀況是什麼？」

「不知道。」阿剛聳了聳肩。「應該是你沒打到阿杰，反而被他打得屁滾尿流吧。」

我閉上眼睛，在嘴裡唸唸有詞，說明了事情的來龍去脈，然後問關公是不是可以打沈杰森，然後把筊杯一丟。瀰漫著線香味的昏暗空間內響起了木片在地面跳動的聲音。

一正一反。

「是聖筊。小雲，打死他！」

「好！」我立刻精神抖擻。「我要去揍他。」

阿剛也擲了筊杯。

兩塊木片落在地上撞在一起後彈開了，不停地打轉。我們滿頭大汗地低頭看著筊杯，然後抬頭看著聳立在眼前的關公像。你們應該知道。關公瞪著大眼。要自己擦屁股，這就是我的旨意。

兩個紅色的筊杯都是陰面朝上。

「是陰筊。小雲，你瞭解意思吧？我不能出手。」

「我知道。」我眨了眨眼睛，看到了自己被阿杰打得渾身是血的樣子。「但如果我有什麼三長兩短，你要負責。」

我們點了線香，向關公拜了三下，經過幽暗的迴廊，離開了正殿，然後靠著前殿旁的龍柱，等阿杰出現。

香客絡繹不絕，香火不斷，源源不絕的祈禱——垂暮的街道發出低吟，吞噬了這所有的一切，簡直就像機器正在將白天轉換成黑夜。

我們繼續等待。

「怎麼還沒來？」約定時間超過十分鐘時，我隨口說道。「他今天是不是不會來了？」

阿剛什麼都沒說。

「他一定臨時有事。」在過了十五分鐘時，我又鼓起勇氣開了口。「他今天不會來了。」

阿剛露出輕蔑的眼神瞥了我一眼。

「既然他不來，那也沒辦法。」手錶上的指針指向五點二十分，我努力用開朗的語氣說：「改天再說吧。」

「他來了。」阿剛伸手指著。「小雲，走囉。」

「…………」

還沒到霓虹燈亮起的時間。

阿杰在擁擠的攤位、機車和人群中鑽來鑽去，輕盈地閃過汽車喇叭聲跑了過來，一臉無憂無慮的笑容向我們揮手。我感到胸口發痛。我說不太清楚，只知道不管接下來會發生什麼事，那都是錯誤。但是，這是關公的旨意。

「YO、YO、YO！」阿杰拚命笑著，試圖化解我們之間的尷尬。「不好意思，讓你們等我，我請客補償你們。」

我和阿剛收起了臉上的表情。

「你們想吃什麼？要不要去便利商店買熱狗？」

「你這個死人妖！」阿剛凶暴地揚起嘴角。「小雲有話要跟你說啦！」

阿杰的笑容凍結了。

「跟我來，」我揚了揚下巴。「我們去不會被別人影響的地方說話。」

阿杰的眼中閃過困惑，支撐他臉上笑容的柱子慢慢崩潰。阿杰可能被我們的面無表情感染，他臉上的笑容也越來越淡，隨即消失了。

那時候，我也可以咧嘴一笑，把一切都當成一場玩笑。我應該這麼做。我不應該問關羽，可不可以痛打阿杰，而是應該問，不打他是不是也沒問題。於是，我們就可以放聲大笑，相互用拳頭捶對方，然後勾肩搭背地一起去買熱狗或是隨便什麼東西。不久之後，就會忘記所有這一切繼續往前走，可以只關注自己的人生。這麼一來，阿剛在轉學離開後，我們也許就不會從此斷了音訊，或許也不會去醫院探視阿杰了。

但是，當時我並沒有笑。

我和阿剛一前一後，夾著阿杰走在路上。阿剛走在前面，我走在後面。我們默默走在小巷，阿杰一次也沒回頭。我看著他的後背。他的背很瘦，看起來似乎承受了很多悲傷。我們終於來到除了牆上的貓以外，不見任何人影的死巷。我把手搭在阿杰乾瘦的肩膀上，當他轉過頭時，一拳打在他的側臉上。阿杰雙腳用力，總算沒有倒在地上。

「小雲，揍他！」阿剛的怒吼響徹小巷。「打得他屁滾尿流！」

第一拳出手，原本維繫住我這個人的某些東西徹底斷裂。阿杰吐著口水瞪著我的那雙好像刀子般的眼睛令我慌了起來。整天和他混在一起之後，我忘了他很會打架這件事。這個事實好像閃電般擊中了我，一旦停下手，恐懼就會貫穿我的全身，所以我不顧一切地繼續打下去。

阿杰閃過我帶著弧度的拳頭，直直揮來一拳。我搖晃了一下，眨了眨眼睛。我完全看不到他的拳頭。我用手背擦著鼻子，發現手背上好像被刷子刷過般，出現了一道血痕。每個細胞都在爆炸，在全身奔竄。

「小雲，我們別打了——」

「你這個死同性戀！」

我怒不可遏地揮拳，阿杰上半身向後仰，或是壓低身體閃過我的拳頭，我的手臂都只打到空氣。當我對準他的臉揮出去的拳頭又輕而易舉地被他避開時，重心不穩，撞到了阿剛。

「你會不會打架啊？拿出打架的樣子！」

阿剛用力推了我後背一把，我甩著手臂，撲了過去。阿杰一臉困惑，又有點難過地持續閃躲。我已經失去了理智，甚至覺得阿杰的反應也是一種侮辱。

「你是不是想吸我的屌！」

我的話音未落，左眼被打了一拳。

我的身體搖晃，有點不知所措，但阿杰比我更加不知所措，好像剛才那一拳是右手不由自主地伸出來的。我大叫著，整個人撲了過去，抱住了他的腰，腦袋用力撞向他的下巴。阿杰重心不穩，但還是伸腿踹我，我閃躲之後，第二拳打向他的太陽穴。阿剛的叫囂帶給我勇氣，但我揮出的拳頭落了空，而且側腹挨了一記重拳。我痛得彎下身體，勉強抱住了剛好出現在眼前的那條腿。

「小雲，制住他！」我和阿杰抱在一起倒在地上，阿剛搖旗吶喊著，在我們周圍打轉。「你的個子比他大，把他壓在下面！」

我雙腿用力，騎在阿杰身上，然後胡亂地伸出拳頭打他。他舉起手臂保護自己的臉，我就用拳頭打他的手臂。阿剛說得沒錯，阿杰個子比我小，不管他怎麼使勁，也無法掙脫壓在他身上的我。我的視野越來越狹窄，覺得阿杰漸漸變成了物體。我想起阿杰以前曾經這樣痛扁我，所以拳頭更加用力。當我回過神時，阿剛從背後架住了我。

「小雲！住手！別再打了！」

「放開我！」我想要繼續撲過去。「死胖子，放開我！」

「結束了！」怒吼聲震耳欲聾。「小雲，已經結束了！」

阿剛仍然架著我，我用力喘著粗氣，低頭看著倒在地上的阿杰，發現他滿是鮮血的臉上流著淚。

阿杰在哭。

阿杰倒在那裡，淚水不停地流，好像他心靈的水龍頭壞了。

我立刻知道，他是故意輸給我。否則就會換成我滿身是血地倒在地上。酸楚的後悔在嘴裡擴散，我無法吞下去，只能連同帶著血的口水一起吐在地上，但仍然纏繞在舌尖無法擺脫，我只能向阿剛要了一支菸。

我叼著菸，伸向阿剛遞過來的火柴時，看到阿剛身後有一個人影。和我們差不多年紀的男生正站在巷子前面向我們張望。夕陽把他的影子拉得很長。

我嘴上的菸掉在地上。

戴著棒球帽的少年臉上纏滿了繃帶，阿剛看到我目瞪口呆的表情，訝異地轉過頭，伸長了脖子。我們愣了幾秒鐘，在那名少年拔腿逃走的同時，阿剛大叫一聲：

「韓書明！」

「阿杰，快追！」我不加思索地把阿杰拉了起來。「我們去抓他！」

我想趕快離開那裡。我覺得只要離開那裡，就可以當作一切都不曾發生。我全速奔跑，有一個腳步聲緊追而來。我立刻高興起來。因為阿剛不可能跑得這麼快。

我們一前一後跑過狹小的巷子，腳步一致地在爬滿青苔的水泥圍牆之間奔跑。從柏油路面裂縫中鑽出來的白花向我們鞠躬。

「這裡！」

我立刻停下腳步，跟著衝進岔路的阿杰身後追了上去。圍牆內的狗生氣地汪汪大叫，載了幾桶瓦斯的機車迎面駛來，我和阿杰左右散開。當我們先後跳過幾個正在跳橡皮筋的女孩的橡皮筋時，背後傳來了怒罵聲。我們都不知道為什麼要抓韓書明，也許打算扯下他的繃帶，仔細打量他被鹽酸燒傷的臉，也許想要揍他一頓，但這些事都無關緊要。

我們跑得飛快。

當我們從小巷子來到大馬路時，來往的車輛擋住了我們的去路。一輛又一輛汽車打開了車頭燈，我和阿杰向檳榔攤後方，和停在馬路旁的機車縫隙內張望，像野蠻人一樣在燈箱招牌之間走來走去，卻遍尋不著那個可憐的少年。

「他媽的，被他逃走了。」

雖然我假裝發自內心感到遺憾，但很慶幸沒有找到韓書明。如果我們抓到他，一定會對他做很殘酷的事。我和阿杰之間的關係出了問題，需要藉由一起傷害他人，需要藉由犧牲他人來修復。

阿杰轉過頭，和我對上眼的同時，臉上的一絲笑容立刻像拉起窗簾般蒙上了一層陰影，清醒的臉上沾著已經乾掉的血跡。我感到不知所措，張開的嘴又闔了起來，假裝繼續找韓書明，然後鼓起勇氣對阿杰說：

「現在我們扯平了。」

「…………」

「之前你和阿剛打我，以後大家誰都不欠誰了。」

「你一直為這件事記仇嗎？」

「當然啊。」

「就只是這樣嗎？」

「不然還有什麼？」

一陣沉默，我們都在試探彼此內心的想法。

「只有阿剛那傢伙沒吃到苦頭。」阿杰流著血的嘴脣動了動。

「那下次就輪到那個胖子。」我露齒一笑，阿杰也跟著笑了起來。「那下次我們一起揍他。」

阿剛滿臉通紅地從巷子裡跑出來，像豬一樣喘著粗氣，問韓書明的下落。

我和阿杰互看了一眼，對他笑了笑說：

「被他逃走了。」

阿杰聽到我這麼說，用拳頭敲著手掌誇口說：「既然知道他在這一帶出沒，下一次絕對可以逮到他。」

阿剛一臉納悶地看了看我，又看了看阿杰，然後這個胖子立刻瞭解了狀況問：

「那現在要去哪裡？」

「那還用問嗎？」我用下巴指著把桌子放在巷子裡的豬腳麵線攤。「而且肚子也餓了。」

「那倒是。」阿剛點了點頭。「今天你要請客。」

「那當然啊！」我抱著阿剛的頭用力摸著。「你可以盡量吃。」

阿杰也張開大嘴笑了起來。

我們成功合謀轉嫁了打架的原因。那是在中學一年級暑假結束前兩天發生的事。現在回想起來，我們的人生從那一天開始大幅變了調。

12

經過半毀的工廠舊址，時左時右地轉了幾個彎之後，我們的車子駛入了單向二線車道的馬路。

駛過馬路上寫的「W 7 Mile Rd.」的字，繼續向東行駛。道路兩側不時有被樹木遮住的低矮房子。西七哩路有點陰鬱，散發出中產階級的味道，說白了，就是隨處可見的保守美式道路。前後都掛著紙板的黑人站在進入冬季後，草也變得稀疏的中央分隔島上。前面用手寫的字寫著「FUCK YOU」，背後的紙板也大大的寫著「STILL FUCK YOU」。

當車子遇到紅燈停下時，前方的小貨車後方貼著支持共和黨的唐納・川普的貼紙。二〇一六年是美國總統大選的年度，不由地讓我再度聯想到臺灣第一次總統大選的一九九六年。那一年，我們都二十五歲。

二十五歲。

也就是說，離那起事件發生已經過了十一年的歲月。這十一年，我們沒有被警察抓，而且之後也繼續活著。我們都遵守了當時的約定，彼此沒有聯絡，走向各自的人生。我在高中畢業後，服完兩年兵役，在臺灣大學夜間部讀法律。一九九五年通過律師考試，一九九六年，進入羅斯福路上的一家法律事務所工作。

當初是為了自我保護，才會對法律產生興趣。我在讀中學的時候就開始廣泛閱讀法律書籍，以防有一天警察找上門。但是，那起命案被當作意外處理，至今仍然被視為意外，無人再提及。

前方的號誌燈變成了綠燈，那輛夢想著可以在美國和墨西哥國境建起萬里長城級邊境牆的小貨車直行，我們的車子轉向左側。

根據我手邊的資料，他也是在一九九六年來到美國。中國為了干涉臺灣第一次總統大選，以演習為名，向臺灣海峽發射了飛彈，美國的航空母艦從波斯灣趕到了臺灣海峽，政治局勢一度緊張。臺灣的股價暴跌，引發了一陣出國熱潮。

他也隨著這股熱潮出了國。

他被送去聖地牙哥的小公寓，在邊境附近一家由墨西哥人經營的陶器工廠上班。他的工作是在陶盤上畫彩畫。他在那裡認真工作超過十年，因為對十二歲的少年施暴，在墨西哥的提華納遭到逮捕。那是二〇〇八年。在那起事件發生的幾個月前，他的母親在臺灣生病去世了。雖然不知道是否和這件事有關，但他從那個時候開始吸食海洛因，在事件發生的當天，也曾經吸食。

他以前也曾經花錢買過荷賽路易斯・卡瑪雷那，之所以會發生那起事件，是因為他發現荷賽路易斯・卡瑪雷那趁他睡覺時，想偷他的錢。他毆打少年，一次又一次踹少年的下體，導致少年的睪丸破裂。當地警察趕到摩鐵時，他正坐在沙發上打電話。荷賽路易斯・卡瑪雷那倒在血尿中翻著白眼，陷入了昏迷。他看到警察持槍闖入後，對他們豎起食指，表示他正在打電話，然後又若無其事地開始用中文繼續說話。嗯，媽媽，我很好，也有乖乖吃頭痛藥……現在？正在家裡看電視啊。警察互看了一眼，然後把他按倒在地，為他戴上了手銬。警方調查扣押的 iPhone 後，發現他每天晚上都在相同的時間打電話回臺灣，即使在他母親去世，那個電話號碼已經作廢之後，他仍然照打不誤。

他被送回美國後，被判處兩年半有期徒刑。佛森州立監獄內有很多傳統的墨西哥幫派分子，在他入獄之前就已經知道了他犯的罪。他入獄第一天，下體就被捅了，所以他也失去了一個睪丸。他在警察醫院接受了治療，在傷勢好轉之後，正式開始服刑。為了遠離墨西哥人，他投靠了亞洲的幫派，但也付出了必須成為男妓的代價。

綁在行道樹櫸木上的橫布條把我拉回了現實。「REVIVE THE DEATH PENALTY, OR YOU ARE INVITING SACKMAN TO KIDS' ROOM（恢復死刑，否則就等於邀請布袋狼去孩子的房間）」。看起來像是民運人士的人在寒風中縮著身體，站在馬路旁，也有人舉著排斥外國人言論的牌子。

「逮捕布袋狼的時候，差一點變成了暴動。」坐在副駕駛座上的戴夫•哈蘭副警長轉頭對我說。「憤怒的民眾都湧來這裡。」

「這也難怪啊，」開車的員警附和著。「我們到了。」

「歡迎你來底特律市警察局第十二分局。」

車子停在被樹木包圍的紅磚房子前，我打開車門，站在潮濕的柏油馬路上。陰鬱的天空下，第十二分局似乎默默承受著什麼。刺骨的寒風傷心地吹動著樹枝，但房子頂端的星條旗就像是上吊的屍體般垂在那裡。警局外的男人不知道對著我們大吼什麼。

「所以，唐納•川普很厲害，」哈蘭副警長看向那個方向。「我並沒有種族歧視，但我覺得那些傢伙的確是美國精神的一部分。」

「我可以馬上面會嗎？」我隔著車頂問。「我是說，可以見到他嗎？」

「可以啊。」哈蘭副警長點了點頭。「只要先在兩、三份文件上簽完名，馬上就可以見到他。」

「和他面會之前，我可以見一見逮捕他的員警嗎？」

「那我來安排。」

我們沿著石階走入警局內，然後沿著樓梯走到二樓。經過發出好像木屑味的走廊，來到看起來和偵訊室沒有太大差別的會客室。哈蘭副警長說了聲，他去叫亞歷克斯・賽亞巡佐，就走出了會客室。

我把公事包放在沙發上，隔著鐵窗看著窗外，完全看不到任何令人欣慰的景象。我當然不可能看到。即使站在窗前看到了紐奧良嘉年華會，也無法挪開三十年來，一直綁在我心頭的重石。原本想打電話給艾利斯・哈薩威，但又改變了主意。他的直覺很敏銳，我之前從來沒有在工作時打電話給他，如果現在打電話給他，他可能會猜到什麼。沒錯，就是念舊的影子之類的東西。

我坐在沙發上，從公事包裡拿出布袋狼的資料。總共有七本資料，分別是關於七個被害人的犯罪事實。我打開了寫著「1」的那份資料，看著用迴紋針夾在調查報告上的湯姆・辛嘉的照片。天真無邪的十三歲少年笑著面對鏡頭，露出了參差不齊的牙齒。

二〇一一年二月八日，賓州費城的郊外發現了湯姆・辛嘉的屍體，屍體被裝在一個大布袋內。我看到下一頁，拿出發現屍體現場的照片。那個布袋丟棄在色彩黯淡的冬日河畔，看起來格外蒼白，簡直就像是一條巨大的蠶。一隻黑色的鳥佇立在旁邊。根據布袋狼供稱，是湯姆・辛嘉在藍十字溜冰場主動對他說話。

「叔叔，打擾一下。」少年穿著費城飛人隊的橘色球衣，就像那個年紀的少年向來表現的那樣，努力裝酷走到他面前。「我有一件事想找你幫忙。」

「…………」

「呃，只是一個小忙……你會說英文嗎？」

「我的英文程度應該和你差不多。」

「啊，那就太好了。你有沒有看到那個穿白色毛衣的女人？」

他點了點頭。

「她是我媽媽。」

「旁邊的紳士是你爸爸？」

「他不是我爸爸，也不是紳士——你還好嗎？哪裡不舒服嗎？」

「我的頭有點痛……這是老毛病，沒事。」

「總之，」湯姆‧辛嘉繼續說道。「我希望我媽媽知道他是卑鄙小人。」

「你希望我做什麼？」

「我會撞你，然後希望你罵我，像是『你這個小鬼，走路不長眼睛嗎？』之類的，我想知道那個傢伙會不會來救我。」

「你討厭他嗎？」

「因為我不瞭解，所以才想試探啊。」

「但你覺得他是卑鄙小人。」

「大家都這麼說啊。」

「大家是誰？」

「他是我學校的自然老師。」

「這樣啊。」

「但是，即使傑雷米・史龍他們在上課時吵鬧，他也都不管……而且，聽說他和亞曼達・迪亞斯的媽媽也很好。亞曼達也沒有爸爸，聽說被伊拉克人殺了。」

「原來是這麼回事，」他抱著雙臂。「但如果他不像你想得那樣，其實並不是卑鄙小人呢？」

「那我就會問他，和亞曼達・迪亞斯的媽媽是什麼關係。」

「如果他回答說，和亞曼達的媽媽只是普通朋友，你會相信嗎？」

「這我就不知道了。」湯姆・辛嘉看著在溜冰場對面和情人打情罵俏的母親，聳了聳肩。「而且關鍵不是我相不相信，而是我媽相不相信。」

「你也想確認這件事嗎？」

「你願意幫忙嗎？還是不願意？」

「我覺得自己幫不上忙。」

「為什麼？」

「你看一下，他的個頭比我大，而且看起來很壯，你覺得他看到我會害怕嗎？」

「好吧。」少年說完這句話，正準備滑走，他叫住了少年。

「我可以故意讓他看到我把你帶上車，你覺得這個方法怎麼樣？」

「什麼意思?」

「就是我假裝要綁架你。」

湯姆・辛嘉眼中露出一絲懷疑。

「如果你真心想要確認某件事,」說完,他露出那個吸引他人的笑容說。「你也必須全力以赴。」

九天後,那個可憐少年被裝進布袋,丟棄在河畔的草叢裡,旁邊有一隻黑色的鳥。

布袋狼臨時起意綁架、殺害了湯姆・辛嘉之後,開始在綁架之前,做好充分的準備。他花時間找到了周圍沒有人的廢墟或是農場作為監禁場所,每次殺人之後,他吸引少年上鉤的手法也越來越嫻熟。有時候是霹靂舞高手,有時候是臺灣的演師。他準備了手銬、塞嘴巴的東西、膠帶以及各種派對面具。當他成功地把少年騙上車之後,就用手銬把他們銬在車門上,用東西塞住他們的嘴巴,不讓他們發出聲音,再用膠帶蒙住他們的眼睛,然後再為他們戴上面具。鋼鐵人、黑武士、蜘蛛人、巴斯光年,還有《怪獸電力公司》裡那個獨眼怪,和其他各種面具。

13

我們微不足道的世界慢慢地、慢慢地，卻是決定性地毀了。

升上二年級後不久，阿剛兄弟沒有等到雙十節就轉學了。

阿剛的母親決定和他共度餘生的金建毅住在信義路的華廈，阿剛和達達也去讀了那裡的學校。從信義路搭公車到小南門很近，所以阿剛經常回來看他爸爸，也常來我家找我玩。阿剛每次來我家，我們就躲在我房間內聽著陰鬱的靈魂樂，偷偷地抽菸。

有一次，我和阿剛一起去看阿宏。拉開牛肉麵店的鐵捲門，發現短短兩、三個月，就把這家曾經充滿活力的店變成了墳墓。阿宏像死了一樣睡在折疊床上，走過他身旁時，聞到了口水乾掉的味道。地上到處是啤酒空罐和菸蒂，光是站在那裡，全身就忍不住發癢。我們在打掃時，阿宏的鼾聲不絕於耳，阿剛咂了好幾次嘴。

「達達在幹麼？」

「在玩那個傢伙買給他的任天堂遊戲。」

我們又掃又擦。

「等我中學畢業，我就要去那種包住的地方打工，死也不要靠他養。等我滿十八歲，就趕快去服完兵役，然後回來廣州街。」

「回來這裡幹麼？」

「我還能幹麼？」阿剛說：「可能再回來賣牛肉麵吧。」

我們把垃圾裝進袋子，見蟑螂就打，為仍然照睡不誤的阿宏和無法如願的人生拉下鐵捲門。

「他媽的！」阿剛對著榕樹根吐著口水。「那個金建毅和我媽好像以前就認識了。」

我想起以前胖子說的話。你老媽以前可是在酒店上班的小姐。就是阿杰把餿水倒在胖子車上那一次。雖然事隔不到半年，卻覺得好像是很久以前的事。

再來是阿杰。

我和他被分在不同班，雖然在走廊上遇到時，仍然會說著「YO、YO」，相互擊掌，但那次打架就像在我們的關係中扎了一根刺。阿剛轉學之後，我們很少再練舞。阿杰想要追求的東西我給不了，他似乎也決定繼續向前走，我們和自己班上同學一起玩的時間越來越長。我終於知道，原來阿剛是我們的向心力。但這並沒有太大的影響。阿杰行事可能變得更加小心，避免重蹈我那次的覆轍。據我所知，沒有人在背後說他是同性戀或是人妖。

最糟的是我媽。

我媽剛從美國回來那一陣子還不錯，但很快就出現一些奇怪的舉動。首先，我媽改了名字。因為她剛好在電視上看到，有人原本一年花四十萬元吃檳榔，在改了名字之後，立刻戒掉了檳榔。媽媽相信改名可以改運，於是去找了某位姓名學大師，請對方算出了開運的筆劃，求神拜佛之後，從原本的段彩華變成了段明明。

改名字這件事本身並不稀奇，很多人都改名字。如果光靠改名字就可以趨吉避凶，改多少次名字都不是問題。問題在於媽媽好像受到新名字的影響，個性也變得古怪，失去了色彩和華麗，只剩下帶著瘋狂的明朗。她開始干涉我的一切。放學之後，只要稍微晚回家，媽媽就會等在巷口。媽媽經常像幽靈一樣站在昏暗的路燈下。去美國之前還沒有的白髮越來越明顯，她總是穿同一件白色麻質洋裝站在那裡。路燈剛好在轉角的地方，很多人一轉進巷子就看到媽媽，都嚇出一身冷汗。

「媽媽是擔心你。」爸爸對我說。「而且你也知道，媽媽的病還沒有完全好，目前仍然在吃藥。小默死了，如果你再有什麼三長兩短，媽媽真的活不下去了。」

「……嗯。」

「人生在世，就是不斷後悔，我的後悔是……」

我等待爸爸的下文。

「我的後悔，就是和小默之間一直有隔閡。」爸爸眨了眨眼睛。「小默出生的時候，我覺得自己的人生完蛋了，所以我整天都忙著工作不回家。只有媽媽給了小默母愛，只有他們母子兩個人在家裡，連續好幾年……沒錯，他們母子兩人看著院子裡的月桂樹開出黃色的花，然後又凋零，就這樣過了一年又一年。媽媽在我缺席的家裡，用摸索的方式愛第一個兒子，所以通常對母親來說，長子向來都是特別的存在。這並不是說你不特別的意思，你的出生，讓我有一種如夢初醒的感覺，也許只是我老了，再加上因為小默的關係，我已經習慣了育兒這件事。總之，覺得世界好像獲得了重生。」

我覺得自己該說點什麼，卻不知道該怎麼說，也不知道該說什麼。

小時候，只要我和哥哥一起做壞事，總是我被罵得比較慘。只有一次例外。以前，我們去臺南的思岳叔叔家玩的時候，經常和堂哥、堂弟一起去屋頂平臺玩躲貓貓。思岳叔叔是爸爸的弟弟，住在十六層樓華廈的九樓。沿著發出霉味的昏暗逃生梯往上走，有一道生鏽的鐵門，必須用身體才能撞開那道鐵門。我們經常躲在供水塔或是任憑風吹雨打的建材後面。

有一天，小默爬到屋頂的女兒牆外。我驚訝地跑過去一看，發現哥哥躲在大廈側面牆壁突出的雨遮上。水泥的雨遮只有小孩子肩膀差不多的寬度。小雲，你去其他地方。哥哥想要趕我走。你去找其他地方躲起來。我站在原地不動，看著好像懸在半空中的小默心動不已。像火柴盒般大小的車子，在小默抓著女兒牆的指尖遙遠的下方來來往往。

「我要為你做所有來不及為小默做的事，其實我之前也希望可以為小默做得更多。你們不是相差六歲嗎？雖然我覺得已經為小默做了力所能及的事，但是想起最初浪費的那六年時光，就覺得很沮喪。」

我爬上女兒牆。小雲，你別過來。小默對我甩著手。你不可以來這裡，去別的地方。聽到他這麼說，反而刺激了我的動力，把腳跨上了女兒牆。我當時忍不住想，小默又想要獨占好處。一陣強風吹來，頭髮飄了起來。如果堂兄弟沒有把我拉回來，後果不堪設想。我被好幾條胳膊抱住，但手腳仍然亂踢亂抓。小默！小默！堂兄弟都叫著他，有人伸手想要拉他，也有人在平臺上跑來跑去。小默在雨遮上跳了幾次，卻抓不到女兒牆的邊緣。不知道誰去叫了大人，大人臉色大變地衝了過來。思岳叔叔抓住了我，爸爸把哥哥拉了回來。你在幹什麼啊！爸爸一巴掌把小默打倒在地。如果小雲也有樣學樣，結果摔下去怎麼辦？

在爸爸對我說話時，我回想起當時的情景。當我們被大人推著走下樓梯時，小默輕聲罵了起來。幹！如果我摔下去就沒問題嗎？

「小雲，是你讓我成為父親。」爸爸半開玩笑似地說完，用力摸著我的頭。「所以，媽媽的事也拜託你了。」

媽媽發現我抽菸時，歇斯底里地尖叫，阿剛嚇得沒穿鞋子就逃走了。媽媽除了禁止我再和阿剛一起玩，甚至要求爸爸幫我轉去私立中學。

「這裡的環境太差了，不能繼續住在這種地方。」

「妳先別激動，」爸爸安慰著媽媽。「妳不必擔心小雲，我也是從十三歲就開始抽菸。」

「但是！」

「妳應該知道，阿剛現在需要小雲，而且如果我沒有打好這場官司，就會被那個女人奪走親權。」

「他是自作自受！阿宏不是偷腥了好幾次？那種無賴根本不可能教好孩子。」

「現在是他們家的非常時期，」爸爸很有耐心地勸媽媽。「我們家有困難的時候，阿宏不是幫忙照顧小雲好幾個月嗎？」

「那是我的過錯嗎？」媽媽尖叫的聲音曾經引來隔壁李爺爺從圍牆上探過頭來關心。「我只是想保護小雲，這樣也錯了嗎？」

爸爸和媽媽從美國回來不到兩個月時間，我就開始懷念之前住在阿剛家的日子。雖然因為小默被人殺害，心情惡劣到極點，但奇怪的是，回想起那段日子時，都是一些愉快的回憶。然後忍不住思考，這所有的一切到底是誰的過錯？我是薄情寡義的人嗎？為什麼無法一直陷入悲傷？

即使我想破了腦袋，也無法找到答案。不久之後，我就告訴自己，這一定不是任何人的過錯，只是因為我稍微長大了。
進入十二月後的第一個週末，林家兄弟難得一起回到廣州街。
達達的改變令人刮目相看。不光是乾淨的白襯衫取代了皺巴巴的T恤，頭髮也梳得很整齊，牙齒上戴著閃著銀光的齒列矯正器。他的舉手投足不像以前那樣唯唯諾諾，簡直就像是世界冠軍凱旋回到從小出生、長大的貧民窟。才一陣子沒見面，他長高了不少。
阿剛稍微瘦了點，乾淨的格子襯衫似乎有點緊，他很不自在地扭著身體。他的頭髮也和達達一樣理得很短。我知道那一定是那個叫金建毅的傢伙的傑作，阿剛不可能喜歡那種髮型，太沒有爵士樂的味道了。於是我更加討厭那個男人，不管對他的第一印象如何，我確信自己的認識並沒有錯。像金建毅這種大人，應該只認同好像自己分身般的小孩，他以為只要讓阿剛穿戴整齊，不久之後就會聽他的話。
我們去看阿宏。平時都由阿剛拉起鐵捲門，但這一天沒這個必要。
「爸爸，」阿剛向拉開一半的鐵捲門內張望。「你在家嗎？」
沒有人回答。
我和阿剛鑽過鐵捲門走進店裡，熟悉的景象呈現在眼前，迎接我們的是散亂的啤酒空罐、菸蒂、發出酸臭味的剩飯，和滿地爬行的蟑螂。達達在店外無所事事地逛來逛去。

「你進來啊。」阿剛咂著嘴。「我們要打掃，你也一起幫忙。」

「臭死了。」

我和阿剛互看了一眼，然後用力吸著鼻子。這裡的確沒有讓人想要用力呼吸的香味，但我和阿剛都已經習慣了這種酸臭的味道。

「達達，你快進來。」

「不要，太臭了。」

阿剛轉身看著弟弟，微微偏著頭，好像弟弟說了什麼有趣的話。

「快進來。」

「我不要。」

「林立達，你到底要不要進來？」

「反正不久之後又會髒了。」

林家兄弟之間的氣氛緊張，一觸即發。我以為阿剛會揍他弟弟，但並沒有發生這種事。阿剛把頭一轉，立刻俐落地開始打掃房間。

「唉，我覺得自己好像變成了鴨子。」阿剛在掃地時大聲自言自語。「手拿著棍子的傢伙把我們趕到某個地方。」

我並非無法理解。雖然阿剛痛恨金建毅，但早晚會被迫得像達達一樣。我的父母也想把我趕到某個地方。那裡既沒有可以輕鬆漂浮的水池，也沒有霹靂舞。因為是鴨子，所以也沒辦法飛走，逃離那個地方。

我們大汗淋漓地打掃店裡時，達達靠在榕樹上，不停地看手錶。當然不是之前被阿剛摔壞的那個，而是新的手錶。八成是金建毅幫他新買的。兩、三個月前，達達的人生根本不需要手錶，只要上學不遲到，其他的時間根本不重要。更何況即使遲到了，也沒什麼大不了。他的人生不知道什麼時候變得複雜到需要手錶的程度了。

阿剛專心打掃，完全沒看弟弟一眼。兄弟之間似乎因為上了漿的襯衫，符合校規的髮型，和手錶一事而有了隔閡。我們把垃圾裝進袋子，走出牛肉麵店，剛好路過的史奶奶拉住阿剛說：「你爸爸被理髮店的老闆打了。」

「梁先生嗎？」阿剛驚訝地問：「為什麼？」

「是阿宏不好！」史奶奶甩著手上的塑膠袋說：「他和別人的太太勾勾搭搭。」

阿剛衝了出去，我和達達也跟著跑了起來。

梁先生的理髮店鬧哄哄的，面對馬路的玻璃窗破了洞，梁先生被幾個人拉住，站在店門外。

「你以為我不知道嗎？」理髮店老闆揮著手推剪叫囂著。「難道你以為我什麼都不知道嗎？王八蛋！」

「你知道了又怎麼樣？」阿宏咬牙切齒地反駁：「即使你知道，又能改變什麼嗎？」

「阿宏，別說了。」阿宏流著鼻血，也有好幾個人拉住了他。「你們兩個人都別激動。」

「我怎麼可能不激動！」滿臉憔悴的梁先生淚流滿面。「這個王八蛋……這個王八蛋用我的手推剪做那種事！拿我做生意的工具做那種事——」

「又不是我強迫的！」阿宏嘿嘿笑了起來。「如果不是兩情相悅，怎麼可能做那種事呢？」

「你這個畜生！忘恩負義！」

「你對我有什麼恩？你沒本事留住那個女人的恩嗎？」

「你們聽到了沒有！你們有沒有聽到他剛才說的話？」

「沒必要為一、兩個女人吹鬍子瞪眼。梁昇福，你給我聽著，我是你的冤親債主，只是來討回你前世欠我的債。」

「阿宏，你這麼說就太過分了。」幾個男人努力把他們拉開。「到底是怎麼回事啊？」

「怎麼回事？」阿宏甩開那幾個男人，高舉雙手，好像要昭告天下。「這條街上有人不知道我發生了什麼事嗎？」

「不要因為自己戴了綠帽，就想把綠帽也戴在我頭上！你這個姦夫！」

「喂，不許你用這種字眼說我！聽到了沒有？不可以有第二次！」

「哪一個？綠帽？還是姦夫？」梁先生冷笑一聲。「你是我的冤親債主？你不是也半斤八兩嗎？你上輩子欠了那個男人的債，就是把你老婆睡走的那個姓金的男人！」

「我已經警告過你了！」

「我就是要說！戴綠帽！姦夫！狗娘養的！」

「王八蛋！」

他們兩個人又噴著口水扭打起來，其他人只能拚命制止他們。有人抓住了用力甩著手推剪的手腕，阿宏齜牙咧嘴地威嚇著，但他的襯衫鈕扣被扯了下來，胸口露了出來。

冤親債主就是來催討前世所欠債務的債權人。不管是殺人或是偷竊，或是發生車禍，加害者都可能是因為前世相欠的冤親債主。破壞別人家庭的第三者也屬於這一類，所以大人都告訴我們，無論在金錢上或感情上都不要虧欠別人，否則冤親債主就會在下輩子找上門。

「阿剛，你就這樣袖手旁觀嗎？」

聽到我的問題，很受不了地翻著白眼的不是阿剛，而是達達。

「喂，阿剛。」

阿剛不發一語，臉色鐵青地低著頭，轉身離開了。我頻頻回頭看著阿宏，連續叫了阿剛好幾次，但事到如今，已經沒有人能夠阻止阿剛離開了。

我也不想看到阿宏這種樣子，也不希望阿宏是別人的冤親債主。無論發生任何事，我都希望他仍然像以前那樣雲淡風輕，對任何事都淡然處之，希望他可以繼續泰然自若地吹牛皮，說這個世界本來就空無一物，沒有什麼欠來欠去的問題；這個世界也不可能弄髒，無論遇到什麼事，都沒必要難過傷心。唉，不需要接受考驗的話語真是太幸福了！真希望阿宏曾經安慰我的溫柔話語也不需要接受考驗。

「阿剛，」我抓住他的肩膀。「你不管阿宏叔叔了嗎？」

「別管他。」

「但是──」

「沒關係。」

「我說阿剛──」

「如果是我，不希望兒子看到自己這樣子。」

我找不到該說什麼，只能看著自己的球鞋。

父母去美國，把我送去阿剛家時，起初我也充分體會了被父母拋棄的悲慘心情，以為全世界找不到比自己更不幸的人了。但是，在林家生活了一段日子之後，漸漸覺得自己感受到的不幸也許並沒有那麼嚴重，所以我才知道，不幸的預感比不幸本身更加可怕。有時候可能是可愛的小動物投影出看起來巨大邪惡，青面獠牙的影子。無論遇到任何事，人都可以快樂過日子；相反地，無論遇到任何事，都可以過得很不幸。這些都是我從阿宏身上學到的事，可悲的是，我不知道該怎麼告訴阿剛。

「欸欸，」達達好像自言自語般問：「梁先生剛才說的『那種事』是什麼？他剛才不是說，『用手推剪做那種事』嗎？」

阿剛深深嘆了一口氣，好像把魂魄也都一起吐了出來，然後露出滿是同情的眼神看著弟弟。

「這不是重點吧？」

「重點是什麼？」

「不管老爸用手推剪對梁太太做了什麼，那都是絕對不該做的事。」阿剛詳細向弟弟說明。「老爸做了不該做的事。」

達達聳了聳肩，又瞥了一眼手錶後才說：

「是啊，哥哥，你說得對。」

達達的自尊心很強，即使面對親生哥哥，也必須展現自己的優勢之後，才能夠變得坦誠。

14

一九八四年即將接近尾聲時，出現了那一年的第一波寒流。平地氣溫一下子降到十度以下，大家都已經習慣溫暖氣候，所以個個都驚慌失措。小孩子都穿上厚衣，個個都像是鼓起羽毛的麻雀，老人都把電熱器搬進浴室，以免自己凍死。每個人都冷得發抖，電視新聞報導了遊客湧入難得積雪的玉山，車子大排長龍的景象。玉山是幾乎位在臺灣正中央的名山，在日據時代曾經稱為「新高山」。因為標高比富士山更高，所以在當時日本的學校也稱玉山為「日本最高的山」，玉山的名字還曾經出現在宣告日美開戰的密碼電文中。但在玉山光輝的歷史背後，日據時代，曾經有很多日本人殺害了當地的原住民也是事實。

媽媽的過度干涉越來越嚴重，我也越來越難以忍受。她開口閉口就叫我讀書，但其實並不是真的希望我讀書，只是不想讓我出門的藉口。最好的證明，就是只要我在家，即使我沒有讀書，她也不會囉里八嗦。

「你要考建國中學吧？」媽媽每天晚上都假裝來送宵夜，試探我有沒有抽菸，有沒有喝酒，有沒有騎機車去玩，有沒有去迪斯可跳舞。「如果現在不開始用功，到時候就來不及了。你根本沒時間玩……喂，小雲，你有沒有聽到我說的話？對了對了，最近治安很不好，所以也要為你的房間裝鐵窗。」

「我不會偷偷跳窗溜出去。」

「我當然知道啊。」媽媽用刺耳的聲音笑了起來。「誰都沒有擔心這種事啊。你這孩子，在亂說什麼啊！」

我經常搞不清楚到底是在自己的房間，還是在坐牢。

所以，直到阿杰出院的前一天，我才知道他住院了。因為即使阿剛打電話來，我媽也不讓我接電話。幸好我剛好聽到阿杰班上的同學聊到這件事，否則真是太對不起他了。

我放學回到家，就急急忙忙換下了制服。

「小雲，你要去哪裡？」媽媽從房間一直追著我到玄關。「如果你要出門，要告訴我幾點回家。你會回家吃晚餐吧？」

「我要去醫院看阿杰，」我在綁球鞋的鞋帶時，用後背阻擋了媽媽令人難以承受的愛。「我晚餐和阿剛一起吃。」

「六點之前要回來，知道嗎？」

「知道了。」

「不要騎機車喔。」

「誰會騎機車啦。」
「阿杰怎麼了？」
「聽說他傷勢很重。」
「一定又是和別人打架。他住在哪家醫院？」
「三軍總醫院。」
「要不要媽媽叫計程車送你去？」
「我搭公車去就好。」
「要離開醫院時，打電話給我……知道嗎？媽媽去醫院接你。」
「媽媽！」
媽媽繃緊了身體。我注視著她既像在害怕，又好像在諂媚的臉，所有的怨言都在內心深處沸騰，溶化後變得黏稠的話語湧到了喉嚨。但這些話語一旦接觸到空氣，我就會被吹到另一個空間，一個更自由，也更頹廢的地方。
「小雲，你怎麼了？」媽媽冰冷的手輕輕摸著我的額頭。「你哪裡不舒服嗎？」
「…………」
「今天不要去看阿杰，在家裡休息比較好吧？」
我不發一語地走出家門，過了中華路，搭公車前往三軍總醫院。即使寒流已經離開，陽光仍然蒼白無力。氣溫並沒有上升幾度，灰色低垂的雲籠罩了整條廣州街。那是十二月最後一個星期六。

一走進病房，我和阿剛大聲說著：「YO、YO！」想讓阿杰大吃一驚，然後假裝要用一起出錢買的水果丟躺在病床上的他。

「YO！」阿杰開心地坐了起來。「小雲，你來了啊。」

「當然啊。」我握住了這個傷患伸出的手，為他調整了靠在背後的枕頭位置。「你還好嗎？聽說明天就出院了。」

「你媽呢？」阿剛問。「她今天也去上班嗎？」

「住院費也不便宜，我妹妹才剛走。因為你們要來，所以我趕她們回家了。」

「雖然你被揍是家常便飯，但你一定闖了很大的禍，才會被揍得這麼慘。」

我假裝要打他，阿杰抖了一下，身體縮了起來，一臉凶相，被結膜下出血染紅的眼中閃過憎恨。如果我碰到他，他可能會暴跳如雷。

「大名鼎鼎的沈杰森到底怎麼了？」我無法承受眼前的尷尬氣氛，只能笑著岔開話題。「好，那就這樣，如果你想幹掉你繼父，我就會助你一臂之力。阿剛，對不對？」

阿剛的乾笑聲似乎在告訴我別再說了。

「我媽受不了了。」阿杰因為瘀血而變黃的臉上努力擠出了勉強可說是在笑的表情。「我媽說這次真的要離開他。」

阿剛點了點頭，好像在鼓勵為國家奮戰的士兵般拍了拍阿杰的肩膀，然後吐了一大堆苦水。他打了不知道多少次電話給我，我媽就是不讓我接電話；新的學校都是有錢人家的少爺和小姐，簡直無聊透了；他們現在住在公寓的頂樓，他媽媽的男朋友打算在頂樓加蓋，也就是違法增建。

「工程很快就動工了，說是要在頂樓蓋一個房間，達達興奮地說那裡是他的房間，真是太不要臉了。」

阿剛卯足了全力，試圖挽回我的失言，簡直讓人感動落淚。他甚至說自己的母親現在和新的男人睡在一起，有時候會傳出他根本不想聽的聲音。

「照目前的情況來看，明年這個時候，我就會有弟弟或妹妹了。」

阿杰出聲笑了起來。

我坐立難安地打量病房。那是六人病房，除了阿杰以外，其他都是老人。掛在點滴架上的點滴經過繞圈的管子，吸入阿杰的手背。他的頭上包著繃帶，左眼紅得像兔子，聽說肋骨也裂了。有的老人張開像空洞般的嘴睡著了，也有的怔怔地看著窗外，還有人在聽收音機，也有人在吃葵花子。

我發現消毒水的味道和老人身上發出的味道混在一起時，似乎阻擋了時間的流逝。牆上時鐘的秒針好像為了延遲死亡的到來，花了比平時長一倍的時間緩緩移動。

「不過，也算是因禍得福啊。」

阿剛一臉驚訝地看著我。

「啊，我並不是說目前的狀況。」我慌忙補充說。「你終於可以擺脫那個傢伙了。」

「我媽才不會離開他。」

「…………」

「為什麼？」阿剛生氣地問：「你為什麼會這麼想？她兒子都已經被打成這樣了。」

「阿杰，」我也問他。「你為什麼會這麼想？」

「因為我知道。」

「知道什麼？」

「我們是小孩，這個世界無法如小孩的願。」

我無言以對。

我覺得阿杰變得很遙遠，因為實在太遙遠，簡直就像從來不曾靠近過。雖然他在我伸手可及的距離，卻遙遠得讓任何人都無法靠近。我突然想到，也許阿杰的繼父正是因為這種遙遠的感覺才會痛毆他。

我想起那天晚上的事。在他親我的時候，只有那個時候，阿杰離我很近。因為太近，所以我很生氣。阿杰試圖靠近我，用很笨拙的方法試圖靠近我。當時的我又能做什麼呢？有沒有既不接受他，也不拒絕他的方法？哪裡有這樣的正確答案嗎？

老人聽的收音機中傳來歡快的美國流行歌曲。雖然沒有比在病房內聽美國流行音樂更孤獨的事了，但當其中夾雜了朋友的嗚咽，就不光是感到困惑而已，甚至令人憤怒。阿杰雖然用手臂遮住了眼睛，但我從來沒有看過這麼徒勞的努力。他想要忍住眼淚，單薄的胸膛抽搐起來。

阿杰在美國流行音樂的掩護下無聲地哭泣，眼淚和鼻水從他的手臂下流了下來，濕了他扭曲的嘴唇和咬緊的牙齒。

我和阿剛相互使了一個眼色走出病房，經過走廊，走下樓梯，走出醫院，在停車場抽菸。來往的行人看到中學生在大白天肆無忌憚地抽菸，忍不住皺起了眉頭，我們狠狠地瞪著每一個對我們皺眉頭的人。救護車鳴著警笛聲駛入醫院，醫護人員慌忙把一個無力地躺在擔架床上的女人推進醫院。也許這裡必須分秒必爭，所以病房的時間才走得像烏龜一樣慢？我想著這些愚蠢至極的問題，把煙吐向灰色的天空。我們慢慢抽著菸，然後把菸蒂丟在地上，走進醫院，爬上樓梯，經過走廊後，回到了病房。

美國流行音樂已經結束，躺在床上的阿杰對我們露出平靜的笑容。

「被發現了。」

我和阿剛互看了一眼。

說「被發現了」這幾個字的聲音安靜得讓人想要摀住耳朵。「被他發現了。」不知道為什麼，我很想大聲哭喊，覺得自己和那個人渣繼父是一丘之貉。

然後，我突然恍然大悟。阿杰此刻正膽戰心驚地試圖靠近我，他就像受了傷的野狗一樣拚命嗅聞著，想要嗅出輕蔑或是拒絕的味道。我可以像大人一樣，把以常識為名的灰心灌輸給他（「很遺憾，這個世界真的無法如我們的願」），也可以把一切交給時間（「你現在只要專心養好傷」），或是假裝天真，追根究柢地問阿杰的對象（「喔，是喔，原來是這樣！」）。

但是，我深刻瞭解到，一旦這麼做，阿杰再也不會向我靠近。既然這樣，我就要一次又一次打倒壞蛋。阿杰的阿公中暑昏倒時，我忘我地操作布袋戲木偶，我的冷星曾經明確地說。即使我死了，也一定會有人繼承我的意志。

記憶的片斷整合起來，轉眼之間，就形成了一個故事。冷星的下一個敵人的武器是用堅硬的竹子做成的簫。像彩衣吹笛人一樣，用簫的音色拐騙小孩，然後用那支簫打死那些小孩……那就叫他黑簫！

「阿杰，那個傢伙……你繼父現在怎麼樣了？」

「沒怎麼樣啊。」阿剛說。「臺北的警察怎麼可能因為老爸打傷自己的小孩就抓人？」

「他沒有來看你嗎？」

「他怎麼可能來看阿杰？」

「胖子，你閉嘴啦，我在問阿杰。」

「阿杰，你告訴他，那個人渣忙著躲放高利貸的，根本沒那個閒工夫。」

「他把你打成這樣，竟然當作沒事？」

阿剛翻著白眼，阿杰沒有吭氣，所以我代替他說了出來。

「要不要真的幹掉他？」

說完這句話的瞬間，就像一滴血滴入水中後擴散，我覺得我們之間再度共同擁有了某些東西。

「哈哈哈。」阿剛舉起雙手，好像在說，真是服了你。「好主意，那就動手啊。怎麼幹掉他？用槍嗎？」

「如果你真的打算動手，就算我一份。」我繼續追問。「阿杰，怎麼樣？」

阿杰瞪大了眼睛，我注視著他的雙眼。他蒼白的臉上恢復了血色，他張了張嘴，但又緊緊閉起雙唇。他似乎在努力克制某些東西，我覺得那是殺機。

「有什麼……你有什麼計畫嗎？小雲？」

「喂！阿杰，你不要當真，小雲只是在開玩笑。」

「小雲，是這樣嗎？你是在開玩笑嗎？」

「我是認真的。」我說。「只要你下定決心，我有一個絕對不會被人發現的方法。」

他的眼中充滿了期待。

「喂，喂，你們在開玩笑吧？」阿剛大喊著。「你們兩個人瘋了嗎！」

就在這時，隔絕現實和幻想的界線扭動彎曲，開始侵蝕彼此的領域，融合在一起，就像是大口咬住自己尾巴的銜尾蛇，我們內心的開始和結束合為了一體。

現在回想起來，那是造就了所有的失敗和所有後悔的燦爛瞬間。終究我們只有十三歲，殺人只是霹靂舞和偷竊行為的延伸。

15

杜伊・科納茲的筆錄中詳細記錄了差一點遭到布袋狼綁架時的狀況。

演師突然說自己頭痛，懇求他幫忙去拿放在車子的手套箱裡的藥。十一歲的少年慌忙衝進車子，用力打開手套箱，好幾個藥盒掉了下來。「哪一個？」少年轉頭大聲問。「是哪一種藥？」

布袋狼沒有回答，而是把少年矮小的身體推進車內，想要關上副駕駛座旁的車門。杜伊・科納茲發現了堆在後車座上的派對面具，在車門關上之前，用腳把門踢開。前一刻還溫文儒雅的演師突然臉色大變，露出可怕的表情，把手伸向少年纖細的脖子。杜伊・科納茲踢著雙腳掙扎，但也因為這個原因吃了苦頭。如果不是亞歷克斯・賽亞巡佐及時趕到，他應該也會落入和其他少年相同的下場。也就是在一、兩個星期後變成屍體，被運氣不好的人發現裝在布袋裡。

杜伊・科納茲很幸運，但其他少年並沒有他這麼幸運。

接下來是十四歲的布萊伊・科因的狀況。

二〇二二年八月四日，住在佛羅里達州羅德岱堡的布萊伊・科因，主動對站在住家附近的北福克新河河畔的男人說：

「這位先生，你想被鱷魚吃掉嗎？你不可以坐在離水邊這麼近的地方。」

那個人沒有反應。

「先生？你沒事吧？」

「謝謝你的好心。」男人轉過頭，拿起頭上的禮帽，回應了少年的親切。「我有頭痛的老毛病。」

「要不要幫你叫救護車？」

「不不，沒關係，只要休息一下就好了。有那麼多嗎？」

「什麼？」

「鱷魚啊。」

「喔……你第一次來佛羅里達嗎？」

「對。」

「不光是很多而已，還會跑進家裡的游泳池，還曾經在學校出現。幾天前……你看，那裡不是有一棟藍色屋頂的房子嗎？」

男人伸長脖子，看著布萊伊手指的方向。

「拉法羅太太的狗就是在你目前站的位置被鱷魚吃掉了。」

「真的嗎？」
「而且那不是一隻小型犬，拉法羅太太飼養的是杜賓犬。鱷魚突然從草叢裡竄出來，把狗拖進水裡。」
原本坐在河邊，腰部以下都被茂密的長苞香蒲遮住的男人跳了起來，布萊伊發出了清脆的笑聲。
「你叫什麼名字？」
「布萊伊。」
「布萊伊，你好……如果你願意，可不可以帶我四處參觀一下？」
「以免被鱷魚吃掉嗎？」
「沒錯，以免被鱷魚吃掉。」布袋狼說完，笑了起來。「也許還有比鱷魚更可怕的。」

接下來是十六歲的保羅・蘭格。
二〇一三年十二月十八日，住在阿肯色州小岩城的保羅・蘭格和幾個朋友一起玩攻擊路人遊戲。他們突然圍毆陌生的路人，然後把影片上傳到網站。警方在資料中附上了那些少年上傳的當時情況的影片，以及監視器拍攝的影像。
上傳的影片一開始是幾個少年走在小巷內的背影。一個男人迎面向他們走來，那些少年左右分開，為那個男人讓了路。男人拿起禮帽向他們道謝的下一剎那，穿著寬鬆衣服、戴著棒球帽的保羅・蘭格突然用棍棒打向男人的臉。男人應聲倒下，幾個少年頓時發出了歡呼聲。

監視器檔案的模糊黑白影像拍到了之後的情況。那些少年一度離開，不一會兒，保羅・蘭格和另一名少年跑了回來。另一名少年站在那裡把風，保羅俐落地把手伸進倒地男人的懷裡。

這時，男人猛然坐了起來，抓住了保羅的手臂。保羅想要掙脫，但完全是白費力氣。另一名少年目瞪口呆地看著眼前發生的事，男人已經拿出了像是電擊棒的東西壓在保羅的脖子上。保羅的身體激烈痙攣，當場癱軟在地上。另一名少年丟下了攻擊他人不成、反而遭到攻擊的朋友，自己逃走了。男人緩緩站了起來，撿起地上的帽子戴在頭上，拍了拍身上的灰塵，然後拖著保羅離開了。不一會兒，一群殺氣騰騰的少年跑了回來，但每個人都驚慌失措，抱著頭在原地打轉。在同夥遭到綁架的四十分鐘後，他們才終於報警。因為他們擔心自己玩攻擊路人遊戲這件事曝光。

一個星期後，在距離綁架現場兩百公里的路易斯安那州州境附近，發現了保羅・蘭格裝在布袋裡的屍體。

再來是十二歲的拉德・迪勒韓特。

二〇一四年九月二十九日，住在印第安納州印第安納波利斯的拉德・迪勒韓特正準備走出超市時，店員叫住了他。

「不好意思，可以請你打開背包檢查一下嗎？」

拉德立刻嚇得縮成一團。凡事都有第一次。那天是他的單親媽媽第一次叫他去偷牛奶和生鮮的肉，遭到店員質問時，他矮小的身體忍不住發抖。

「我認識你。」

「……啊？」

「超市辦公室內貼了有問題客人的照片，我記得也貼了你和媽媽在一起時的照片。」

「對不起……我下次不會再這麼做了。」

「你媽媽知道自己被鎖定，所以叫你自己來。」

「呃，我真的……覺得自己做錯了。」

「我在你這個年紀的時候，也曾經偷過東西。雖然不是非要不可，但還是和朋友一起偷了耐吉的球鞋。」

「…………」

「那時候我們一起跳霹靂舞。」店員說完，身體像機器人一樣動了起來。「怎麼樣？」

「你問我怎麼樣，我也……」

「所以我們偷了耐吉的球鞋。因為跳霹靂舞當然要配耐吉的球鞋。」

「是啊。」

「其實我必須報警。」

「太過分了！不，那個……請你千萬別這麼做。」

「但有一個條件，希望你保證，以後再也不會犯了。」

「我向你保證。」拉德眼睛發亮地說。「我絕對不會再偷了。」

「也不能去其他的店做這種事。」

「我絕對不會再做這種事。」

「一旦你違反約定——」

「如果我再犯，即使下地獄也沒關係。」

「到時候，我會親手送你下地獄。」

「好！」

店員不僅沒有把拉德・迪勒韓特交給警察，甚至讓他把偷的東西帶回家。

如果拉德遵守約定，沒有再偷東西，不知會有什麼結果？布袋狼是否就會放過他？

拉德・迪勒韓特也許覺得在那個親切的亞洲人工作的那家超市偷東西，即使被逮到，也會再次放過他。當他第二次被逮到時，聲淚俱下地訴說著生活的困苦，店員沒有打斷他，靜靜地聽著他說話。他這次偷的是吐司麵包、花生醬和巧克力，店員在聽他訴苦時不時附和，最後對他說：

「我開車送你回家……沒事，你完全不必擔心。」

布袋狼食言了。拉德失蹤了兩個星期後，把救濟金全都拿來買海洛因的母親才發現兒子不見了。

那天早晨，母親麗娜・迪勒韓特從毒品帶來的恍惚狀態中醒來，叫著兒子的名字。

「拉德……拉德啊，陽光太刺眼了，幫我把窗簾拉起來……還有，可以拿一杯水給我嗎？」

16

阿杰說不下去了，喝了一口阿剛遞給他的瓶裝水，然後坐在欄杆上，縮著身體。痛苦的告白讓他精疲力盡，看起來已經無法再繼續向前走一步。

去探視他的隔天，我們約在植物園的涼亭見面。

太陽已經下山，冷風從只剩下泥水的蓮池吹來。除了我們三個人，沒有其他傻瓜在這個寒風吹拂的涼亭內受凍。

阿杰頭上的繃帶換成了網狀彈性繃帶，半張臉仍然是黃色，左眼也仍然充血，但這些並不重要。我和阿剛只顧著掩飾內心的混亂和不安，甚至想不起阿杰有沒有提到對方的名字，幾個場景栩栩如生地出現在眼前，好像自己親身經歷過。

阿杰在中華商場的書店認識了那個男人。那天，他漫無目的地走進一家書店，發現書店裡滿是男人的裸體照片，簡直就像捕蠅紙一樣掛在天花板上。雖然我很懷疑怎麼會有人漫無目的地走進這種書店，反正這是阿杰的說詞。

對方是二十歲的大學生。阿杰不敢碰那些照片，只是看著出神，那個人對他說，在師大路夜市，有更多這種照片。那個人沒有修剪的頭髮遮住了他一隻眼睛，嘴巴周圍留著稀疏的鬍子。阿杰因為羞恥和憤怒感到無地自容，當場衝出了書店。

好奇心和罪惡感讓他連續好幾天晚上都輾轉難眠，最後他鼓起勇氣去了師大路。那裡是師範大學的學生街，路上擠滿了年輕人。年輕人都放聲大笑，個個開朗健全。阿杰走在人群中，覺得自己很骯髒。阿杰在擠滿了路邊攤和店家的巷弄內來來回回走了好幾次，露出心虛的眼神四處尋找。他曾經走進書店，但並沒有找到期待中的東西。正當他心灰意冷地準備離開時，聽到有人對他說話。

「並不是在這裡。」

回頭一看，之前在中華商場遇到的那個大學生站在那裡，臉上露出平靜的笑容。

「你跟我來。」

阿杰愣在原地，大學生走進了擁擠的人群。當阿杰回過神時，發現自己追了上去。可疑的煙霧裊裊飄來，巷子盡頭有一隻黑貓一直看過來，沿著狹窄的樓梯一直往下走，來到一家稀奇古怪的店——不，他完全沒有遇到這些情況。那個大學生走進一家光線明亮，看起來很普通的雜貨店。店裡的女生不時為寫著「想念你」的書籤，還有寫著「難得糊塗」的軟木筆筒，和日本進口的三麗鷗商品發出歡呼聲，阿杰忍不住感到困惑。

「我在這裡打工。」大學生撥了撥遮住眼睛的頭髮笑著說。「剛才看到你經過店門口好幾次。」

阿杰臉色發白，隨即又漲得通紅。

「就在那裡的架子上。」

「…………」

「凱蒂貓娃娃旁邊的貨架。」

阿杰抬頭一看，發現那是放明信片的旋轉貨架。

「你轉看看。」

阿杰戰戰兢兢地轉了一下，發現男人的裸照和風景照、可愛的繪畫明信片放在一起。

「這就是你害怕的東西，」大學生說：「其實就是和凱蒂貓放在一起賣的東西。」

之後，阿杰不時和他見面。他知識淵博，有一輛舊偉士牌機車，正在用法文原文看剛去世不久的哲學家米歇爾・傅柯的書。

「他死於愛滋病。」大學生告訴阿杰。「他在關於人類性的問題上，剖析了我們認為理所當然的事，你和我以外的很多人的性都受到了權力的規範，只是為了人口政策。因為如果社會上全都是像我們一樣的人，人口就會大幅度減少。」

阿杰完全無法理解他說的話，但被他說話的聲音中散發出強烈的自由和反叛迷得神魂顛倒。

「性原本是自由的，而且隨時都在改變。所謂正常和異常，只是權力在我們身上所貼的標籤。你現在不懂也沒關係，等你長大之後，看很多書，認識很多人之後，我相信你就會理解。」

「我……」阿杰覺得口乾舌燥。「我並不是異常嗎？」

「當然不是啊，」大學生說完，莞爾一笑說：「你是自由的。」

大學生送了幾本阿杰看不懂，但即使能夠看懂，恐怕也難以理解的英文書給他。

「我已經看完了，所以送給你。」

「但是……」

「你只要留著就好。」

「…………」

「這樣或許會讓你前面的路稍微明亮一點。」

那是亨利・米勒的《南回歸線》、塞琳的《絕夜旅（Voyage au bout de la nuit）》和喬治・歐威爾的《一九八四》。

「謝謝。」淚水滴落在破舊的平裝本上。「謝謝。」

那一天，他們去看了電影之後，逛了幾家書店，他買了據說是美國目前最當紅的藝術家凱斯・哈林的畫冊送給阿杰。那是書店主人特地花大錢從美國進口的畫冊。

「他也和我們一樣。」

雖然凱斯・哈林的畫看起來像塗鴉，但無條件地讓人感到高興，阿杰立刻愛上了他的畫。

「你知道嗎?只要擺脫權力和常識的束縛，我們眼前就有這麼美好的世界。」

大學生騎機車送阿杰回家，臨別時吻了他。那並不是像阿杰之前親我那樣，而是真正的接吻。阿杰應該欣喜若狂，覺得這個世界終於有了自己的容身之處。

但是，人生並沒有善待阿杰。當他飄飄然地走進家門時，等待他的是權力和常識的奴隸。「那個人是誰?」長滿了毛、垂在身旁的手上握著發黑的簫。「這本書是什麼?」阿杰把畫冊藏在身後。「你喜歡男人嗎?」繼父用簫戳向阿杰的胸口。「怎麼了?不敢說嗎?」

寒風吹動著大王椰子的樹葉，但我並不覺得冷，而且發現背上還滲著汗。在難以收拾的沉默中，無力感就像蠶絲般細細吐了出來。沉默一點一點爬上這些細絲，緩緩搓成一個意志。

「我們之前經常在這裡跳舞。」

沒有回答。

「雖然只是四、五個月前的事，卻覺得好像已經是很久以前的事。」我自顧自地說了下去。「有一次練到一半的時候，不是下雨了嗎?」

阿杰抬起頭。

「我們還跑來這個涼亭躲雨，你們還記得嗎？我們就是在這裡聽到萬華的蛇逃走的新聞。」

「蛇肉店的籠子忘了鎖上，」阿剛揚起嘴角。「達達還嚷嚷著在水池裡看到了蛇。」

「你們知道當時逃走的蛇現在怎麼樣了嗎？」

「怎麼樣了？」

「我怎麼可能知道！」

「…………」

「但是，我可以打賭，絕對還沒有全部抓到。當時新聞不是說，有人發現毒蛇躺在鞋子裡嗎？華西街離阿杰他們家住的三水市場並不遠，既然這樣，阿杰的繼父被毒蛇咬也沒什麼好奇怪的。」

「小雲先生，我想請教一下，你打算去哪裡抓會咬阿杰繼父的毒蛇？我從小到大，從來沒有在臺北看過野生的蛇。」

「我哥以前的女朋友家在華西街開蛇肉店，如果可以從她手上買到毒蛇呢？」

「你腦筋有問題嗎？」阿剛很受不了地說。「如果我們去買毒蛇，然後阿杰的繼父被蛇咬的話，警察不是馬上就會懷疑我們嗎？」

「如果我去買毒蛇，我爸爸被咬，的確會懷疑到我頭上，但是，我去買蛇，被咬的是阿杰的繼父。即使警方懷疑，只要我哥哥的前女友不記得自己賣出去的那條毒蛇長什麼樣子，就沒有人能夠證明咬阿杰繼父的那條蛇，就是我買的那條蛇。」

「臺灣的警察才不會管那麼多，你買了蛇，然後你朋友的繼父被蛇咬了，你當然就是兇手。」

「阿杰，如果要動手，只能趁現在。你的繼父現在被蛇咬，還可以推到那家讓蛇逃走的蛇肉店身上。」

阿杰開口之前想了一下。

「會成功嗎？」

「怎麼可能會成功嘛！」阿剛大叫著。「你們都瘋了嗎？」

「去問關帝就知道我們有沒有瘋。」我看了看阿杰，又看著阿剛說。「然後再決定也不遲。」

阿剛咂著嘴，阿杰點了點。

「那就越快越好，」我說。「明天要上課，現在就去。」

我們靜靜地穿越了萬華街頭萬年不變的喧囂。

一個男人在廟口推銷一看就知道很可疑的壯陽藥，用沙啞的聲音吹噓藥效。因為他說臺語，所以我聽不懂，但越是用臺語介紹，就更讓人覺得可疑。這些壯陽藥無效還算是運氣好，搞不好會危害身體。同樣的，只有外地人才會圍著那些色情錄影帶的攤位，這些傻瓜回到家之後，看到螢幕上什麼都沒有，就會捶胸頓足，氣得跳腳。

汽車排放的廢氣和香爐冒著的煙模糊了夜空中的月亮。

自從上次來問神明，阿杰非禮我，我是不是可以揍他之後，就沒再來過龍山寺。

我們站在一臉威嚴的關帝面前，首先在香爐裡插了香，三跪九叩後，然後去拿了筊杯。

「因為這件事非比尋常，只要有一個人遭到反對，我們就放棄。」我一臉嚴肅地說。「阿剛，你也同意吧？」

走來這裡的路上始終不發一語的阿剛還是沒有吭氣，但眼中充滿決心地點了點頭。

「那就從阿杰開始。」

阿杰把筊杯放在額頭上，低頭唸唸有詞。我是住在三水市場的沈杰森，今年十四歲。我想殺一個人，那就是我的繼父沈領東，我已經忍無可忍。不是我死，就是他死——他張開眼睛，釋放了內心的想法。紅色木片好像慢動作般落下，發出清脆的聲音在地上彈跳。

一正一反。

「是聖筊。」

我小聲嘀咕著，看到阿杰叩頭退下後走上前去。把筊放在額頭閉上眼睛。我是住在延平南路的鍾詩雲，很快就滿十四歲了。五個月前，我們三個人也曾經來這裡拜拜，當時，我們在這裡結拜成為兄弟，我覺得現在就是證明當時誓言的時候。我的兄弟沈杰森很痛苦，我覺得自己有責任消除他的痛苦——我在嘴裡嘀咕完這番話，把筊一丟，又是一正一反。

我合掌向關帝道謝後，把位置讓給阿剛。

阿剛垂著嘴角，捧著筊杯，深呼吸了一次之後，嘴巴動了起來。我是住在信義路的林立剛，今年十三歲。我並不是不想幫沈杰森，也不是害怕。

阿剛說到這裡，突然住了嘴，然後停頓了很久，我和阿杰忍不住互看了一眼。

從阿剛鼻子下方冒出的汗珠，就知道他陷入了天人交戰。這也難怪，即使阿剛感到害怕，我也不會責怪他，相反地，也許我內心深處希望阿剛感到害怕。這麼一來，我既盡了義氣，又可以不必殺人。如果阿剛說，還是別衝動，我就會把他罵得一文不值，然後說服阿杰忘記一切。等我們長大之後，回想起今天的事一定會覺得很好笑。

阿剛用力深呼吸，似乎下定了決心。

「我也想殺一個人。」

並不是只有我大驚失色，阿杰也目瞪口呆地凝視著阿剛。

那個人就是金建毅。金建毅毀了我們家，還若無其事地想當我的繼父，但我爸爸孤孤單單。那種傢伙……那種傢伙……我和鍾詩雲一起幫沈杰森，如果順利成功，我也可以殺金建毅嗎？

阿剛在呆若木雞的我和阿杰的面前把筊杯拋了出去，顯示已經無法收回，也沒有退路了。

回到廣州街，快到三水市場時，我們再度確認了步驟。

「由我負責找蛇，」我對阿杰說。「你要小心你媽和妹妹不會被咬。」

「那就趁他午睡的時候讓蛇咬他，」阿杰點了點頭。「我妹妹還在學校，我媽會去上班。」

「那一天，阿剛要來南山國中找阿杰。為了避免別人把我、蛇和阿杰連在一起，所以必須由阿剛做這件事。最重要的是——」

「我會讓大家都看到我，」阿剛接著說。「阿杰蹺課和我一起去玩的時候，他繼父被蛇咬，就不會有人懷疑阿杰了。」

「我會乖乖留在學校上課。」

「我和阿杰去西門町看電影，去電影院時，會讓人看到我們，然後中間溜出去，跑去阿杰家。但是，如果他繼父沒在睡覺呢？」

「他星期三都會通宵打麻將，所以星期四會一直睡到傍晚。」阿杰向我們保證。

「所以我會在星期三打電話給阿剛。」

「然後隔天就動手。」

「對了，」我轉頭看著阿剛。「你剛才對關公說的話是真的嗎？」

「我也不知道。」

「你媽會傷心。」

「那阿杰他媽也一樣啊。」阿剛聳了聳肩。「反正一切都是關公的旨意。」

告別阿杰後，我和阿剛在中華路道別，他跳上一輛剛好進站的公車，沿著明亮的車內走向後排的座位。他重重地坐在座位上之後，注視著站在人行道上的我。我記得他當時臉色鐵青。我對他點了點頭，他也對我點了點頭，然後公車啟動，沿著中華路緩緩離開。

興奮的心情漸漸崩潰，走回家的路上，心情就像鉛塊般沉重。當我看到媽媽站在路燈下時，就對自己一度以為也許可以改變現狀的愚蠢想法感到沮喪不已。

「小雲！」媽媽高興地向我揮手。「怎麼這麼晚才回來？你去哪裡了？」

「媽媽，才八點而已啊。」

「你在說什麼啊，臺北到處都是壞人。你該不會又和林立剛在一起吧？」

我的世界原封不動，仍然在那裡。

「你不可以和他玩在一起，他那麼胖……肥胖是意志薄弱造成的，不懂得自我規範的人才會變胖。你看著吧，他長大以後會變成像他爸爸一樣的無賴。」

「阿宏叔叔才不是無賴。」

「那種人不重要，反正他也要搬走了。」

「……啊？」

「幾天前，爸爸和他見了面。他不是和理髮店的老梁打架嗎？爸爸去調解這件事。老梁堅持要告阿宏，但如果阿宏離開這裡，就願意放過阿宏。阿宏在高雄有朋友，所以他打算去朋友那裡住一陣子。」

「怎麼會這樣！那……阿剛和達達怎麼辦？」

「他們已經和新爸爸住在一起，不會有什麼影響。林立剛的媽媽離開阿宏是對的，反正你不需要為那家的小孩操心，你要好好讀書，考進一所好高中，以後要離開這裡，知道嗎？我和爸爸談過了，等你高中畢業，就先去服兵役，然後去美國讀大學。美國很好！幸好當初是在美國生下你。」

我聽著媽媽會一直說到世界末日的嘮叨，心頭突然閃過想要問關帝的事。我是住在延平南路的鍾詩雲，我可以用我們的毒蛇咬我媽嗎？我克制內心的起伏，在腦海中丟出紅色的筊杯。但是，傳達神明旨意的木片在碰地的剎那，就無聲無息地破裂，化為紅色的煙，煙消雲散了。

17

張羅毒蛇比我們想像中困難多了，但這只不過是等了三個月左右的意思。

長大之後，就會覺得三個月並不漫長。出社會後，為工作忙得暈頭轉向，三個月的時間在轉眼之間就消失不見了，簡直就像被人偷走了。所以，現在回想起來，會覺得張羅毒蛇這件事輕而易舉得讓人有點洩氣。因為我們只花了短短三個月的時間做殺人的準備工作。

但是，在小孩子眼中，三個月簡直就像一輩子。三個月的時間可能發生任何事。腋下和大腿之間長出了三個月前還沒有的毛髮；三個月前從來沒碰過的T字型刮鬍刀放在我房間的書架上，好像是交給我保管的重要東西；三個月前，在路燈下等我回家的媽媽，現在都會直接衝去學校，向學校老師打聽獨生子回家的時間；三個月前還對我說「媽媽的事也拜託你」的爸爸，西裝上不時有香噴噴的香水味。

回想起來，一九八四年暑假前後的三個月，把我和阿杰牽在一起。我爸媽去了美國，把我一個人留在臺灣時，我代替阿杰的阿公演了布袋戲，一起偷了籃球鞋，熱衷於練習霹靂舞，阿杰親了我，我們也為這件事打了一架，之後又和好了。在這三個月期間，阿杰先是親了我，結果我們為這件事打架，師範大學的學生灌輸他權力之類的事，他們接了吻，然後他被繼父打成重傷住院。阿剛也不例外，他媽紅杏出牆後離家出走，他也轉學，他最喜歡的父親墮落得慘不忍睹，弟弟卻和阿剛恨不得殺死的男人越來越親近。

然後，我滿十四歲了。

只要包圍我們的高牆有一道裂痕，就可以像水壩潰堤般，轉眼之間沖走堵在那裡的所有痛苦、悲傷，以及不由分說地壓制我們的一切——也許這就是我當時的想法，而那條毒蛇就可以咬住高牆，造成裂痕。

送走了一九八五年，迎接了又冷又暗的一月，和為春節喧騰不已的二月，陰雨不斷的三月也匆匆流逝。在杜鵑花綻放的清明節時，我終於成功地拿到了那條瘦巴巴的眼鏡蛇。

住在大城市，除了華西街的蛇肉店以外，從來沒見過毒蛇的十四歲孩子，到底怎麼張羅到眼鏡蛇？

且聽我細說分明。

在去龍山寺問卜，得到關帝許可的隔天，我在放學之後，立刻打電話給王夏帆。她是哥哥在入伍之前交的女朋友，她的電話號碼和銀杏葉一起夾在小默書桌的玻璃墊下。

「不好意思，」接電話的男人話音剛落，我立刻說：「我聽不懂臺語。」

對方的聲音漸漸遠離，一個說國語的女人接起了電話，我又從頭說明了自己的身分和目的。

「請問王夏帆在嗎？」

「你說你是誰？可以再說一次嗎？」

「我是鍾詩雲。」

那個女人不知道搞錯了什麼，突然開始稱讚我賣給她的飲水機。說是喝了我賣給他們的天然水之後排便順暢，痔瘡也好了，為此向我道謝。

「那真是太好了，請問王夏帆——」

「飲用水公司找我家女兒有什麼事？」

「不，我是——」

「我女兒是大學生，不會買飲水機，而且現在住在宿舍，根本不需要這種東西。更何況我們家只要有一臺就夠用了，還是說，你對我女兒一見鍾情？」

「不是這樣——」

「如果不是這樣，你為什麼打電話給我女兒？」

「你們那裡是蛇肉店吧？」

「是啊，如果你想吃蛇肉，隨時都歡迎。我家的蛇全都來自阿里山，我表弟在那裡做野獸肉的批發生意，所以我家的蛇比別家的粗，而且也都很有活力，但我們不需要飲水機了。我在忙，那就先這樣了。」

「啊，等一下——」

電話卡嚓一聲掛斷了，我仍然把電話放在耳邊，茫然地愣在那裡，覺得簡直就像是老天爺掛上了我的電話。也許我們對關帝的旨意產生了天大的誤會，更何況到底是誰決定擲筊後，只要一正一反，就是代表OK的意思？

雖然之後我又一次一次打電話，接電話的不是那個不會說國語的男人，就是完全不聽別人說話的王夏帆媽媽。

「請問王夏帆在嗎？」

「你還真是不死心啊，跟你說了，我女兒不在家。你一直打電話來，到底有什麼事？而且你們的飲水機發霉了，到底是怎麼回事？」

這樣雞同鴨講了一個月之後，才終於掌握了王夏帆的近況。她目前去了臺中讀東海大學，住在學校的宿舍，但我並沒有特地跑去臺中找她，因為根本沒這個必要。正當我猶豫該不該這麼做時，春節到了，王夏帆主動來到我家。

那天風很大，她就像好萊塢明星一樣，用絲巾包住了長了很多雀斑的臉。那時剛好是小默去世一週年，王夏帆回臺北時順便來家裡燒香。媽媽和她拉著手哭了起來，爸爸說把她當成自己的女兒。王夏帆哭歸哭，從春節用的紅色點心盤裡拿了牛軋糖放進嘴裡。雖然牛軋糖風味絕佳，但會黏牙，所以她只能三不五時張大嘴巴摳臼齒。媽媽泡完茶走回來後，兩個人又哇哇大哭起來，但王夏帆一直偷偷用舌頭和黏在牙齒上的牛軋糖奮戰，真是有其母必有其女。

我一直在等待，小心翼翼地尋找和王夏帆單獨相處的機會。我在腦海中一次又一次整理該說的話，然後終於等到了那個機會。她準備離開時，爸爸叫我送她一程。

王夏帆在離開之前，和媽媽抱在一起，約定還要再見面，還流著淚發誓，要連同小默的份一起幸福。然後她問爸爸，這種牛軋糖是哪裡買的，結果就騙了一大袋牛軋糖回家。

「你是不是又長高了？」當我們並肩走在一起時，她甩著戰利品問我。「通常都是弟弟比較高。」

「王姊姊，妳家開蛇肉店，對嗎？」我裝可愛地問。「也有賣活的蛇嗎？」

「我們不賣活蛇，怎麼了？」

我用力吸了一口氣，告訴自己要鎮定，然後小心翼翼地說出了花了一個月時間深思熟慮的謊言。

「自從哥哥死了之後，爸爸和媽媽都一直那樣。」

「你不能怪他們。」
「但我希望他們可以趕快走出來。」
「是啊。」
「所以我就在想，自己可以做什麼。爸爸喜歡喝酒，所以我想如果送他蛇酒，他一定會很高興。」
「真是好主意！」
「……妳也這麼覺得？」
「啊，小雲！」王夏帆眼眶濕潤，抓住了我的雙手。「你爸爸一定會很高興。對了，你知道大家為什麼會把蛇泡在酒裡喝嗎？」
我被她的氣勢嚇到了，但還是對她搖了搖頭。
「我也忘了……對了，好像是蛇的腳一滑，不小心掉進酒甕。啊，蛇當然沒有腳，但你應該瞭解我的意思吧？結果喝了用蛇泡的酒之後，有人的病好了，原本無法走路的人會走路了，我記得是這樣。啊，小雲，你真是想得太周到了！要不要現在就去我家買？我拜託爸爸，叫他算你很便宜的價格。」
「謝、謝謝。」我隱約察覺了小默和她分手的理由，然後進入了下一步。「但我想送爸爸自己泡的蛇酒。」
「什麼意思？」

「我們家的事無法用錢解決。」我垂下雙眼，假裝是純真的小孩，也同時為了避免她發現我在說謊。「不管有再多錢，哥哥也不會回來了……所以，花錢買現成的沒有意義，我覺得這樣沒辦法讓爸爸感受到我的心意。」

王夏帆的嘴脣顫抖，她的臉頰越來越紅。

「所以，我想自己泡蛇酒……不行嗎？」

「小雲！」她緊緊抱住了我。「啊，小雲……小默看到你現在這樣，也終於放心了。」

我還來不及為王夏帆隆起的胸部和頭髮的香味感到心慌意亂，她就推開了我，跑去公用電話，迫不及待地投了硬幣，按了電話號碼。然後用指尖敲著電話等了一會兒，接著我只聽懂她一開始叫的一聲「阿母」。我茫然地注視著用臺語滔滔不絕的王夏帆。

「我爸爸叫你現在就去。」她粗暴地掛上電話後，轉頭對我說：「他說如果拒絕這麼孝順的孩子提出的要求，就不是男人。」

「真的嗎？」

「但蛇酒沒辦法一、兩天就完成。」

我下定決心，點了點頭。

王夏帆熱心地向我說明泡蛇酒的方法。「乾浸法」就是把蛇晒乾後浸泡在高粱酒裡，三個月後就可以喝。「鮮浸法」就是把活蛇殺了之後浸泡在酒裡，三個月後就可以製成蛇酒。

我用力吞著口水。

「最後是活浸法。」

「首先把一條活蛇放在乾淨的籠子裡，然後差不多一個月左右，不餵牠任何食物，也不餵牠喝水。小時候，我看到爸爸用這種方式讓蛇餓肚子，還覺得牠很可憐，忍不住哭了。但如果不這麼做，不是就沒辦法清空蛇肚子裡的大便嗎？然後在泡酒之前洗乾淨，差不多泡兩個月就可以喝了。」

「是不是都用毒蛇？」

「當然啊。」

「那……毒牙怎麼辦？」

「喔喔，你是不是害怕？」王夏帆閉起一隻眼睛。「別擔心，危險的事，我爸爸都會處理，而且通常不會拔掉毒牙。蛇頭的確有毒腺，但只要用度數高的酒浸泡，絕對不會中毒，而且有毒牙，藥效反而更好，而且看起來很可怕，不是更有蛇酒的味道嗎？」

我們搭公車去她家。她家的店名叫「毒蛇大王」。

她媽媽穿了一件過年穿的紅棉襖，像男人一樣翹著腳，在沒有客人的店內看報紙。貨架上陳列著蛇乾和一整排蛇酒的玻璃瓶，那些蛇都在瓶子裡露出死了很不甘心的表情。我猜想蛇的怨念搞不好也是藥效的一部分。店後方的牆上掛著金光閃閃的大蛇浮雕，還有兩個蛇獴的標本。

「我們店今天開工，」王夏帆說。「新年公休結束了。」

然後她改用臺語說話，我仍然只聽得懂「阿母」這兩個字。她媽媽把報紙收了起來。

「伯母，妳好。」我鞠了一躬。「飲水機沒問題吧？」

沒想到王夏帆的媽媽竟然說，她正想打電話給我。因為我們公司的飲水機太好用了，所以她推薦給鄰居，有兩、三戶人家都想買。

「你要給他們算便宜點，這樣我幫忙介紹也有面子。」

我很後悔自己不該多嘴。

「你跟我來。」

王夏帆向我招手，我跟著她走去後方。

那裡堆著裝滿蛇的籠子，那些蛇發出的味道讓我起了雞皮疙瘩。如果說，龍山寺的線香的煙飄向西方淨土，蛇發出的腥臭味就是來自地獄。這是區分生死的交界線，也是向我宣告少年時代結束，讓我知道自己踏進了罪惡領域的里程碑。

一個嘴上叼著菸的男人正在準備蛇的料理。他穿著拖鞋，蹲在潮濕的地上，在砧板上把蛇切成小塊，切塊的蛇肉像魚一樣很有活力地蠕動。T字架上也掛了好幾條蛇，青白色的內臟從剖開的肚子垂了下來，也都一起扭動著，下面放著塑膠盆，接住滴下的血。這些蛇被夾子夾住頭，用塑膠繩掛了起來。

「阿爸。」

王夏帆叫了一聲，男人站起來看著我。起初我以為他在生氣，但他冷冷地用我也聽得懂的話說：「你很孝順。」然後又用臺語嘀嘀咕咕說了起來，把手伸進鐵籠，攪動毒蛇後，抓出一條黑色的蛇。因為其中有幾條生氣地張開頸部的皮褶，所以我知道這個籠子裡的都是眼鏡蛇。

「我爸爸說就用這條。」王夏帆為我翻譯。「我剛才也說了，接下來要把牠隔離一個月。」

「一個月之後，我就可以把蛇酒帶回家吧？」

「沒辦法馬上喝，要充分浸泡。」

「但我可以帶回家，對嗎？」我很堅持。「因為……我不想全部都是別人完成。」

王夏帆目不轉睛地看著我，最後終於拗不過我，眼珠子一轉，用臺語向她爸爸說明了情況。

她爸爸用力搖著頭。

「爸爸說，即使浸泡在酒裡，蛇也不會馬上死。」王夏帆向我解釋。「所以不能馬上讓你帶回家，有些蛇泡了三個月還沒死。」

「拜託了。」既然這樣，我更要堅持了，我努力動之以情。「我想要把自己泡的酒送給爸爸，讓爸爸振作起來。而且只要把瓶蓋蓋緊，不是就沒問題了嗎？我想藏在自己房間裡，讓爸爸大吃一驚。」

她把我的話翻譯成臺語，她爸爸一臉悲傷地搖著頭。

「伯父，拜託你了，這對我很重要，如果全都靠別人，就失去了意義。」

他們父女兩人互看了一眼，她爸爸用溫柔的語氣說了什麼。

「真拿你沒辦法。」王夏帆露出嚴肅的表情。「但你絕對不可以打開蓋子。」

無論是好是壞，那時候的臺灣在某些方面很寬鬆。於是，我總算抓到了蛇尾巴。

多虧王夏帆為我妥善安排了所有的事，在春節休假結束，她回去臺中之後，我的蛇酒也一步一步走向完成。

「那個女的真笨。」阿剛嘲笑她。「是怎樣的蛇？」

「一公尺左右的眼鏡蛇。」

阿杰吹著口哨。

「毒牙還留著吧？」

「我親眼看到，絕對不會錯。她爸爸還得意地把毒汁擠在杯子裡給我看。」

「你有沒有聽過關於毒蛇的笑話？」

「毒蛇不小心咬到自己舌頭的笑話嗎？」

「就是這個。」阿剛停頓了一下問。「我們真的要動手嗎？」

我看向阿杰。

阿杰坐在女兒牆已經拆除的屋頂邊緣，兩隻腳懸在半空。雨已經停了，但灰色的雲低垂，好像只要一伸手就可以摸到。

風帶來了信義路的喧鬧聲，阿剛的新家在七層樓公寓的頂樓，正在原本是公共區域的屋頂平臺增建一個房間，也就是所謂的「加蓋」。雖然是違建，但這是大家都默認的、住在頂樓住戶的特權。剛砌完的水泥牆周圍堆滿了建材，為了避免有人不慎掉落，所以在拆除女兒牆之後拉起了繩子，但角落那裡斷了，所以垂了下來。

阿杰站了起來，撿起一塊碎磚塊站起來的同時，阿剛把食指放在嘴上對著我們，然後用碎磚塊丟向通往屋頂平臺的門。

「出來，我知道你在那裡。」

「你們在幹麼？」達達推開鐵門，探出了頭。「你們在小聲商量什麼？」

「和你沒有關係。」阿剛破口大罵。「而且我說了幾次，叫你不要偷聽！」

「我才沒有偷聽。」達達嘟著嘴。「媽媽叫你們下去喝果汁。」

「知道了，我們馬上下去，你先下去。」

但是，達達站在原地磨磨蹭蹭。雖然風不小，但完全沒有吹亂他抹了油的頭髮。他穿著筆挺的 Raphael Lauren 襯衫。

「你先下去啦。」

「你們在商量什麼事？」

阿剛再度用碎磚塊丟弟弟，但磚塊一下子飛出了屋頂平臺。達達縮著身體，但對著我們齜牙咧嘴，露出了齒列矯正器。然後他不屑地哼了一聲，搖晃著身體下了樓。當他走樓梯的腳步聲漸漸消失後，阿杰靜靜地開了口。

「阿剛，你剛才丟的磚塊如果砸到人，絕對會砸死人。」

他緩緩彎下腰，撿起了拳頭大小的碎磚塊，輕輕拋了拋，好像在掂份量。然後，他從公寓的邊緣慢慢丟了下去。他斜著身體，看著碎磚塊砸向信義路。他的眼神空洞，似乎完全不在意別人的死活。經過簡直就像永遠那麼長的時間後，磚塊掉在人行道上碎裂的聲音隱約傳入耳朵。

「啊哈哈，有一個大叔嚇了一大跳。」

我和阿剛互看了一眼。

「即使現在不動手，我以後可能也會殺了他。」阿杰說話的同時，好像在丟飛鏢似地丟了一片磁磚。「但如果你們說要退出——」

「沒有人說要退出啊，」阿剛打斷了他的話。「我只是想確認一下。」

「我把你們捲入這件狗屎一樣的事。」

「這是我們自己的決定，只要是為了兄弟，當然義不容辭。」

阿杰走來走去，尋找可以丟的東西。

「不要再丟了！」阿剛大吼一聲。「幹！你到底在想什麼……這可不是吐口水這麼簡單的事。」

「喔……」阿杰嚇了一跳，看著阿剛，然後轉頭看著我，把原本打算去拿水泥塊的手縮了回來。「喔……這樣啊。」

「那好吧。」阿剛咬牙切齒地說：「既然你以後也會殺他，那就現在動手。」

「那你們拿錢出來。」

阿剛和阿杰都乖乖照做了。我把他們給我的錢放在我自己的錢上，在他們面前甩了甩。

「我拿這些錢去買蛇酒，沒問題吧？」

他們兩個人都點了點頭。

「阿剛，店裡的鑰匙借我一下。」

「為什麼？」

「在動手之前，把蛇藏在那裡啊。我沒辦法帶回家，還是你要帶回家？廢話少說，快給我。」

「幹……」

「阿宏叔叔的事我聽說了，他去了高雄，對嗎？」

阿剛在咂嘴的同時，把鑰匙重重放在我手上。

「兩個星期後，就要泡蛇酒了。我會把蛇酒帶回來，藏在牛肉麵店裡，然後馬上把酒倒掉，把蛇拿出來。可能要先養幾天讓牠醒過來，阿杰，你去準備裝蛇的籠子，阿剛，你準備食物。」

「要給牠吃什麼？」

「不知道。老鼠應該可以吧，反正你想辦法搞定。」

「唉，」阿剛嘆著氣說：「希望喝醉的眼鏡蛇能夠完成牠的使命。」

「不會有問題，」我對他說。「成龍的電影不是也有《醉拳》和《蛇形刁手》嗎？喝醉的蛇根本天下無敵。」

18

「無論如何，應該會為他安排接受精神鑑定吧，但我認為他完全知道自己幹了什麼。即使這樣，我們警察也必須保護他。這個工作真是造孽，把他毫髮無傷地帶來這裡也折騰了一番。美國各地的電視臺攝影記者都湧到這裡，憤怒的民眾包圍了警察局，要求把布袋狼交給他們。短短十幾公尺的路，護送車整整開了四十分鐘。民眾拍著車子，對著車窗吐口水，還有人用生雞蛋丟擋風玻璃。」

亞歷克斯‧賽亞巡佐淺淺地坐在沙發上，緊握的雙手放在兩腿之間，好像在說，如果自己鬆手，可能會忍不住殺了布袋狼。他挽起了袖子，左手臂上刺著響尾蛇的刺青，應該是以前在軍隊時留下的。除了蛇以外，還刺了一些文字，只是看不太清楚。

放在茶几上的錄音筆亮著紅色的燈，顯示目前正在錄音。

「來這裡的時候，在警局前看到了民眾拉的橫布條，就是要求恢復死刑的布條，但其實沒這個必要，因為那傢伙……布袋狼不是在這裡密西根州，而是去賓州受審。」

「賓州……就是他犯下第一起殺人案的地方。」

「是啊，就是湯姆•辛嘉那起命案，在溜冰場綁架的少年。有時候會遇到這種異常的罪犯，也就是希望司法處決代替自殺。這種人會特地從廢除死刑的州去沒有廢除死刑的州犯罪，或是希望在有死刑的州接受審判。如果他們趁早自殺，事情就簡單多了，也不會給別人添麻煩。」

雖然礙於警察的身分，他在措詞上有所節制，但不難想像他們家族都支持共和黨。

「真的很慶幸杜伊沒有被他擄走，杜伊是個好孩子。」

「布袋狼看到你就逃走了。」

「我拔槍瞄準了他的背後，如果他沒有被車撞到，我絕對可以打中他。」

「但你那時候還不知道他是布袋狼。」

他露出了苦笑，似乎在說，這裡是美國，當時在現場的是我，而不是你。然後他問我：

「律師，你認為布袋狼變成那樣，和他母親的死有關嗎？」

「事實上他的確在母親死後開始使用海洛因。」

「但是在逮捕後的血液檢查中呈現陰性反應，這意味著毒品和他的殺人衝動無關。」

「事情有這麼簡單嗎？我認為只是剛好在試圖綁架杜伊・科納茲時沒有用毒品而已。」

「你是說，之前殺了七個人的時候因為使用毒品神志不清，只有杜伊那一次清醒嗎？」

「並不能排除這個可能。」

「恕我失禮，你顯然不太瞭解毒品。」

「你的意思是？」

「我的意思是，不是全部就是零，對毒蟲來說，不存在中間的狀態。」

「那我想請教一下，假設並不是因為毒品增加了他的殺人衝動，你認為這和他母親的死有什麼關係？」

「我記得好像是二〇〇八年……他在墨西哥遭到逮捕的時候，不是正在打電話給已經死了的母親嗎？」

「你想要說什麼？」

「他和他母親……就是、那個、也不能排除他們有那種關係的可能性吧？你應該瞭解我說的意思吧？」

「他可能有ＴＢＩ。」

我還沒說完，就已經感到後悔。我情緒太激動，所以不小心亮出了底牌。

亞歷克斯・賽亞皺起眉頭。

「創傷性腦損傷，也就是腦部有障礙，」我詛咒自己沉不住氣，但只能繼續這個話題。「可能因為這個原因造成記憶障礙。」

「我能夠理解你說的意思，就是指從戰場歸來的士兵出現的腦部障礙，對不對？幾年前，阿富汗曾經發生一起美國士兵槍殺十七名婦女和小孩的事件，我記得當時媒體也報導說，那個凶手也有ＴＢＩ。」

「曾經有報告指出，美國監獄內再犯的罪犯中，有百分之六十七至八十都有ＴＢＩ，據說有的是因為小時候頭部曾經遭到毆打，或是槍擊、車禍，以及戰爭時，頭部曾經承受超過音速的爆炸震波，導致下視丘的損傷，也就是掌握欲求、感情和攻擊性的部位受到損傷，表現出和之前完全不同的反社會人格。研究顯示，連續殺人犯的百分之七十都有ＴＢＩ。」

「這個數字應該不太可靠。」

「是啊。」

「律師，你崇尚自由主義嗎？」

「這要看對自由主義的定義。」

「用一些好像在說夢話般的蠢話為該死的壞蛋辯護，讓他們無罪釋放。」

「你要我無視腦部障礙嗎？」

「你打算從這個角度為那傢伙辯護嗎?」

「不知道。如果他真的希望在有死刑的州接受審判……無論如何,我必須先從他口中瞭解真相。」

「我認為不管有什麼冠冕堂皇的病名,殺了孩子的傢伙就應該判處死刑,否則就要讓他們一輩子和社會隔離。這個世界並沒有我們想得這麼成熟,人類也沒這麼複雜……不好意思,我太激動了,但其實這個問題很簡單。如果換成自己的孩子遭到殺害呢?會希望怎麼處置兇手?我只知道這件事。」

法律就是為了避免肆無忌憚的復仇蔓延而存在。但是,我並不認為說出這句話,能夠改變任何事。

「你為什麼知道?你為什麼知道布袋狼有TBI?美國的司法機關應該並沒有提出這種見解。」

一陣強風,窗戶玻璃搖晃起來。

這陣風輕而易舉地把我的思緒拉回三十年前,令我陷入一種錯覺,彷彿病房窗戶外的臺北天空和底特律的天空穿越時空連在一起。人工呼吸器發出規律的聲音,似乎只要一轉頭,就可以看到幾乎靜止的心電圖監視器,和躺在病床上的他。

「這是因為……」我不再抗拒,對他說了實話。「因為他腦部受到損傷,昏睡了兩年期間,我就在他身旁。」

19

三月底，天空難得放晴的星期四，接到了深信我是飲水機業務員的王夏帆媽媽打來的電話。

「怎麼辦？我們可以幫你處理好，但你之前一直堅持要自己處理。」

「是啊。」躲在柱子後方的媽媽盯著我的後背。「我想親眼看一下。」

「你的蛇現在已經像嶄新的橡皮管一樣乾淨，要泡酒的話就越快越好。畢竟讓蛇一直餓著肚子也很可憐。」

「後天可以嗎？我一放學就去你們店裡。後天是星期六，我三點左右應該可以到。」

「星期六的三點嗎？」

「對。」

「我家的飲水機最近出水有問題，就像老人的尿一樣無力。」

「知道了，我去的時候會順便看一下。」掛上電話後，在媽媽開口之前，我就先發制人地說：「星期六放學後，我要去王夏帆家裡。」

「她不是在臺中讀大學嗎？」

「她說清明節會回來，」我說了謊。「她找我去逛夜市。」

「不是王夏帆的媽媽打電話給你嗎？」

「嗯，她爸媽也要去。」

「為什麼不是王夏帆打電話給你？」

「我不知道，可能還在臺中吧。」

「你不要去迪斯可舞廳那種地方。」

「我知道，而且我會盡量早回家。」

媽媽聽到我這麼說，一臉幸福地走去客廳。

兩天後，我來到毒蛇大王時，玻璃瓶裡已經倒滿了五十八度的高粱酒。因為還沒有到營業時間，所以店裡沒有客人。

泡蛇酒簡單得讓人有點失望，感覺還沒有開始，就已經結束了。王夏帆的爸爸叼著菸，把眼鏡蛇從鐵籠裡抓了出來，先把尾巴放進玻璃瓶。當蛇頭都完全浸入酒中之後，把瓶蓋轉緊就結束了。整個過程不超過五分鐘。

浸泡在酒裡的蛇有點搞不清楚狀況，在瓶裡子打轉。每次頭撞到玻璃瓶時，就好像有點納悶。我把臉湊到玻璃瓶前張望，牠一對渾圓的眼睛盯著我。嗯？這些液體是怎麼回事？咦，好像有種飄飄然的感覺。蛇的鼻孔冒出一個個小氣泡，至少牠看起來不像是生氣的樣子。

「這還沒有完成，聽好了，三個月……不，半年都不能打開蓋子。」

我故作鎮定，但內心緊張不安地把錢付給了王夏帆的媽媽。因為好不容易張羅到蛇，不能讓牠被酒溺死。我知道王夏帆的媽媽是好人，猜想她只會收我成本費。然後用方巾包住雙手才能抱住的大玻璃瓶，抱在胸前，匆匆離開了蛇肉店。

我搭了計程車，十五分鐘後就回到了小南門。

「你怎麼了?怎麼在嘆氣啊?」司機把計程車停在人行道旁時問我，他胖得像隻牛蛙。「年紀輕輕就咳聲嘆氣，發生什麼事了嗎?」

我沒有回答，探頭看著計費表。

「你緊緊抱在胸前的是什麼?骨灰罈嗎?」

「更糟的東西。」

「是什麼?」

「是酒。」

「酒嗎?」司機發出好像哮喘般的聲音笑了起來。「那的確比骨灰罈更糟。」

我用阿剛給我的備用鑰匙打開了鐵捲門，紅色的夕陽照進了亂成一團的牛肉麵店。

我把酒瓶放在有點搖晃的桌子上，桌上的灰塵飄了起來。打開方巾，發現我們的蛇看起來有點無力。牠的鼻孔沒有冒泡，所以看起來沒有在呼吸。

我沿著狹窄的樓梯去了二樓，衣櫃、電風扇和堆著的被子都維持著我熟悉的樣子，而且積了灰塵，慢慢發臭。

房間角落有一個之前沒看過的垃圾桶，是只要一踩踏板，蓋子就會打開的那種垃圾桶，蓋子上有一個透氣孔。垃圾桶旁邊還放了一個空麻袋，不知道打算派什麼用場。我東張西望找了一下，阿剛還沒有把蛇的飼料送來。

我下了樓，抱著雙臂，低頭打量著酒瓶。端詳了一會兒，轉動了瓶蓋。蛇動了一下，頭撞到了玻璃瓶。我慘叫一聲，把手縮了回來。我很擔心瓶蓋一打開，就會像驚嚇箱一樣，眼鏡蛇從玻璃瓶衝出來。

也許讓牠在酒裡多醉一陣子比較好。一看手錶，發現牠泡在酒裡已經快一個小時了。王夏帆之前說，即使把蛇泡在酒裡，牠也不會馬上就死，有的蛇甚至可以活三個月。我當然相信她說的話，也完全沒小看野生動物的生命力，但如果牠溺死了就白忙一場了。也許在我為這件事煩惱的時候，就已經造成了無可挽回的結果。

我戳了戳酒瓶，忍不住嘆息，然後一次又一次確認準備用來夾住蛇嘴巴的夾子還在口袋裡。當終於下定決心準備打開瓶蓋時，背後有人「哇！」地叫了一聲嚇唬我，我忍不住發出尖叫聲。

我重重地跌坐在地上，張著嘴巴說不出話，阿剛指著我狂笑起來。

「幹！」我拍著地板站了起來，用力打他說：「死胖子！我心臟差一點停了！」

阿剛這個王八蛋哈哈大笑著跑來跑去。「我帶飼料來了，你看，我抓了老鼠。」

我臭罵他，追著他踢他的屁股，然後我們一起低頭看著酒瓶。

「牠還活著嗎？」

「剛才還在動。」

「應該已經醉醺醺了吧。」

「那你把牠拿出來啊。」

如果上天會惡作劇，那個瞬間絕對就是上天在惡作劇。阿剛看到我擺爛的態度，正打算開口抱怨時，桌子搖晃了一下，然後連同酒瓶掉在地上，立刻摔得粉碎。

令人毛骨悚然的聲音響徹整家牛肉麵店。

「哇！」

我們不加思索地往後跳，完全不知道發生了什麼事，但並不是只有我們搞不清楚狀況。被酒沖著跑的蛇抬起脖子四處張望著，臉上的表情好像在問：「什麼狀況？到底發生了什麼事？」王夏帆說得沒錯，對牠來說，在酒裡泡一、兩個小時根本是小事一樁！我和牠對上了眼，牠一對圓眼充滿了疑問。看到牠還活著固然很高興，但看到牠爬向我，可就無法盡情地感到高興了。

「啊哇啊哇啊哇啊哇……別、別過來，別過來。」

我不加思索地踹了牠一腳。差不多一公尺長的黑色眼鏡蛇飛向阿剛的方向。

「幹！」嚇得腿軟的阿剛用發抖的聲音大喊。「鍾詩雲，你給我記住！」

「阿剛，快逃！」

但是，想要從打開的鐵捲門逃走的不是阿剛，而是那條蛇。

「抓、抓住牠，阿剛！別讓牠逃走了！快抓住牠！」

阿剛抓住了蛇的尾巴，沒想到眼鏡蛇身體一扭，想要咬阿剛。

「嗚哇啊啊啊！」

「阿剛，危險！」

阿剛把蛇一丟，在千鈞一髮之際躲過了毒牙，卻被逼到了牆角。眼鏡蛇轉頭瞥了我一眼，伸長脖子看向店外，似乎打算收拾我們之後再逃走。牠咻咻地衝向阿剛的方向。

「小雲！小雲！」進退兩難的阿剛大叫著。「小雲！救命啊！」

「要、要怎麼……」我抱著頭。「啊啊，他媽的！阿剛，我該怎麼辦？」

「小雲！小雲！」

眼鏡蛇抬起頭，張開頸部。眼鏡圖案的頸部看起來很厲害，蛇皮的顏色和光澤也都很完美。牠和阿剛之間的距離不到一公尺，威風凜凜地左搖右晃，簡直就像在說，要怎麼收拾呢？阿剛就像是被蛇盯上的青蛙，嚇得魂不附體，無力地張大了嘴巴，眼睛就像中了催眠術般盯著眼鏡蛇。

我的雙腳就像被釘住般動彈不得，些微的動靜都可能造成致命傷。蛇一定會像彈簧一樣撲過去，轉眼之間就把阿剛咬死。不，這樣還不算最糟，也許牠突然轉過頭，毫無理由地咬我。誰知道爬蟲類到底在想什麼？

所以，事到如今，我已經無能為力了。

眼鏡蛇搖晃的幅度越來越大，露出銳利的毒牙，然後把腦袋往後仰，好像在調侃我們似地把腦袋轉來轉去。我覺得牠就像拳王阿里，不停地吐著紅色的舌頭向我們挑釁。小鬼，嚇得發抖了嗎？來啊，我會讓你們知道誰是真正的冠軍。

沒想到眼鏡蛇這傢伙在像蝴蝶般竄起，正準備像蜜蜂般刺向阿剛之前，就突然倒在地上，然後就拉長身體，躺在那裡不動了。

我和阿剛面面相覷。

「趕快！」我輕聲尖叫著，以免驚動了牠。「阿剛，你趕快過來這裡。」

我發自內心地緊緊抱住了跌跌撞撞逃過死劫的阿剛，阿剛的身體被汗水濕透了。

「小雲，牠死了嗎？」

我根本無暇回答他的蠢問題，眼角掃到蛇的尾巴動了一下，立刻推開阿剛，成功地抓住了蛇頭。我把牠拎了起來，牠的身體無力地扭動著。

「小雲，你絕對別放手。」阿剛把臉湊近蛇。「他媽的，只不過是一條蛇，竟然敢玩弄我們……你以為你有本事殺了我嗎？嗯？來啊，你試試看啊，別以為自己是眼鏡蛇就神氣活現。你給我聽好了，等用完你之後，我就要剝了你的皮，把你吃掉。」

「阿杰把一個有蓋子的垃圾桶放在樓上。」

「你抓緊牠，沒有可以裝牠的東西嗎？」

「呃呃，好噁心……牠真的醉了，要怎麼處理牠？」

阿剛上樓拿了下來。

「阿剛，放在裡面之前，要不要先夾住牠的嘴巴？」

「把牠的嘴巴夾住，牠怎麼吃東西？」

「但如果不夾住，拿出來的時候不是可能被咬嗎？」

「只要用麻袋套住垃圾桶的口，然後倒過來，把蛇倒進麻袋啊。不然你以為阿杰為什麼要準備麻袋？」

「喔，原來是這樣。」

我終於瞭解了麻袋的用處。

我小心翼翼地先把蛇尾巴放進垃圾桶，然後一鬆手，又黑又長的身體在垃圾桶底部痛苦地扭動著。我提高警覺，防止牠趁我們不備展開攻擊，但浸泡過五十八度高粱酒的蛇意識似乎很模糊。

「小雲，你把那個背包拿給我一下。」

我把背包拿給阿剛，他從裡面拿出了塑膠蟲盒。裡面有兩隻小老鼠。

「原來不是溝鼠。」

「是倉鼠。」

「哪來的？」

「有同學在飼養，剛好生了小倉鼠，想找人飼養。」

「飼主是女生嗎？」

「是啊。」

「她一定想找會好好把牠們養大的人。」

阿剛咂著嘴。

兩隻小倉鼠在蛇的身上拚命嗅聞，搖搖晃晃地走來走去。蛇似乎因為宿醉的關係，所以沒什麼食慾。

我蓋上垃圾桶的蓋子後，阿剛把一大疊報紙當作重石壓在上面。

「等一下藏去樓上。」

打破的酒瓶和蛇的搗亂，讓原本已經亂成一團的牛肉麵店變成了啟示錄級的慘狀。我們必須把這裡收拾乾淨。光是想到這件事，就厭煩得讓人想要發笑。所謂雷聲大，雨點小，真是虛驚一場。阿剛看到我拚命忍著笑覺得很火大，嘀嘀咕咕地抱怨著，最後也抖動著肩膀笑了起來。

「那條蛇，」阿剛笑著說。「如果現在點火的話，搞不好會燒起來。」

我捧腹大笑，阿剛也笑得太激烈，用力咳嗽起來。我覺得太滑稽了，更用力笑了起來。

我們的人生中沒有任何能夠笑得出來的事，我和阿剛靠在一起，上氣不接下氣地笑著。在那之前，在那之後，都從來沒有像那時候那樣狂笑過。

20

兩個腳步聲在昏暗的走廊上產生了空洞的回音。

迎面走來的黑人制服員警用大拇指指向背後，戴夫・哈蘭副警長微微點了點頭。於是我知道我們離那個房間已經不遠，布袋狼已經等在那裡。長得有點像穆罕默德・阿里的制服員警和我擦身而過時，避開了我的視線。

我轉過頭，忍不住笑出了聲音，哈蘭副警長一臉訝異地看著我。

「不好意思，」我清了清嗓子，收起了笑容。「我只是想起一件往事。」

「請你繃緊神經，他可是連續殺人魔。」

「對不起。」

「他是個狡猾的傢伙，請你不要大意，他可能會騙你。」

「有什麼目的呢？希望被判死刑的人，事到如今，不可能說謊。」

「聽起來不像是律師說的話。」說完，他輕輕笑了笑。「那種人即使被判處了死刑，也希望自己看起來很了不起。」

雖然沒有根據，但我確信哈蘭副警長擔心的事不會發生。即使他的擔心成真，那又怎麼樣呢？該死的人死了之後，別人如何談論死後的傳說根本不重要。我擔心的另有其事。我低頭看著手錶，傍晚五點多。

那傢伙就像拳王阿里。

「到了。」

兩名強壯的員警在白色門前站崗。

「準備好了嗎？」

我點了點頭，哈蘭副警長指示員警打開門鎖。

面會室比我想像中更寬敞，也更明亮。牆壁的下半部分是黃綠色，上半部分和天花板都是白色。長桌排列整齊，椅子是橘色。門內也有員警站崗，向我們行了注目禮。

寬敞的面會室內，只有他一個人孤伶伶地坐在輪椅上。為了伸直骨折的右腿，所以他斜斜地坐著。

在他平靜的視線注視下，我站在原地無法動彈。

眼前的他和我記憶中的面容沒有太大的改變，削瘦的臉頰和昏睡兩年後醒來時一樣，凹陷的雙眼露出的眼神迷濛，讓人感受到服藥多年和復健的極限。放在桌上輕輕交握的雙手，也仍然維持著十四歲時的單薄。我難以置信曾經為了我和猙獰的眼鏡蛇搏鬥，想要為我糾正錯誤的這雙手會在美國沾滿鮮血。

阿杰，我沒騙你，那傢伙就像拳王阿里。

雖然已經是三十年前的事，但我至今仍然可以清楚回想起他們兩個人的聲音。

那是準備執行計畫的前幾天，我們約在隔絕我們三個人世界的中華路鐵路旁見面。雖然原本說好在一切結束之前不見面，但他們打電話給我時興奮不已，完全推翻了當初的約定。他們兩個人搶著電話，催著我趕快出門和他們見面。

雖然才四月，但太陽很烈，枯萎的杜鵑花黏在破損的圍籬上。藍色的自強號轟隆轟隆地駛來，溶化在蒸騰的熱氣中。他們好像喝醉般興奮聒噪，也可能被高粱酒薰得真的有點醉了。

「如果沒有我，阿剛現在就沒命了。」

「你以為自己是我的救命恩人嗎？那條蛇是自己昏過去的，否則你怎麼可能抓得到牠？別說得自己好像有多了不起。」

「但真的是我抓到牠啊，你被嚇得腿都軟了。」

「所以你覺得我很孬嗎？我根本不覺得丟臉。是我差一點沒命，你根本就像是在海邊玩水而已。」

「所以，」我插嘴問。「蛇現在還活著嗎？」

「我怎麼知道！」阿剛說。「牠乾脆死了也好。」

「阿杰，我沒騙你，」他說。「那傢伙就像拳王阿里，胖子差一點沒命。」

他們像老戰友一樣罵來罵去，理所當然地和我一起放聲大笑，所以我覺得自己當時好像也在場。掉落在地上後摔破的蛇酒在剎那間仍然維持玻璃瓶的形狀，裡面的酒還沒有發現瓶子已經摔破這個事實。這就像是用銳利的刀子快速割身體時不會馬上流血一樣。停頓了一秒之後，玻璃瓶爆炸，刺鼻的高粱酒四濺。我可以理所當然地清楚看到我根本沒有看到的景象，那是覺得和別人在一起很理所當然的最後一段日子。

熱風吹在我們身上，我們目送著緩緩離去的列車，然後再度確認步驟後才各自回家。我回去即將沒命的男人等待的三水市場，他回去罹患了憂鬱症，整天陷入悲傷的母親等待的延平北路，阿剛搭公車，回去始終無法適應的信義路。

「杰森，」哈蘭副警長的聲音在我耳邊響起。「不好意思，我可以叫你杰森嗎？」

「啊？……喔，當然沒問題。」

「杰森，你沒事吧？還是哪裡不舒服——」

「我沒事。只是……因為旅途遙遠，有點疲累的關係。」
「真的沒關係嗎？」
「對。」
「我聽到了你的腳步聲。」坐在輪椅上的他對我說話的聲音很平靜，有著和年齡相符的深沉。「你心情可以放輕鬆，我目前的身體沒辦法殺人。」
「這裡也有會中文的工作人員，」哈蘭副警長對我咬耳朵，然後下巴指了指天花板，那裡有一臺亮著紅燈的監視器。「如果他真的有ＴＢＩ，我們就必須重新做筆錄。」
我很想狠狠瞪哈蘭副警長，但還是忍住了衝動。雖然是我不小心說出的話，但亞歷克斯・賽亞巡佐果然告訴了他，布袋狼可能有ＴＢＩ這件事。
「但是，我們並不想做這種事。」哈蘭副警長更加小聲地說：「他殺了小孩是事實，而且也希望被判處死刑。」
「我身為律師，會當作沒有聽到你剛才這句話。」我避開了守在門口的員警的視線。「請他們離開。」
「不，這——」
「他說得對，他的腳這樣，不必擔心會對我造成危害，請讓我們單獨談話，拜託了。」

不等哈蘭副警長回答，我就走向輪椅。

他面帶微笑迎接我，我專心從公事包裡拿出資料，然後坐在椅子上，以免他的微笑打動我的心。

「我叫杰森沈，是你的辯護律師。」然後我改用國語和他說話。「鍾詩雲先生，你還好嗎？」

「公設辯護人才來會見了兩次就放棄了，」他說：「所以，你是我的新律師吧？」

「你是中國人？」

「臺灣人。」

「我也是。」

「對，我知道。」

「好久沒有人叫我這個名字了。」

「如果你希望我叫你莫利斯•段，我也可以這麼叫你。」我並不認為小雲在假裝。

「鍾先生，要說英文嗎？」

「不，這樣沒問題。」他目送警察離開面會室後，繼續說了下去。「鍾詩雲喔……聽起來很新鮮，因為我在這個國家，一直都是以莫利斯•段的身分活著。」

走在最後的哈蘭副警長指了指天花板的監視器提醒我，靜靜地關上了門。

我翻開報告用紙，打開鋼筆蓋。這時，我發現自己的手在發抖，喉嚨乾得好像快燒起來，腋下冒著不舒服的汗。

「有點熱啊。」我鬆開領帶。「要不要請他們把空調的溫度調低點？」

「我無所謂。」

聽到他的聲音，我有一種好像把自己的不安綁上緞帶遞到他面前的心虛。我起身逃向監視器，避免他發現我內心的慌亂。我覺得監視器的鏡頭比小雲的眼神更溫暖。我假裝抱怨空調，總算調整了呼吸。原本在腦袋裡構思好的一切好像中了邪似地全都消失不見了。既然小雲不記得我，那我就把他當成普通的嫌犯。我只能這麼告訴自己，職業性地虛張聲勢。

「不好意思，」我努力鎮定自若地走回座位，重新發問。「鍾先生，請問你知道自己為什麼遭到拘留嗎？」

他垂下雙眼，我認為這就是他的回答。

「你殺害了七名少年，這件事沒錯吧？」

「對……不，應該是。」

「應該是？」

「因為也許更少，但也許更多。」

「你不記得自己殺了幾個人嗎？」

他避開了回答。

「那我換一個問題，請問你記得來美國之前的事嗎？」

「來美國之前的事？」

「像是你頭部受傷的事。」

「所以你知道我曾經昏睡的事？」

「我在臺灣進行了調查。」

「現在已經好多了，起初我連自己的名字都不知道。」

臺灣的記憶好像在嘲笑般穿插進來。三十年前，小雲恢復意識後的言行舉止明顯變得粗暴。不，也許該說是殘暴。他開始對父母動粗，打斷了他媽媽的鼻子。一旦動怒，就一發不可收拾。即使在他平靜的時候也像是定時炸彈在滴答滴答倒數計時，所以根本無法安心。他的父母在這種緊張狀態下苦撐了將近十年，即使之後決定把兒子獨自送去美國，又有誰能夠責怪他們？「不要再讓他陷入混亂了！」當我和阿剛趕到機場時，小雲的母親燃燒著憎惡的雙眼瞪著我們。「小雲已經無法恢復原狀了，你們殺了他。」

「你還記得從昏睡中清醒時的事嗎？」我公事化地攤開資料，拚命抗拒感情的影響。「你還記得嗎？」

他仍然沉默不語。

當小雲從漫長的昏睡中醒來，終於能夠說話時，他最先說的是蠶的事。他在睡夢中變成了馬頭娘飼養的蠶，每天每天都一直吃桑葉，有一天，終於變成了雪白的繭。他被這個繭包住，就這樣睡了兩年。小雲說完夢境後，問我和阿剛，你們是誰？

我這次來美國之前，曾經和在當精神科醫生的朋友聊過這件事。這位朋友雖然試圖用變身願望、破滅願望和母體回歸願望加以說明，但結論就是必須實際診察之後才知道。朋友補充說，這個人絕對有妄想症。他喜歡日本的漫畫，而且還自己寫故事。雖然無法光憑這一點就認為他有精神疾病，而且每個人都會妄想，但如果他是TBI，就可能分不清妄想和現實。精神科醫生梅爾賓•萊哈爾德曾經說過。「幻想需要犧牲品」，大部分獵奇犯罪都是源自長期的幻想。

小雲輕輕握著放在身體前的雙手，靜靜地注視我。他溫和坦誠的樣子依然如故，令我不由地難過起來。我不願想像他對那些少年施暴、殺害他們的樣子。

我整理了自己的情緒，向他確認了手續方面的必要事項，問了他姓名、年齡、出生地、來美國有多長時間，以及他殺害的那些少年的名字、殺害日期和殺害的方法。小雲有時候會對問題感到迷惑，但回答的內容基本上符合警方的筆錄。

「你為什麼要為我辯護？」

我放下了手上的筆。

「我看了關於你的報導，」小雲說：「『杰森沈的律師費簡直是天價，但是少數能夠創造奇蹟的律師』，我忘了是什麼雜誌……就是為槍殺了兩個高中同學的少女贏得無罪判決的時候。」

「…………」

「是誰請沈大律師來為我辯護？還是這也需要保密？」

我充分調整好心情後抬起了頭。

「我們的確有義務要保密。」

「雖然有義務要保密，但沈大律師還是打算告訴我。」

「對。」

「為什麼？」

「因為我的客戶也是你的多年老友。」

我看著他的眼睛。也許他聽到這句話之後，眼神會有什麼改變。這句話一定可以像具有魔力的咒語般，喚醒我熟悉的小雲。但是，他的表情沒有任何改變，至少沒有我所期待的變化。

「我們不是美國人，」我忍不住嘔氣，所以面無表情地說：「在這個案子中，即使比起合約的內容，我更重視自己的心情，我的客戶也不會有任何意見。」

「你的心情？」

「瞭解案情的全貌。」

「我已經都告訴警察了。」
「我並不是指這些。」
他微微偏著頭。
他和我之間的問答條理清楚，難怪美國警察毫不質疑布袋狼的責任能力。小雲露出思考的表情，但很快就搖頭放棄了。
「搞不懂，我不瞭解你說這句話的意思。」
「你在讀中學時，曾經計畫過某件事。」我在桌子下方握緊拳頭。「你因為這件事昏睡了兩年。」
「你是說，」小雲沉思了片刻。「我們打算殺了朋友爸爸那件事？」
「對。」
「但那並不是他的親生爸爸，那傢伙很過分，經常對我朋友拳打腳踢。」
「你朋友叫什麼名字？」
「沈杰森。」
我等了一會兒，但他內心還是沒有把目前的我和三十年前的我連在一起。
「你不寫下來嗎？」
「啊？」
「你不把我朋友的名字寫下來嗎？」

「喔……」我在報告紙上寫下了自己的名字。「他是怎樣的人？」

「沈杰森嗎？他很不錯啊，我一直都很崇拜他。因為我當時是很無聊的好學生，所以能夠和他那種不良少年成為朋友讓我很得意，你應該能夠體會這種心情吧？」

「所以你們想殺了他爸爸？」

「也許是想要證明自己有資格當他的朋友。」

「後來呢？」

「但後來沒有執行那個計畫。」

「為什麼沒有執行？」

他沒有回答。

但我知道。那一天，一九八五年五月的第一個星期四，我躲在校門後等阿剛。前一天晚上，我打電話給阿剛，簡短交代說：「就是明天。」

「知道了。」阿剛的聲音聽起來有點膽怯。「你午休的時候去校門口等我。」

一切準備就緒。

我和阿剛溜出學校後，會去西門町隨便找一家電影院看電影，然後找機會溜出電影院，去已經倒閉的牛肉麵店拿那條蛇，再偷偷溜進位在三水市場內的我家。那時候，我媽在廣州家的幾個外省人家裡幫傭，所以我身上有家裡的鑰匙。我的繼父，也就是我們要把他送去西天的那個男人每個星期三都會通宵打麻將，隔天星期四總是睡到傍晚，而且都睡得很死。我們要讓這個睡得很死的傢伙真的睡死。

但是，阿剛沒有出現。

即使過了午休時間，仍然不見他的身影。我用學校的公用電話打了好幾次電話到他家。如果阿剛感到害怕，那也沒辦法，而且我內心也許有點希望小雲或是阿剛可以提出中止這個計畫。因為我自己心裡也很害怕。

沒有人接電話，我的眼前浮現出維多利亞王朝風格的白色電話，在阿剛家豪華客廳內空虛地響個不停。下午的課即將開始的預備鈴聲響起，同學都懶洋洋地走回教室，但我仍然等在校門後。

像糖蜜般的陽光灑落在校門旁的紅色紫薇上，天氣並不熱，但我汗流浹背。如果說是我們殺了小雲，那麼死亡已經像蜜蜂一樣躲在紫薇的葉子下。我等得不耐煩了，聽到教官叫我回教室的吼叫聲，立刻衝出了學校。

「沈杰森！你給我回來，沈杰森！」

反正我在教官眼中就是死不悔改的壞學生，即使在他的生死簿上多一條罪名，我也不痛不癢。跑出學校後才想到，也許應該先和小雲商量一下，但是內心越來越強烈的不安持續推著我，而且我們之前約定，在一切都結束之後再聯絡小雲。

從學校全速奔跑到阿宏紅燒牛肉麵店只要四、五分鐘，轉過那家麵包店所在的街角後，我朝著店門口那棵榕樹奔跑。當我看到打開一半的鐵捲門時，一切都搞砸的確信貫穿了我的全身。雖然我說不清楚是怎麼回事，但我知道徹底失敗了。瀰漫在店裡的空氣又黑又沉重。

「阿剛！你在嗎？阿剛？」

「阿杰！阿杰！」頭頂上傳來哭喊的聲音。「救命……阿杰，救命啊！」

我踢開地上散亂的玻璃碎片，衝上狹窄的樓梯。

原本想要叫阿剛的名字，卻連同急促的呼吸一起吞了下去。我的手捂住了嘴巴和鼻子，但難以形容的惡臭鑽進我的身體，溶化了所有的回憶和體貼。阿剛轉頭看我的臉上滿是淚水和鼻水，他抱著倒在地上的大人，那個大人就是阿宏。

「我爸、我爸他……」阿剛泣不成聲地說。「我、我來的時候……他就倒在這裡。」

我完全搞不清楚是什麼狀況，但也清楚知道一件事。雖然這是我第一次看到死人，但毫不懷疑全身土色的阿宏已經死了。

門窗緊閉的房間很悶熱，阿宏身上滲出不知道什麼液體在地上擴散。那是帶著紅色的透明液體，有些地方發黑了。我之前帶過來的垃圾桶倒在房間角落。那是用來裝蛇的垃圾桶。我瞥了一眼阿宏的屍體，發現他的脖子周圍烏黑，很明顯是被蛇咬的位置。

阿剛抱著父親放聲痛哭，他的哭聲讓我的思考變得支離破碎。阿宏之前就離開了臺北，正因為他不在，所以我們才決定把蛇藏在牛肉麵店。我驚慌失措地走來走去，然後衝下樓梯。不知道是否因為嚇到腿軟，一腳踩空，重重地滾下樓梯，左手腕不小心扭到了，但在我不顧一切地衝到公用電話前時都沒有察覺。

我用沒有受傷的手抓住了掉落的電話，夾在下巴和肩膀之間，用力敲著數字按鍵。

跑回店裡時，阿剛還在哭。左手的疼痛勉強把我拉回了現實。

「阿剛！阿剛！」我隔著屍體，搖晃他的肩膀。「阿剛，你振作點！」

「阿杰……阿杰，為什麼……啊，為什麼會變成這樣？」

「阿剛，你聽我說話！你知道你爸回臺北嗎？」

阿剛似乎無法理解我說的話。

「阿剛，這件事很重要。你知道你爸在臺北嗎？」

「我怎麼會知道？為什麼要問我這種事？」

「那條蛇呢？」

「……不見了。」

「你來這裡時，就看到你爸倒在這裡，蛇不見了，對嗎？」

「嗯，是啊。」

「你聽好了，救護車馬上就來了，可能會問我們很多問題，反正你都回答不知道。」

「這、這——」

「你可以說，你和我約好要蹺課一起去玩。然後你去找我之前，來店裡看一下，就看到爸爸倒在地上，完全不知道是怎麼回事。警察問你的話，你就這麼回答。」

「但是，我爸被我們的蛇咬死了！」

阿宏空洞的雙眼看著我們。眼球因為天熱的關係而失去了水分，看起來就像消了氣的球。一陣寒意爬上背脊，我猛然轉過頭。如果我有陰陽眼，也許可以看到阿宏的亡靈站在我背後，但我並沒有看到，只有難以收拾的混亂現實擺在面前。我又轉頭看著阿剛說：

「那我們就和小雲手牽手一起去坐牢嗎？」

阿剛哭腫的雙眼瞪著我。

「這是意外，我們並沒有想殺你爸爸，不是嗎？你可以這麼想，如果有人被槍打死了，凶手是扣下扳機的人，我們雖然準備了手槍，但並沒有朝任何人開槍。」

「你少在那裡放屁！我老爸——」

「你想想達達和你老媽。」我聽著越來越近的警笛聲，一口氣對他說：「阿剛，你聽好了，這是意外。」

這件事在廣州街引起了很大的騷動，但是「壞事傳千里」。阿宏去了高雄，為什麼會出現在臺北，而且在自己家裡被蛇咬死？男女老幼聚在一起，就會討論這件事。

奪走阿宏性命的那條眼鏡蛇始終沒有找到，大家都武斷地判斷應該就是幾個月前從萬華逃走的其中一條蛇，當然，我和阿剛也完全沒有惹上任何麻煩。也就是說，小雲在這件事上說對了。就連蹺課這件事，和這起重大事件相比，根本是不足掛齒的小事。

警方試圖尋找阿宏在高雄的朋友，但是一無所獲。阿宏的確去了高雄，因為他的襯衫口袋裡放著從高雄到臺北的莒光號車票，那是在我們發現阿宏的兩天前購買的票。警察檢查了阿宏的行李，交還給他的前妻。在凌亂的日用品中，有兩個用漂亮包裝紙包起來的手錶。

我把阿剛中學時的照片放在桌子上。

小雲瞥了一眼，說出了我意料中的話。「他是誰？」

「你還記得林立剛嗎？」

「阿剛？我和阿剛就像是兄弟。」

「請你再仔細看一下照片。」

他順從地低頭看照片，然後一臉蒼白地看著我。

「那次之後……雖然我不知道你記得多少，」我把照片收進資料夾。「你來美國之後，林立剛開了牛肉麵店。」

「阿剛從小就很胖，你也去找他瞭解情況嗎？」

「阿剛在退伍之後，把以前的味道改良了。起初只是擺攤賣牛肉麵，後來很受好評——」

小雲低著頭，一隻手按著太陽穴。

「你還好嗎？」

「我沒事。」他露出無力的微笑。「有時候……但馬上就會好了。」

「你頭痛嗎？我找人來——」

拍桌子的聲音打斷了我的話，但令我不寒而慄的並不是突然響徹房間的拍桌聲。

「沒事，沒問題……我是鍾詩雲……沒事，沒問題。」他一直小聲嘀咕。「我是鍾詩雲，我哥哥是鍾默仁……沒事，沒問題……媽媽很愛我……比任何人更愛我……我發生了意外，昏迷了很久，但現在已經好了……媽媽這麼說的……已經好了……所以沒有任何問題了。」

他簡直就像在對內心的另一個自己說話。看到他開始用力啃指甲，我才發現他雙手指甲都凹凸不平。我以前也曾經看過類似的指甲，遭到母親虐待的女孩子好幾次都被剝掉指甲，結果指甲變硬，就像小雲目前的指甲一樣不平整。

「鍾先生……小雲！你沒事吧，小雲？」

他急促呼吸著，冷汗從臉上流了下來，然後就像把內心的東西吐出來般嘔吐起來。

我的身體不加思索地往後一縮，閃過了濺起的嘔吐物。當我踢開椅子站起來時，判斷今天的面會無法再繼續進行下去。我轉頭看著監視器鏡頭，正打算向哈蘭副警長示意。

他的黑眼珠子一轉，轉到了眼瞼後方。

當我發現時，他已經撲了過來，用驚人的力氣把我按倒在地。椅子倒地，長桌子的桌腳滑動，發出了巨大的聲音。

「住、住手……」

我伸直手臂，想要把他的臉推開。雖然喉嚨擠出了尖聲呻吟，但那只是在小雲翻著白眼，掐住我脖子之前。我聽到自己發出的「嗚呃」的聲音聽起來很模糊。小雲坐在我身上，掐著我的脖子，嘴裡仍然唸唸有詞。你就是黑小，你就是黑小。雖然聽起來像是這樣，但我完全不知道他說的「黑小」是什麼。我只知道自己是比起朋友，更在意嘔吐物濺到自己身上的人。

警察衝進面會室，把失控的小雲從我身上拉開。兩個人按住了小雲，另一個人俐落地把注射器刺進他的脖子。他的身體立刻無力地癱軟下來。

「杰森，你沒事吧？」

我彎著身體，用力咳嗽的同時向哈蘭副警長搖了搖手。

被拖出面會室的小雲轉過頭，微張的混沌雙眸令我渾身發毛。那是令人確信他就是殺人凶手的眼睛，同時，他的眼中也充滿了混亂和恐懼。

我好不容易才坐回椅子上，等待咳嗽停止。哈蘭副警長為我在紙杯中裝了水。

「喝口水吧。」

我喝了水。

不知道是不是喝得太急，我又不得不再度和咳嗽奮戰。當咳嗽和呼吸都平靜後，感受到空虛在全身擴散。桌上的那灘嘔吐物就像是在我身上蓋下了失職的烙印。我回想起把餿水倒在胖子的火鳥上的情景。我看到胖子嘲笑阿剛，氣得火冒三丈。為了幫朋友出一口氣，不管是渾身沾滿餿水，還是被繼父痛罵、痛打都無所謂，這才是真正有價值的事。此時的我沒有任何藉口，我無論身為律師還是朋友都不及格。

「今天你就先回去吧。」

我點了點頭，喝完剩下的水。我無法思考，只能詛咒自己太輕率，沒有仔細思考就接下了阿剛的委託。

21

阿剛在二〇一五年十一月中旬聯絡了我。

不久之前，我也從美國的新聞節目中得知了布袋狼遭到逮捕這件事。因為這是一起震驚全美的事件，受到所有人的矚目，但在阿剛告訴我之前，我做夢都沒有想到布袋狼是臺灣人，而且就是小雲。

這簡直就是晴天霹靂，臺灣媒體大肆報導，名嘴和藝人日以繼夜地討論這件事，甚至挖出了臺灣以前曾經發生過的隨機殺人命案，為民眾的憤怒火上澆油。記者還前往我們以前就讀的中學，小雲的照片在網路上氾濫，不知道從哪裡流出去的。有人擔心這起事件會造成臺美關係產生裂痕，紛紛拋售股票，所以臺灣企業的股價也暴跌。

十二月的第一個星期六，我剛好要在臺灣和客戶見面，所以在隔天星期天，我和阿剛闊別十年左右，終於在敦化北路上的臺北文華東方酒店內雅緻的咖啡廳內見了面。

阿剛以前就很胖，現在更胖得離譜。他穿了一身白色西裝，左手無名指上戴了一顆很大的金戒指，一頭比十年前明顯稀疏的頭髮抹了髮油後梳向腦後，渾身散發出做生意發跡的人獨特的拙澀味道，左眼的眼角仍然留著以前小雲用磚塊打他時留下的痕跡。

我們互敘離衷，分享了彼此的近況。我告訴他，從兩年前開始不再專門處理刑事案件，獲得國際律師的證照後，就在臺灣和美國之間往返，目前主要擔任臺灣企業的法律顧問。阿剛的老大哥牛肉麵光在臺灣就開了六十二家店，在上海、北京和大連也有分店，目前正準備進軍東京。

「日子真的過得太好了。」阿剛得意洋洋地拍了拍很有份量的鮪魚肚。「以前很窮，現在整天都大魚大肉。」

「還有酒吧？」

「我說阿杰啊，怎樣才能像你這樣保持年輕？你的頭髮根本沒變少，身材也和以前一樣！你砸了不少錢吧？你可別唬弄我喔。」

「我是勞碌命，除此之外，就是經常跑步。」

「就這樣而已嗎？但你的皮膚應該有特別去美容院晒黑吧？」

「我的律師事務所在加州。」

「哼，原來是加州的陽光，那有沒有老花眼？」

「託你的福。」

「我去年去日本做了老年性黃斑部病變手術。有一天，我左眼正中央有一個黑點。你知道嗎？在十五年前，這可是治不好的病，只能等著眼睛瞎掉，現在只要動十五分鐘的手術就搞定了。短短十五年，世界完全變了樣。有趣的是，做這個手術可以同時矯正近視，所以我現在左眼的視力有一點五。」

「可能是以前被小雲打的關係。」

阿剛露出錯愕的表情。

「我是說你左眼的傷，你不是說，小雲那次用磚塊打你嗎？」

「喔……都忘了曾經有過這件事。對喔，有可能。」

「你特地打國際電話給我有什麼事？應該不是要告訴我，你視力太好，所以很傷腦筋吧。」

阿剛粗大的手指在臉前交握，緩緩地說出了布袋狼事件。阿剛不知道是否曾經派人去調查，他對每一起事件的來龍去脈都知道得很詳細，連我這個律師都自嘆不如。

「等、等一下，」我打斷了滔滔不絕的阿剛，我覺得難以置信。「你剛才說，布袋狼就是小雲嗎？是我們認識的那個小雲？」

「對。」

「但美國的新聞說，布袋狼的本名叫莫利斯・段啊。」

「小雲的媽媽姓段。」

「怎麼、可能……？」

「小雲的爸媽把他送去美國之後就離婚了，終於擺脫了麻煩。他爸爸又娶了一個比他小三十歲的大陸妹，也就是大陸新娘。他兒子闖了這麼大的禍，我猜想他現在應該不在臺灣了，他那麼有錢，一定逃去國外了。」

「你去查過了嗎？」

「電視臺去查過了，新聞中有報導。話說回來，換成是我也會逃走，留在這裡只會整天被媒體追逐，也會有陌生人因為氣不過而打人，你應該知道吧？臺灣就是這樣的國家。」

「所以，小雲現在跟他媽媽的姓氏嗎……那他媽媽現在呢？」

「幾年前就死了。」

「這也是電視上說的嗎？」

「對。」

「那莫利斯這個名字呢？」

「中國人取英文名字哪需要什麼理由？」阿剛說話時，很不耐煩地甩著手。「成龍哪裡是Jackie？劉德華又哪裡是Andy？」

「我在說小雲。」

「硬要說的話，」阿剛說了這句開場白後問：「你知道小雲哥哥的名字嗎？」

「你是說死掉的那個哥哥嗎？我記得……啊！」

「這只是我的猜測，如果你有看新聞，應該有看到照片。」

「那時候剛好在忙其他案子開庭的事，」我搖了搖頭。「所以也只知道大致的情況。」

「只要上網查一下，連小時候的照片都有。」

阿剛拿起智慧型手機，連結了新聞網站。

莫利斯・段……鍾默仁……莫利斯……默仁——我小聲唸著這兩個名字，但還是無法確信小雲根據去世的哥哥名字取了自己的英文名字。我感到胸口隱隱作痛，因為從莫利斯・段這個陌生的名字中感受不到小雲的溫度，簡直就像是一個陌生人。雖然我做夢也沒有想到鍾詩雲會殺人，但莫利斯・段的話，就未必不可能。也許當時死的不是小雲，而是小雲的名字。原來名字的死亡和肉體的死亡同樣令人難過。

「阿杰，」阿剛把手機丟在玻璃茶几上，探出身體說：「我希望請你為小雲辯護，這就是我聯絡你的目的。花多少錢都沒關係，希望你可以救他。」

即使突然得知小雲就是布袋狼，腦袋還無法接受這個現實。小雲是殺害七名少年的連續殺人魔？到底在開什麼玩笑！

「等一下……我現在已經不接刑事案件了，而且，他已經殺了七個人，由誰辯護都一樣，即使由我來辯護——」

「不一樣。」

「阿剛……」

「阿杰，你聽好了，你要為小雲辯護，所以不可能一樣。」

「再怎麼輕判，至少也會判終身監禁。」

「這也沒關係。」

「但我——」

「你擔心會對你的律師資歷造成傷害嗎？」

「這種事——」

「我不希望他孤單一人。」

我閉了嘴。

「是我們害他變成這樣。」阿剛痛苦地擠出這句話。「我爸被那條死毒蛇咬死的兩天後，小雲一個人來我家。當時我打算向警察說出一切，因為我沒辦法一個人承受那種事。小雲想要說服我，我對你和小雲，還有聽從小雲慫恿的自己感到很火大。」

我感到輕微的暈眩，時空就像麥芽糖般扭曲，我們各自走過的三十年歲月像煙霧般消失了。我手腕上的歐米茄手錶秒針停止，但停止在一九八五年被丟棄的時間再度滴答、滴答地動了起來。

「這件事我沒有告訴任何人，任何人……也沒辦法對你說。」阿剛用力吸了一口氣。「達達四個月前死了。」

「你說什麼？」我覺得胃被勒緊。「為什麼？」

「達達負責老大哥牛肉麵連鎖店的中國統籌工作，今年我們打算在天津開三家店，明年的總統選舉，民進黨應該會贏。如果蔡英文當選總統，臺灣和中國的關係一定會降到冰點，所以我打算趁早在中國成立公司。總之，那是八月的事，達達從上海飛去了天津，在店的經營步上軌道之前，他要在天津住一陣子。」

「八月的天津……達達該不會被捲入那起爆炸案？」

「大爆炸發生在八月十二日晚上，我隔天就飛去了北京，但沒辦法進入天津。據說爆炸的倉庫內有三千噸化學藥品，政府公布的死者人數是一百十幾人，他媽的，怎麼可能？你有沒有看過爆炸現場的影片？據我判斷，死者人數至少是十倍。達達租的公寓就在離現場不遠的地方。」

二〇一五年八月十二日，天津港一個保管危險品的倉庫發生了大爆炸，至今仍然沒有查明原因，但目的是為了暗殺習近平總書記的陰謀論甚囂塵上。我在美國的家中看到這則新聞，爆炸中心被炸出一個大坑洞的影像至今仍然烙在腦海中。爆炸造成了氰化鈉外洩，氰化鈉是一種劇毒，一旦進入人體，就會像一把鋒利的鐮刀般奪走生命。

「我不知道該說什麼——」

「人命就是這麼回事。」

「遺體呢？」

阿剛搖了搖頭，難以判斷是在回答我的問題，還是不想回答這個問題。他痛罵了習近平之後，用一本正經的語氣說：

「達達剛死沒多久，小雲就遭到逮捕了。這是巧合嗎？我覺得是某種訊息。」

「訊息？什麼訊息？」

「所以我就去龍山寺問卜。你還記得嗎？當時和你、小雲也一起去擲筊，最後決定要幹掉你繼父。」

「那時候我們還小。」

「小雲揍你之前也是擲筊決定的。」

我用鼻子發出笑聲。

「我問關公，小雲的事該怎麼辦？」

「阿剛，你聽我說，那種——」

「是迷信。」

「…………」

「筊杯一正一反？那又怎麼樣呢？但是沒辦法啊，我就是相信這些。你以前不是也一樣嗎？還是住去美國之後就變了？」

「我只問你一個問題。」我重新坐好。「如果沒有擲出聖筊，你打算怎麼辦？你就不會打電話給我嗎？」

阿剛認真思考片刻後，小聲地回答：「應該不會打給你。」

「既然這樣，不就代表只是這種程度的事？」我發現自己暗自鬆了一口氣。「事到如今，我們根本幫不了小雲。」

「我不同意。」阿剛的雙眼微微發亮。「如果當時關公反對，我們就不可能執行那麼可怕的事，但是，我和小雲想要助你一臂之力的心意絕對不是只有『這種程度』而已，所以我們才會聽從筊杯的旨意。」

我無言以對。

「阿杰，你幫幫小雲，我總覺得達達也這麼希望。」

「但是，阿剛——」

「差不多該做個了結了。」

「…………」

「我們當時想要殺人，」阿剛直視著我。「目前的狀況就是代價。小雲崩潰了，我們被困在那個時間中，你不要說你不一樣，我覺得差不多該做一個了斷了。阿杰，你應該懂我的意思吧？」

阿剛微微低頭，娓娓說出了我不知道的事實。他的臉看起來特別白，而且幼稚得令人想要落淚。啊，就是這個表情。中學一年級的時候，我曾經痛扁了小雲一頓。當時，阿剛也是露出這樣的表情要我幫他。

戴夫・哈蘭副警長好心地用自己的車子把我送回飯店。

「我第一次遇到這種情況。」他手握方向盤對我說。「在血液檢查中，的確發現他的睪酮素值異常地高。」

簡單地說，就是這個人很暴力。我並不感到驚訝，因為他是殺了七個人的殺人魔。

「但是，今天之前他都很安分，完全沒有帶來任何麻煩。」

擋風玻璃前方是暮色籠罩的底特律街頭，櫛比鱗次的高樓燈光、時刻變化的璀璨霓虹燈和衣著整齊的行人走過馬路，都是遠離白天看到的廢墟景象的另一個世界。

「杰森，我覺得他記得你。」

「你為什麼這麼認為？」

「我並不是說他在裝傻，」哈蘭副警長靜靜地繼續說了下去。「我看了監視器，他的表情不像在說謊。」

「真正的騙子首先會連自己也被自己的謊言欺騙。」

「我覺得應該是你有什麼刺激了布袋狼。」

「你的意思是？」

「布袋狼可能自己也沒有察覺，但他內心有什麼對你產生了反應。」

如果是這樣，那就是阿剛的照片，但這種事根本不重要，我現在只想趕快聽到艾利斯・哈薩威的聲音。如果可以，我很想馬上飛回洛杉磯，緊緊抱住他。

不知道哈蘭副警長是否察覺了我的心情，所以沒有繼續談論這個話題，專心開車。車子來到位在第三大道上的底特律米高梅酒店後，我準備下車時的態度幾乎有點無禮。

「這是他這幾天所畫的畫。」說完，他遞上一個防水牛皮紙信封。「已經給我們的翻譯看過了，也給你一份。」

辦理完入住手續，走進房間後，我把那個信封連同公事包一起丟在床上，打電話給艾利斯，只有自動應答的機器聲音回應我急切的心情。

我花了很長時間洗了熱水澡，把迷你吧裡的蘇格蘭酒倒在大玻璃杯中一飲而盡，然後又開了另一瓶酒，慢慢啜飲著，打開了牛皮紙信封。

信封裡有幾張鉛筆畫，都是畫得很仔細的人物畫。用黑色線條畫著像古代武將般身穿盔甲的男人，和像仙女般穿著薄紗的女人。如果殺人魔描繪的世界反映了他的精神狀態，這些畫到底代表了什麼意義？這些畫當然無法令人感到高興，但如果要稱之為邪惡，似乎又缺少了某些決定性的要素。每張畫下面所寫的虎眼、流刀、蠶娘娘、黑簫、醉蛇等，應該是這些武將、仙女或是忍者的名字。

流刀是一個眼神冷若冰霜的長髮男子，背後插了兩把劍。有什麼東西在記憶深處蠕動，但極其模糊，只要一伸手，就像線香的煙一樣從指尖溜走。

蠶娘娘和小雲清醒時說的蠶有什麼關係嗎？

我的視線盯著黑簫。身穿白色背心，理著光頭的黑簫手上拿著一根又黑又長的簫，另一隻手拿著麻將，黑色的簫上滴下的應該是血，有一個小孩子倒在血泊中。小孩子的兩個眼睛都畫了「X」，我知道那個小孩已經死了。

黑簫是我的繼父，死去的小孩就是我。

小雲的聲音在耳邊響起。他在掐我脖子時嘀咕的「黑小」原來是「黑簫」。我又立刻想到，當我的阿公因為中暑昏倒，小雲代替阿公演布袋戲時，冷星的敵人不就是流刀嗎？蠶娘娘吐出的銀絲中有許多肉眼看不到的小蠶，當敵人吸入之後，蠶就會在敵人體內吐滿絲，讓敵人窒息死亡。

然後是醉蛇。

丟在床上的手機響了，我從螢幕上確認來電者後，滑動了通話鍵。

「嗨，杰。」艾利斯・哈薩威在喧鬧聲中大喊著。「對不起，剛才沒聽到你的電話。」

「艾利斯，你在幹麼？」

「我和事務所的其他人在藍馬喝酒，洛德利蓋斯的哥哥正在大罵唐納・川普，你應該認識洛德利蓋斯的哥哥吧？」

我不知道洛德利蓋斯的哥哥是誰，但聽到應該就是洛德利蓋斯的哥哥大喊著「也不照照鏡子，看看自己的髮型那麼奇怪，還敢種族歧視」。

「底特律的情況怎麼樣？」

「冷得快結冰了，我厭惡這種地方。」

「杰，你怎麼了？發生什麼事了？」

「沒事。」我低頭看著手上那張醉蛇的畫。那條大蛇有三個頭，頭上畫了人的臉。「我回到飯店，所以想打電話給你看看，就只是這樣而已。」

「工作不順利嗎？」

「他掐我的脖子。」

「真的嗎？你沒事吧？」

「對。」

「他畢竟是布袋狼，雖然你們是從小一起玩的朋友，但也不能大意。」

「是啊。」

「你等我一下。」隔了一會兒，電話中的背景安靜下來。「我走到外面來了，好，你說吧。」

「我只是想聽聽你的聲音而已。」

「你騙不了我，我說過多少次，你太不會隱瞞了，即使在電話裡也馬上聽出來了。」

我忍不住笑了起來。

「他是不是說：『都是你害的，都是你把我害成這樣』？你不必把精神病人說的話放在心上。」

「他在說這些話之前就先攻擊我了。」

「他變成布袋狼並不是你的過錯。」

「但是，他為了我——」

「沈杰森！」

「……………」

「無論在肉體上的意義，還是精神上的意義，以及比喻上的意義，你沒有殺任何人，知道嗎？」

「但是……」

「我是認真的。」

「我知道。」

「杰，你聽我說，布袋狼是因為殺那些孩子得到了快樂，或是基於其他的理由，我猜想他自己也說不清楚，如果他是ＴＢＩ，那就更不用說了。連續殺人魔的殺人衝動，都是專家在事後牽強附會，這種事沒有正確答案。沒有正確答案，只有某個人的想法。」

「你說得對。」

「每個人都是由他者的想法所塑造的。」

「雅各・拉岡。」

「沒錯，這是偉大的哲學家拉岡的見解，我想要說的是，塑造沈杰森這個人的是我，艾利斯・哈薩威，根本沒有布袋狼介入的餘地。」

我停頓了一下說：

「艾利斯，我的心情稍微平靜了。」

「太好了。」

「我想，我大概忘了很多事，也許是我該回想很多事。」

「誰會記得三十年前的事。」在掛上電話前，艾利斯・哈薩威開朗地說：「難得的週末，你也出去找點樂子。」

我在突然安靜下來的房間內低頭看著小雲的畫，喝著威士忌。當我看向窗外的底特律夜景時，發現細雪正在為漫長的一天畫上句點。

22

隔天，小雲穿上了白色約束衣。不知道是否又為他注射了鎮靜劑，他的雙眼濕潤，眼神有點渙散。

「你記得昨天的事嗎？」我用英文問他，和他之間的距離也比昨天更遠。「我是說，你掐我的脖子這件事。」

「我嗎？我掐你的脖子？」他臉部肌肉極度放鬆地笑了笑，身體在約束衣內動了幾下。「我的腿斷了，而且雙手無法自由活動，還能夠掐你的脖子？」

天花板上的擴音器傳來聲音，聽起來像是戴夫・哈蘭的聲音關心我的安危。杰森，只要我們判斷有危險，就會立刻進去。我向監視器點了點頭，進入了正題。

「我今天想問你的是殺害那些少年時的心境。」

我打算用自己的方式進行，所以單刀直入地切入重點，但他沒什麼反應，穿著約束衣的胸口有規律地上下起伏。既沒有流汗，也沒有增加眨眼的次數，或是開始抖腳，完全沒有任何可以認為是緊張徵兆的反應。

「我看了你畫的畫。」我從文件夾中拿出了那些畫攤在桌子上。「虎眼、流刀、蠶娘娘、黑簫、醉蛇，都是你畫的吧？」

「都是我的敵人。」

「敵人？」

「他們殺了我哥哥。」

「你的哥哥，」我從公事包中拿出相關的資料。「在一九八四年二月十二日，深夜騎機車經過臺北市仁愛路時，被曾經有過過節的男人毆打，導致撞上路樹死亡。」

「總共有六個敵人。」

那是他的妄想。因為殺害小雲哥哥的凶手是一個叫黃偉的人，只有他一個人。根據阿剛給我的資料，黃偉在一九九一年出獄後，曾經在夜店上班，之後做過建築工人、討債人，換了很多工作，一九九七年六月被燒死時，是立體停車場的管理員。那天黎明，黃偉所住的公寓著火，他穿著睡衣一度逃出公寓，但被一個女人拉著他放聲大哭，叫喊著：「我的孩子！我的孩子！」那個女人已經失去了理智，他一轉身，毫不猶豫地衝進了大火熊熊的公寓，一口氣衝上四樓，救回一個孩子下樓時，滿臉都燻黑了。他不顧抵達現場的消防人員制止，再度衝進了大火和黑煙瀰漫的公寓。我繼續發問。

「這和你殺害的少年有關係嗎？」

「但是，我之前一直找不到最後那個人。」

「之前找不到？所以你現在找到了嗎？」

「布袋狼。」

「那就是你啊，你就是你自己的第六個敵人嗎？是不是可以解釋為你內心有另一個人格，那個人格是你的第六個敵人？」

「你覺得呢？」

「我的意見並不重要。」

「但是，你覺得呢？」

「我覺得也有這種可能。」如果你是TBI的話。只是我沒把這句話說出口。「你攻擊我的時候，嘴裡唸唸有詞地提到『黑簫』。」

「我嗎？」

「你覺得我是黑簫嗎？你該不會覺得自己是冷星？至少你內心也有冷星的人格。」

「那只是毫無意義的夢囈。」

「連續殺人魔不可能說沒有意義的話。」

他笑了起來，被裹得像蠶繭一樣的身體搖晃著。

「很好笑嗎？」

「有理由殺人，和沒有理由就殺人，到底哪裡不一樣？」

「通常不會沒有理由就殺人，即使常人無法理解，殺人的人還是有他自己的理

過來。」

「比方說？」

「比方說，只是想殺人看看。」

「那就當作是這樣。」

「那可不行。」

「為什麼？」

「因為你並不是會沒有任何理由就殺人的人。」

「我們昨天才見面，但你說話的語氣好像很瞭解我。」

一根小小的刺扎進我心裡。

「如果我有什麼理由，那些被殺的小孩就能夠接受了嗎？」

「這……」

「你可不可以過來這裡？」

「為什麼？」

「因為我有話要告訴你。」他瞥了一眼天花板的監視器。「所以希望你把耳朵湊過來。」

「請你有話就說吧，反正我結束之後也必須告訴警方。」

「你害怕嗎？你擔心也許我會咬你的脖子？」

他猜對了。

「來吧，這是很重要的事。」

我猶豫了一下，但還是站了起來，回頭看了監視器一眼，然後緩緩繞到他身旁。

「再近一點。」

「我認為已經夠近了。」

「你把耳朵湊到我嘴邊。」

我遲疑了一下，還是按他的要求做了。坐在監視器前的警察忍不住向前探出身體。我似乎看到了這樣的畫面。

「這樣可以了嗎？」

小雲的臉動了一下。

預料中的事以完全出乎意料的方式發生了，我來不及反應，也無法應對。雖然腦海中閃過「頸動脈」三個字，但小雲並沒有咬我的脖子。

我之所以身體向後仰，是因為他用嘴唇碰觸我的嘴唇。

「你、你幹麼……？」

他坐在輪椅上，抬頭看著用手捂住嘴巴的我。他的眼中完全沒有服藥的跡象，剛才我以為他被注射了鎮靜劑，或許只是我的期望。內心的恐懼讓我被期望矇住了雙眼。

「殺人就只是這種程度的事，並沒有你們想的那些複雜的理由。」

「為什麼……為什麼要這麼做？」

我語無倫次，火冒三丈。也可能是相反，因為火冒三丈，所以語無倫次。這是報復嗎？我正想這麼問，但還是把話吞了下去。不可能有這種事。果真如此的話——

「小雲，你是不是想起了什麼？」

「比起英文，你好像在說中文時更有感情。」他看著我說話。「沒有理由，沒有任何可以讓你安心的理由。」

「…………」

「小雲。好久沒有人叫我這個名字了，你真的調查得很充分。」

「小雲，你聽我說，我是——」

「但是，希望你別再這麼叫我。」他說。「拜託你了。」

我忍不住想，如果是艾利斯，也許能夠理解小雲。如果不能，他也會接受自己的無力，而趕快進入下一個階段。

「你可能有ＴＢＩ，」我強烈感受到自己在白費力氣，但還是選擇了輕鬆的方法。也就是說，採取了艾利斯・哈薩威所代表的美式方法。「也就是因為大腦曾經受到損傷，導致你變得凶殘。我也可以從這個角度為你辯護。」

小雲看著某個雲深不知處的地方。

「你還記得那天的事嗎？就是你的頭部受傷時的事。」

「其實你已經知道了吧？」

「我知道。」

他的視線立刻移回我身上。

「但我想聽你說。」

「為什麼？」

「因為這是我的工作，如果不多蒐集更多的證詞，就無法瞭解客觀的事實。」

「客觀的事實就只有我殺了七個孩子的事。」

「這是對你而言的客觀事實。」

「也是對美國而言。」

「的確，但客觀的事實未必就是事物的本質，即使是無法避免你被送上死刑臺的客觀事實，也不能因為這樣，就讓一連串事件的本質也埋葬在黑暗中。」

「你是說，本質比事實更重要嗎？」

「事實無法改變，但隱藏在事實背後的本質有各種不同的樣貌，這或許可以安慰死者家屬。」

「或是造成再度的傷害。」

「你說的對。」

「你想知道我頭部受傷的經過，對嗎？」

「對。」

「對不起，我記不太清楚了。」

「只要談談你記得的內容就好。」

小雲沉思片刻後，似乎決定今天可以讓步。

「我朋友阿杰打電話給我，」他靜靜地，但口齒清晰地說了起來。「那時候我在自己的房間，完全無法做任何事。」

我按下了錄音筆的按鍵。

「我根本無心寫功課，因為那一天是終於要執行計畫的日子。」

也就是我和阿剛發現阿宏屍體的那一天。

23

為了趕走寂靜，我播放了音樂，但當我回過神時，發現寂靜再度籠罩。

我躺在床上，一次又一次回想計畫。沒有遺漏，阿杰今天就可以擺脫那個蠻橫殘暴的繼父，我和阿剛也會完成桃園結義的誓言。

但我總覺得在考慮的過程中，疏漏了什麼重要的事。雖然扣下了扳機，如果遲遲沒有聽到槍聲，就代表犯下了某些決定性的錯誤。我想著這些事，對遲遲沒有響起的電話感到不耐煩。

放學的時候，我問了阿杰班上的女生。「沈杰森？他下午好像沒來上課。怎麼了？你們又闖了什麼禍？」「你們？」我忍不住反問，那個女生聳了聳肩說。「因為他跟男生說，要和林立剛一起去玩。你和那個胖子不是也很要好嗎？」

所以說，阿杰按照原定計畫採取了行動，所以只能祈禱阿剛沒有因為害怕而毀了這次的計畫。

我翻著日本漫畫雜誌，眼睛只是滑過漫畫，完全看不進去畫中的人物內容和語言。

也許知道我和阿杰、阿剛之間關係的人比我想像的更多，是不是意味著會輕易把蛇和我們連在一起？如果警察來我們家，要我拿出蛇酒，我該怎麼辦？其實我在回家路上不小心打破了，因為蛇死了，所以我就丟掉了。真的是這樣，請你們相信我！

如果阿杰的繼父死了，阿杰家現在應該亂成一團。我們之前約好，也暫時不和阿剛聯絡。我告訴自己，沒有消息就是最好的消息。不必擔心，一切都很順利。

所以，當電話在晚上十點多響起時，我的心臟幾乎從嘴巴裡跳出來。我跳下床，屏住呼吸，聽著媽媽接起電話的聲音。

「喂？請問是哪一位？」

「——」

「沈杰森……我要說幾次你才聽得懂？你知道現在幾點了嗎？小雲不像你——」

我衝出房間，搶過話筒時，媽媽慘叫一聲。

「小雲！你——」

「阿杰嗎？」我伸手制止了媽媽，抓緊聽筒。「怎麼了？發生什麼事了嗎？」

「出事了。」他的聲音比他說的話聽起來更嚴重。「你現在可以出來一下嗎？」

「你在哪裡？」

「牛肉麵店附近的麵包店。」

「是轉角處的華月堂吧?」我把媽媽的視線推了回去,急忙回答說:「我三分鐘就到。」

「你知道現在幾點了嗎?」我掛上電話後,立刻準備衝出門,媽媽大聲嚷嚷著跟了過來。「我不是一直告訴你,不要和他們玩在一起嗎?小雲,趕快回來!鍾詩雲,你有沒有聽到我說話!」

我把腳塞進球鞋跑了出去,甩掉了趿著拖鞋追上來的媽媽。「快回來!小雲!小雲!」我沿著延平南路跑向小南門,看到阿杰無力地靠在正在打烊的華月堂牆壁上,手上仍然握著公用電話的聽筒。

「阿杰,到底發生了什麼事?」

「不知道。」阿杰說完搖了搖頭,臉上的表情快哭出來了。「阿宏叔叔……我去牛肉麵店的時候已經……」

「阿宏叔叔怎麼了?」

「阿宏叔叔……他死了。」

「……什麼?」

腳下的地面發出嘎答嘎答的聲音崩潰,我站在張開大口的地獄上。我伸長脖子,看向阿剛家的方向,但被小南門擋住了,只看到店門口那棵榕樹。

「你說他死了,是怎麼回事?」

「我不知道啊。」阿杰抱著頭蹲了下來，他的左手綁了繃帶。「我趕過去的時候已經死了，應該是被蛇咬死的，他脖子都黑了。不是今天被咬的，應該是幾天之前……」

我完全搞不清楚狀況，低頭看著懸在那裡的聽筒。聽筒搖晃著，咚咚地撞向牆壁。所有的事就像這個聽筒一樣，在不該出現的地方迷惘。

「阿剛……阿剛一直抱著阿宏叔叔大哭，我叫了救護車——」

「你叫了救護車嗎？」我抓住他的衣領。「為什麼要做這種事？」

阿杰看著我，好像聽不懂我說的話。「為什麼？……什麼意思？」

「你難道忘了原本打算做什麼嗎？」

「警察嗎？」阿杰的臉因為憎惡而扭曲，然後推開我，倏地站了起來。「小雲，你只擔心這件事嗎？」

「我不可以擔心嗎？」我火冒三丈，用力推了他一把。「你有意見嗎？」

「阿剛的爸爸死了！」

「又不是我們殺的。」

「就像是我們殺的！」

「不一樣。」

「你也敢對阿剛這麼說嗎？」

「你聽好了，我也很喜歡阿宏叔叔。去年我哥哥死了之後，我爸媽去美國時，阿宏叔叔就像爸爸一樣照顧我，但是，這次的事是意外。我們的確計畫要殺了你的繼父，但我們只有計畫而已，阿杰，就只是這樣而已，計畫一件事並沒有任何罪過。」

「我也這麼對阿剛說……但是我們把蛇放在那裡。」

「不是。」

阿杰瞇起一隻眼睛。

「我們只是在心裡想殺你繼父，沒有採取任何具體的行動。」

「小雲，你在說什麼？」

「我去華西街買的是蛇酒，並不是為了殺人的毒蛇。我把蛇酒帶回家的途中，不小心掉在地上打破了。因為蛇死了，我就把牠丟掉了。也可以說是忘在計程車上了，或是說在我不注意的時候被人偷走了。」

「我們的蛇把阿宏叔叔咬死了。」

「也許是這樣，也許並不是這樣。」

「沒有人看到他被咬死時的狀況。」

「小雲……」

「但是——」

「阿杰，我只是在討論可能性的問題，阿宏叔叔被去年從萬華逃走的蛇咬死的可能性也不是完全不存在，不是嗎？明明不能排除這種可能性，但警察也會像你現在一樣，認定我們是凶手，但是，我們到底做了什麼？雖然我不能說，我們對阿宏叔叔的死不需要負責任，但也不至於嚴重到需要坐牢吧？」

我越想說服阿杰，越覺得自己很骯髒；越骯髒，就讓我變得更執拗、更頑固，用旁觀者事不關己的冷漠態度看待阿宏的死，最後這樣的自己浮出了表面。

聽著滿腦子都想要自保的我不停地說服，阿杰也漸漸對某些東西放手，漸漸遠離曾經在小學四年級的時候，為了保護兩個妹妹勇敢對抗不良少年的自己。在那個耀眼得令世界上所有的色彩都褪色的午後，我竭盡全力聲援在操場上奮戰的阿杰。我崇拜阿杰，想要成為阿杰，所以聲嘶力竭地大喊，就連這個曾經令我驕傲的記憶也令我厭惡。

有人走出麵包店拉下了鐵門，對我們沒有絲毫的興趣。

正義蒸發，勇氣支離破碎，只有悲傷刺進皮膚。站在我眼前的阿杰已經不是我熟悉的那個阿杰了。

「你的手腕怎麼了？」

「喔，」他看著用嶄新繃帶包起的左手腕。「應該是在阿剛家的樓梯跌倒時扭到了。」

「你去醫院包紮的嗎？」

他點了點頭。

「阿剛在幹麼？」

「不知道。」他的聲音稍微比剛才平靜了些。「他六神無主，這也是理所當然的事。救護車趕到後，看了阿宏一眼就離開了。然後警車也趕到了，查了很多地方，把菸蒂和玻璃碎片裝進塑膠袋裡帶走了。阿剛那傢伙從頭到尾都一直抱著阿宏叔叔。」

「然後呢？」

「然後救護車又來把阿宏叔叔載走了，警察又問了我們很多問題，但我記不太清楚了。」

「阿杰，你趕快回想一下，這很重要。阿剛有沒有不小心說漏了嘴？」

「阿剛沒有說話，上了警車之後，也一句話都沒說。」

「那你呢？」

「我只說我和阿剛約好要蹺課去玩。」

「警察有沒有問你為什麼會去牛肉麵店？」

「我說因為我們常在那裡玩。」

「那我呢？」阿杰的眼神中露出輕蔑，我不理會他，繼續追問。「你有沒有提到我。」

他垂下雙眼，搖了搖頭。
「你沒提到我吧？」
「對，我沒說。」
「你沒騙我吧？」
阿杰突然抓住我的胸口，臉湊到我面前。帶著酸味的呼吸噴到我臉上，隱藏在阿杰內心的惡臭令我感到戰慄，愧疚幾乎把我壓垮。我們之間怎麼可以有這種氣味？阿杰吐出的氣簡直就在告訴我，失敗必須付出代價。他乾脆揍我一頓，也許我還可以憐憫自己，心無罣礙地和阿杰訣別。但是，他沒有打我，只是狠狠瞪著我，好像在說要把我生吞活剝。然後他的頭轉到一旁，把我一把推開。
「沒有跟任何人說。」他的聲音充滿了想要靠過來的脆弱。「至少我什麼都沒說。」
「大致的情況我都瞭解了，」我同時感到安心和失望地說。「你今天先回家吧。」
「那你呢？小雲，你接下來要做什麼？」
「我要打電話給阿剛。」
「我打了好幾次，他家沒有人接電話。」
「反正你先回家。」阿杰有點猶豫，我用力握了握他的手。「ＹＯ！兄弟，沒什麼好擔心的，我聯絡到阿剛就馬上通知你。」
我在回家之後，打了好幾次電話給阿剛，但就像阿杰說的那樣，電話打不通。

沒有止境的空虛鈴聲已經夠讓我心煩了，再加上媽媽嘮叨不停，簡直讓我想要隨便殺一個人。

也許是像我這樣的人殺了冷星的哥哥，我是邪惡的玩蛇人，名字就叫醉蛇吧。在這個世界上，醉蛇最憎恨的就是永遠把自己當成小孩子的母親。你去了哪裡？你們幾個小孩子怎麼可以在外面玩到這麼晚！萬一被壞人盯上怎麼辦？你要知道，媽媽說這些都是為你好，如果你有什麼三長兩短，媽媽真的不想活了，所以求求你

——

我用力掛上電話，幸好媽媽立刻閉了嘴，否則我可能會用聽筒砸向媽媽的臉。我再度用力甩電話後，避開媽媽的眼神，走回自己的房間。

我站在日光燈下，想像自己變成了自己設計出的每一個壞蛋，思考著把全世界的人都殺光的方法。虎眼、流刀、蠶娘娘、黑簫、醉蛇——當初設定冷星有六個敵人，還差一個就全員到齊了。想到這裡，心情稍微好了一些。最後一個敵人一定要超堅強、超殘忍，而且也超聰明。這個傢伙會帶領其他人建立罪惡的帝國。

我輾轉難眠，像屍體一樣躺在床上，有人輕輕推開了我的房門。

一看放在書架上的螢光時鐘，發現已經過了半夜十二點。

「小雲？」爸爸探頭進來，走廊上的燈光照著他的後背。「你睡著了嗎？」

「平時的話早就睡著了。」

「我可以進去嗎？」

我坐了起來。

「剛才聽媽媽說了，你怎麼可以那麼晚還出門？」

「那時候才十點。」

「總之，你不可以讓媽媽擔心。」

我沒有吭氣，爸爸的身體扭動了一下，我聽到了打嗝的聲音，所以知道爸爸喝了酒。

從敞開的窗戶吹進來的涼爽夜風吹動了窗簾，我注視著爸爸的輪廓。他的肩膀靠在門框上，在沉默中鬆開了領帶。雖然夜晚吹著舒服的風，但爸爸似乎感到窒息，一定是因為媽媽告狀，他才無可奈何來找我。

「小雲，知道了嗎？」

「你別管我。」

爸爸窸窸窣窣地動了幾下，地上昏暗燈光中的影子也窸窸窣窣動了幾下。爸爸的影子看起來不知所措，有點自暴自棄，所以感覺比爸爸更誠實。

我翻了一個身。

爸爸仍然在門口站了一會兒，然後靜靜地離開了。映在牆上的光緩緩變細，很快就恢復了一片黑暗。

24

接下來的兩天都沒有太大的收穫，難以想像小雲前一天曾經那麼健談。

到目前為止，他和我的記憶並沒有太大的落差。那天晚上，我們的確在小南門街角的麵包店見了面。

在我決定聽小雲的話時，也許我的人生開始發生了改變。我聽了他的話回到家裡，那個男人像平時一樣，無緣無故地打了我一頓。我根本不覺得痛，相反地，我甚至覺得自己該打。因為並不覺得痛，所以繼父也很快就膩了，不再繼續打我。和那天晚上的恐懼相比，身體的疼痛根本不足掛齒。

那天之後，我變了。花了很長的時間慢慢改變。雖然我只是一個不良少年，但還是很愛自己，所以開始緊抱名為法律的新暴力。不安像豬一樣不斷變胖，法律是收拾這些不安的最好方法。我目前身為律師的地位都是建立在那天晚上的欺騙基礎上，沒想到小雲連同我的擔心一起背在身上，從公寓的屋頂墜落。當我再看到他時，他躺在醫院的病床上，身上插滿了維持生命的裝置。

戴夫・哈蘭副警長和底特律市警第十二分局的所有人都對我很親切，面對必輸無疑的律師，每個人都會展現出一點善意。他們對我點頭打招呼，拍拍我的肩膀，請我喝咖啡，還有人露出落寞的眼神看著我。

「和罪犯面會時，不是經常遇到這種情況嗎？」在洛杉磯的艾利斯‧哈薩威說：「如果和嫌犯從頭到尾都在聊一些沒有意義的閒話，就代表差不多了。」

「也許吧。」我坐在窗邊，低頭看著底特律的夜景，換了一隻手拿手機。「但我總覺得還可以做點什麼。」

「杰，你的臺灣客戶也知道這種官司不可能贏，他只是希望你陪在布袋狼身旁，不是嗎？」

「是這樣沒錯……」

「而且布袋狼希望在有死刑的州接受審判，他希望被判死刑，而不是終生監禁。也就是說，你剛才說的『總覺得還可以做點什麼』，是為了安慰自己，還可以做點什麼的意思吧？」

「……………」

「這對你很重要，當然也對我很重要，但是對其他人，尤其是對布袋狼來說，這未必是重要的事。」

「你想說的是，其實根本不重要，對嗎？」

「你說得對。」我們之間響起一陣雜音。「在我讀高中的時候，我的初戀男友自殺了。我之前曾經和你說過這件事吧？他沒有留下遺書，只是有一天，他拿起他爸爸的手槍轟掉了自己的腦袋。我很受打擊，好幾年都走不出來。我無法不去想他自殺的理由，也曾經自責。但是，杰，沒有人知道自殺的人到底在想什麼。」

「是啊。」

「我可以說真心話嗎？」

「當然。」

「布袋狼早就死了，你在和死人對話，而且希望可以從死人嘴裡聽到原諒的話，你希望聽到他說，他從那個萬惡的屋頂上掉下來不是你的過錯。」

我對張牙舞爪地撲過來的真實毫無招架之力。

「但是，這種情況根本不可能發生。像布袋狼那樣的殺人凶手早就已經和死亡為伍。死亡不會說話，也沒必要說話。死亡就是這樣完美。」

「艾利斯，我該怎麼辦？」

「我也不知道，杰，你必須自己思考。」

掛上電話後，我站在飯店的窗前怔怔地看著窗外，然後抓起大衣走出房間，搭電梯來到大廳，制止了想要為我叫計程車的門僮，直接走了出去。

雖然沒有下雪，但是一個寒冷的夜晚，明月靜靜地懸在夜空。

我不知道自己走在哪裡，但還是吐著白氣，漫無目的地走在街上。我思考著艾利斯說的話。我希望小雲原諒我嗎?從各種意義上來說，似乎都是這樣。我在三十年前曾經依賴小雲，但在阿剛告訴我之前，我甚至不知道布袋狼就是小雲，而且我明明已經和艾利斯・哈薩威一起生活了，但現在仍然想要依賴小雲。

我在讀高中時，小雲身陷無盡的惡夢；在我當兵的時候，小雲承受著痛苦的復健；當我在美國開始累積身為律師的資歷時，小雲也在離我不遠的地方為墨西哥人畫盤子；在我有了艾利斯・哈薩威時，小雲在孤獨中奪走了那些孩子的生命。

我走進了平時絕對不可能靠近的小巷。名為自作自受的小巷。那天晚上，走進危險黑暗的地方具有某種意義。我讓自己身陷危險，也許試圖藉由挺過危險，讓自己獲得原諒。

我走進好幾條小巷。

然後，終於遇到了我等待的事。黑暗中，幾個男人圍著汽油桶內燒的火喝酒。他們會衡量我這個人，他們對於偽善的嗅覺像狗一樣靈敏。我走過鐵製的大垃圾桶，緩緩走向他們。

他們停止聊天。

「冷得快結冰了。」我主動開了口。「你們在喝什麼?」

他們一動也不動。我仍然站在那裡，汽油桶裡明明燒著焚火，但其中一人走過來向我要火。那個黑人比我高一個頭。

「我不抽菸。」

「喔，是喔。」男人轉頭對他的朋友說。「他說他不抽菸。」

他的朋友都笑了起來。

「你身上穿的衣服很不錯，應該很貴吧？」

「是啊。」

「你想喝酒嗎？想喝我們的酒？」

「老實說，也不是這樣。」

「但你剛才問我們在喝什麼。」

「是啊。」

「韓國人為什麼跑來這種地方？而且還向黑人打招呼？你茫了嗎？」

這個韓國人想被人家捅屁眼！他的朋友叫了起來。喂，威利，讓他見識一下你的三十二口徑。

「是這樣嗎？」男人攤開雙手。「你想見識我的槍嗎？」

我站在那裡，等待接下來發生的事。男人拿出紙袋裡的酒瓶喝了一口，然後遞給我。所以我也喝了一口。那是甜甜的波特酒。在我把酒瓶還給他時，我的腦袋可能就會開花。焚火燒彎了木柴，火星飛舞。我把酒瓶還給那個男人，仍然站在那裡。風吹來，吹得小巷裡的垃圾發出沙沙聲。

「嗯，有時候就是不順心，」男人說。「但很多事都是比上不足，比下有餘。」

「我也有同感。」

「好了，我要回去朋友那裡了。」

「嗯，那我要也走了。」

男人轉過身，我再度邁開了步伐。

這樣的夜晚，整個世界還是充滿了溫暖。

25

到了隔天，我的幸運仍然持續。

一走進面會室，小雲雙眼發亮地開了口。

「我想起來了。」他的聲音因為興奮而變得高亢。「之前都只有片斷的記憶，結果在夢裡全都連起來了。」

「你想起了什麼？」我在他對面坐了下來，把錄音筆放在桌上。「慢慢說……請你鎮定下來慢慢說。」

「那天是星期六，一放學，我就衝出學校攔了計程車。在我報上目的地之前，司機就問我：『這麼急著去哪裡？』我連那個司機長什麼樣子都記得。他戴了一副有色眼鏡，副駕駛座上放了一個藍色水壺。」

我簡短地告訴司機目的地後，看著車窗外。司機沒有多問，默默把車子開了出去。

星期四晚上和星期五一整天，我都聯絡不到阿剛，所以我內心的不安和恐懼快爆炸了。我無法不想像坐牢的事，對我來說，監獄並不是像底特律市警第十二分局的拘留室這麼乾淨的地方，而是史提夫・麥昆主演的《逃離惡魔島》那部電影中出現的監獄。囚犯都穿著條紋囚衣，關在石造的單人牢房裡，沒有像樣的牢飯可吃，有時候必須抓蟑螂充飢，才能夠活下去。

除了監獄以外，媽媽的尖叫聲也讓我受不了。這兩天來，媽媽像金屬般銳利的聲音持續折磨我的耳朵。如果我在哥哥死去的隔年進監獄，媽媽一定會徹底崩潰。

我在信義路二段下了計程車，按了公寓的門鈴。沒有人應答，所以我不停地按，但還是靜悄悄的。我站在大門旁等待。等了一會兒，有一個女人從裡面走出來。在大門關上之前，我就鑽進公寓。

「喂！你住這裡嗎？」女人在背後問我。「你來找誰？」

「我要去七樓金家。」

「你有沒有按門鈴。」

電梯剛好停在一樓，剛才那個女人應該就是搭電梯下來的。我逃進了電梯，抬頭看著顯示不斷上升的樓層燈，流了一身汗。

阿剛家就在光滑大理石走廊的盡頭。為了防小偷，裝了兩道門。雖然外面的鐵門關著，但敞著裡面的門通風，所以我可以看到屋內的情況。電視開著。我按了門鈴，叫著阿剛的名字。屋內傳來動靜，達達站在鐵門內。

「小雲？」

「達達，阿剛在家嗎？」

「你來找他嗎？」門打開了。「原來是你剛才拚命按門鈴。因為媽媽不在家，所以叫我不要開門。」

看到達達雖然憔悴，但仍然無憂無慮的樣子，我知道阿剛什麼都還沒有告訴他。

「阿宏叔叔的事……我不知道該說什麼。」

「我媽他們去警察局了，聽說驗屍報告今天會出來。」

「達達，你沒事吧？」

「我也不太清楚……小雲，為什麼這麼問？」

「不，因為你又像以前那樣說話。」

「有嗎？」達達聳了聳肩，看起來很成熟，不像是國小三年級的學生。「可能是因為剛才在想爸爸的事。」

「阿剛在幹麼？」

「他整天哭哭啼啼。幹！即使再怎麼哭，也不可能活過來啊。」

「達達，你不能怪他。如果他想哭，就讓他——」

「我和哥哥昨天做了牛肉麵。」

「…………」

「因為突然很想吃以前討厭得要死的牛肉麵。我們去市場買了肉、八角和其他一大堆東西煮了牛肉麵，結果超難吃。牛肉麵真的很難煮。」

「達達……」

「哥哥在屋頂。」

達達說完，就走回去看電視了。

我沿著玄關旁的樓梯走上樓，推開了通往屋頂的鐵門。

五月淡淡的陽光很刺眼，還沒有完全成熟的熱風吹了過來。之前還在建造的加蓋房間幾乎已經完成，建了一半的女兒牆上蓋了藍色塑膠布，以免被雨淋濕。瓦礫和垃圾都集中在一個地方，手推車上堆了很多水泥袋。

阿剛盤腿坐在加蓋的房間屋頂，他先開了口。

「我知道你來幹什麼。」如果這個世界上有為人帶來不祥預感的聲音，阿剛當時就是那種聲音。「你死心吧，我要去找警察。」

「你媽他們不是已經去了嗎？」我逆著風，大聲問道：「那你為什麼不和他們一起去？」

「是基於對你的義氣。」

「阿剛，你覺得是我的錯嗎？」

「是你、我和阿杰的錯。」

「那是意外，不是任何人的錯。」

「是我們三個人的錯。」

原本已經消失的耳鳴突然變得大聲。

「你非去不可嗎？」

「對，你攔不住我。」

我閉上了眼睛。我早就預料到了，那是阿剛變成了其他東西，我絕對無法理解的其他東西的瞬間。事到如今，已經沒有人能夠阻止阿剛。沒錯，就像阿宏和理髮店的梁先生打架時，他頭也不回地離開時那樣。

「我會告訴警察，爸爸是因為我們才死的。」阿剛說。

「要不要擲筊決定？」

「沒必要。」

「阿剛，你以前不是說過，『為了兄弟，當然要義不容辭』。」

「你少囉嗦。」

「大家都要去坐牢。」

「關我屁事。」

「達達變成殺人犯的弟弟也無所謂嗎？」

「…………」

「為什麼這種時候要找警察？」我繼續說服他。「正因為警察沒用，所以我們才打算親手殺了阿杰的繼父，不是嗎？正因為報警也沒用，所以我們才去龍山寺拜拜，但你現在要去找警察？阿剛，你只是想自己輕鬆吧？你只是想要趕快去做由別人決定的補償，獲得別人的原諒。我們不是兄弟嗎？這種時候，不是要保護兄弟嗎？」

「兄弟？」阿剛站起來指著我。「笑死人了！鍾詩雲，你只是想讓阿杰喜歡你！你以為我不知道嗎？你從小學的時候就很崇拜阿杰。你就老實說吧，阿杰親你是不是很爽？你、你——」

「你說夠了嗎？」

「幹！」

「我可以上去你那裡嗎？」

阿剛一屁股坐了下來。

加蓋的房間牆上裝了不鏽鋼的梯子，我在走上梯子前，撿了一塊拳頭大的磚塊。雖然幾乎是無意識的動作，但並不是完全沒有意識。像金屬般銳利的聲音不停地刮著我的耳膜，要讓阿剛改變主意、要拯救媽媽和保護自己的想法在我內心拉扯，變成了近似殺機的想法。

阿剛背對著我，抱著膝蓋坐在那裡。

平坦的水泥屋頂在午後的陽光照射下模糊發白，空水泥袋丟在那裡。雖然頭頂上是藍天，但視野並不理想。死亡、蛇和快要崩潰的媽媽在凌亂狹窄的街道各處若隱若現。

「阿杰是好人。」

「小雲，你閉嘴！什麼都別說了。」

「阿剛，不是你先和阿杰玩在一起嗎？我原本和他根本不是朋友，你不覺得你剛才說的話對我和阿杰都太過分了嗎？」

短暫的沉默後，阿剛小聲地說：「對不起啦。」

「你還記得第一次和阿杰說話的事嗎？我和你吵架了，老師叫我們在辦公室前罰站。」

「我剛才說那些話並不是真的這麼想。」

「阿杰真的很聰明，你可能不記得了，在小學三年級之前，他的成績都是全年級前五名。」

「你到底想說什麼？」

「他在三年級的時候從陶杰森變成了沈杰森。」

「所以呢？」

「之後他就變成了你熟悉的阿杰，成績也和你不相上下，抽菸打架樣樣都來，也開始被老師盯上。」

「所以怎麼樣呢？」阿剛站起來，轉身面對我。「因為你是好學生，所以要我聽你的話嗎？」

「在那之後，阿杰整天都有新的傷。打架的傷、被繼父打的傷……從小學三年級到現在，一直都是這樣。無論在家裡還是外面，總是有人傷害他。我也曾經傷害他，你也是。」

阿剛移開了視線。

「所以，我們試圖解決他最大的問題，」我停頓了一下。「但是我們失敗了。他繼父以後還是會繼續打他，搞不好會因為你的關係被監獄的管理員毆打，也必須和其他囚犯打架。」

我以為阿剛會生氣推我，但他並沒有這麼做。他沒有大喊阿宏已經死了，而是流下了眼淚。

我覺得自己骯髒得無可救藥。我非但沒有被阿剛的眼淚打動，反而從他的眼淚中看到了籠絡的徵兆。我並不是為了阿杰著想，才說了剛才那些話，只是利用了阿杰的不幸，對阿剛動之以情。

耳鳴越來越嚴重，我拍了好幾次頭，但媽媽的聲音還是無法消失。如果阿剛對警察說出真相，媽媽就會崩潰，媽媽的聲音就會永遠刻在我的耳朵裡。我不是為了別人，而是為了自己想要說服阿剛。

「但是……」阿剛擠出聲音。「我還是要去找警察。」

「我知道了。」

「我爸爸的行李裡有兩個手錶。」

「是喔。」

「就是到處都可以買到的那種便宜貨。」

阿剛的聲音越是像羔羊一樣顫抖，我的心越冷、越硬，甚至已經不再是我的心。

「他自己用漂亮的包裝紙把那種便宜貨包起來，他以前從來沒有做過這種事……

我不是把金建毅買給達達的手錶摔壞了嗎？」

「嗯。」

「我一直沒辦法忘記爸爸那一次什麼都沒說就走出家門時的表情。他一定覺得媽媽被別的男人搶走，而且兒子也被搶走。所以，只有我……如果我再不和爸爸站在一起，爸爸也太可憐了。小雲，你說是不是？」

「是啊。」

「幹！禮物……已經太晚了啦。」

我用藏起來的磚塊打向他的臉。

阿剛搖晃了一下，低下頭，當他直起身體時，左眼附近流滿了血。

我立刻走向前，打他的腦袋。阿剛單膝跪了下來，恐懼地睜大了眼睛。他發出尖叫聲撲了過來，但重心不穩，整個人趴在地上。他肥胖的身體像豬一樣癱軟在地上，只有眼神還充滿鬥志。有這種眼神的人，即使遭到殺害，也不會認輸。

我撿起地上的水泥袋套在他頭上，一次又一次打他，磚塊變成了碎屑，有防水加工的袋子滲著血。

「都是你的錯！都是你的錯！」

問題在於那雙眼睛。我徒手打阿剛時想道。只要看不到眼睛，即使是好朋友，也可以把他打死。

我不停地打他。內心的憎恨深不見底，我揮著拳頭，努力想要摸索，但我發現自己情緒越來越激動。

當我回過神時，發現自己拉著癱軟的肉塊腋下，準備拉到屋頂邊緣。我也不清楚自己到底有沒有殺機，只知道有一種難以名狀的強烈衝動。虎眼、流刀、蠶娘、黑簫、醉蛇——我幻想的那些怪物都得意地笑著向我招手。無論我留在這裡，或是乾脆去那裡，到頭來應該都一樣吧？我拖著阿剛，不禁這麼想。

但是，被推下公寓的不是阿剛。

因為撞到大王椰子樹，所以墜落的軌道改變，撞破路邊攤的塑膠屋頂，重重跌在巷子裡的不是阿剛。

頭部受到重創，接下來沉睡了兩年的人並不是阿剛。

天空傾斜、撕裂，許許多多的回憶從那裡湧現。當我被用力一推，身體失去重力時，我看到了灰色的街道，和很久很久以前玩躲貓貓時的小默。

「小雲，別過來！」小默拚命揮手，想要把我趕走，想要讓我遠離死亡。「你不行，回去那裡！」

但我仍然爬上女兒牆，想要去死亡的世界。因為站在屋頂雨遮上的哥哥，看起來真的、真的好像在天空中飛翔。

26

隔天又下著霧雪，我沒有去見小雲。

但我也沒有在飯店房間內看資料，或是思考辯護方針。

我沒有力氣做任何事，睡了一整天。

傍晚時醒來，吃了客房服務送來的餐點後，在飯店內空蕩蕩的賭場玩了吃角子老虎機。我並不想贏，只是心不在焉地把代幣投進去，然後拉下拉霸桿，像傻瓜一樣看著旋轉的轉軸，所以當刺耳的火災警報器響起時，我嚇出一身冷汗。其他人紛紛聚集過來，有人拍我的肩膀，有人向我祝福，看到代幣嘩啦嘩啦不停地吐出來，我才終於意識到自己中了大獎。我以為是火災警報器的聲音其實是為幸運兒祝福的聲音。

我把代幣拿去兌換處，剛好贏了一千美金。我把這疊紙鈔塞進上衣口袋，走去吧檯，點了一杯乾馬丁尼。當我點第二杯時，一個黑髮女人坐來我旁邊的吧檯椅上。她穿著充分展示身體曲線的洋裝，年紀大約三、四十歲。

「幸運的日子。」她說。「我可以沾一點光嗎？」

聽她說話的口音，我猜想她應該是墨西哥的妓女。我自以為是湯姆•威茲，請她喝了酒。喝了一杯，又喝了第二杯，等到第三杯時，我們靠在一起笑了起來。她的手放在我的手上，這時，我發現她的右手沒有小拇指和無名指。

「這是被我前男友轟掉的。」她翻起洋裝的衣襟，鎖骨旁有槍傷的傷口。「那傢伙嫉妒心很強，一直以為我在外面有男人。」

「他誤會了。」

「真是天大的誤會，因為他才是我在外面的男人啊。」

然後我們又笑了起來。

「那個男人現在呢？」

「誰知道啊。這不重要，你住在這裡嗎？」

看著她嫵媚的雙眼，我想起以前小雲曾經拿零錢給乞丐的事。我記得那天是阿剛的媽媽離家出走的日子，他給了第一個乞丐十元硬幣，第二個乞丐又向他要錢。小雲對那個乞丐說，我給了剛才的婆婆。那個乞丐反問他，難道剛才那個老太婆拿了你的錢去吃了什麼東西，我的肚子也會飽嗎？

我用被馬丁尼矇騙的腦袋思考著。也許這就是生存。從這個世界多搶奪一點屬於自己的配額，被搶走的人就會想要再從其他人手上搶奪。無論是乞丐、律師、妓女還是殺人凶手，每個人都靠這種方式生存。

但是，小雲始終在給予，從來沒有想要從別人那裡搶奪回來。雖然當初是為了我才計畫殺人，卻一個人背負起所有的失敗。

一個人能夠做到這麼無私嗎？如果有信仰或是理念，或許還可以理解。德蕾莎修女和甘地之所以能夠在現世自始至終都無私無欲，是期待能夠在天國獲得回報。

「我問你，」女人摸著我的大腿。「你希不希望這麼美好的夜晚可以持續更久？」

靈感像電流般貫穿背脊，把我從吧檯椅上推了下來。果真如此的話，小雲殺害那些少年，也是想要奪回什麼嗎？

「你怎麼了？」

我從口袋裡拿出剛才玩吃角子老虎機贏來的錢，塞給瞪大眼睛的她。

「喂……這是、怎麼回事？」

「謝謝妳，今天晚上很開心。」

我跑回房間，在因為酒精的關係，散成大理石圖案的思考中，我終於掌握了真相。我抓起桌上的手機，撥給了艾利斯・哈薩威。

「艾利斯，我知道了。」

「杰……怎麼了？這麼晚了，我都已經睡了。」

「我知道了。」

「知道什麼？」

「我知道了真相！」

「……怎麼回事？」

「我知道了小雲殺人的理由。」我的呼吸急促。「艾利斯，你聽我說，這是、這是……」

洛杉磯和底特律之間充滿了沉默。

「杰？哈囉，你還在嗎？」

「幹！」

「怎麼了？」

「我忘了剛才想說的話。」

「杰，你絕對喝醉了。」

「你等我一下，我馬上就會想起來。」

「酒精帶來的真相，會隨著尿尿一起流走。」

「這句話是誰說的？」

「我說的。晚安。」

我脫了衣服，上了廁所後倒在床上。躺在被子裡尋找真相，但就像艾利斯說的，留在膀胱內的真相已經一滴不剩了。

所以我就直接睡覺了。

但是，真相並沒有流走，相反地，就像是夜晚也耳聽目明的鳥，在我內心啼叫了一整晚。

可能我的臉色太憔悴，戴夫・哈蘭副警長一見面就關心我的身體。

「只是昨晚喝多了而已，所以今天早上有點匆忙，連鬍子都忘了刮。對了，我有一個請求。」

雖說還是上午，但其實已經快中午了。

我像之前一樣經過走廊，像之前一樣走上樓梯，在之前那間面會室等待小雲走進來。

那是一個宜人的晴天，嶄新的陽光從裝了鐵窗的窗戶照了進來。員警推著小雲的輪椅走進面會室，走在前面的哈蘭副警長在我耳邊小聲地問：

「不穿約束衣真的沒問題嗎？」

「沒問題。」

「請小心使用鋼筆等可以成為武器的東西，我們會在其他房間監視。」

「面會室內也不需要員警戒備。」

「他之前掐過你的脖子。」

「哈蘭副警長，拜託你了。」

他舉起雙手，似乎在說，隨你的便。等到所有警察都離開後，我開了口。

「今天的天氣很不錯。」

他不發一語，瞇起眼睛，看著從窗外灑進來的陽光。

「警察有沒有好好照顧你？還需要什麼東西嗎？」

沒有反應。

「中文和英文，你希望用哪一種語言交談？」

「你今天感覺不太一樣。」

「這才是平時的我，中文還是英文？」

「隨你。」

「我一直在想，」我繼續用中文和他說話。「你為什麼殺了那些少年，也許你想要奪回被人搶走的東西。」

他把臉轉了回來。

「被搶走？」

「你以前一直給予，至少我認識的你是這樣。」內心的話語不斷湧現。「一個人能夠無私到這種程度嗎？我從這個問題開始思考。我身為律師，接觸到的許多現實剛好相反，每個人都主張自己的權利，只要有機會贏得賠償金，就會像吸血蟲一樣吸著不放。你不一樣，但那是因為當時你還是小孩子。正因為是不需要為生活發愁的小孩子，所以能夠不計較利害得失持續給予。如果你就那樣順利長大成人，你也會從原本給予的一方變成搶奪的一方。因為這就是長大，我知道大人的世界無可救藥，也知道無論再怎麼努力，都無法改變。正因為這樣，為了保護某些東西，就必須從其他地方搶奪。」

我停頓下來，觀察他的反應。

「你說完了嗎？」

「還沒有。」我調整呼吸，幾乎有點生氣地繼續說了下去。「你的時間停在一九八五年。雖然身體變成了大人，但心一直停留在那個時候，那個地方，被那起事件困住。你在聖地牙哥畫了十多年盤子期間，這個世界仍然無情地向你掠奪。你認識被你打傷罣丸的那個墨西哥少年，但他想趁你睡著時偷你的皮夾。小雲，你知道嗎？只要你給一個乞丐錢，其他乞丐就會排隊伸手向你乞討，直到你身無分文為止。但是，人不能一直給予，一旦給予他人，如果無法從其他人那裡得到，心就會越來越貧瘠。那些相信神的人沒有問題，如果相信天堂，可以在現世持續給予，但是，我們不一樣。臺灣人相信神佛是為了現世的利益，我和你都不相信有什麼天堂，既然這樣，要從哪裡奪回被搶走的東西？」

「這是問題嗎？」

「不是。這是我喝醉酒後的胡思亂想，只要撒泡尿，就會忘記的內容。但是，今天早晨醒來之後，我又想起來了，就像忠實的狗一樣等著我。」
「我為了奪回被搶走的東西，殺了那些少年嗎？為什麼專挑少年？」
「因為你失去了十四歲和十五歲那兩年的時光。」
「我沒聽過這麼牽強附會的事。」
「我知道。」
他放鬆了臉上的表情。
「原來偵查資料上還寫了這些事。」
「你也許不記得了，我以前……在臺灣的時候，我是你朋友。」
「是啊，」他並沒有慌張。「我感覺好像是這樣。」
「我是受阿剛的委託，才會來這裡。」
「阿剛？牛肉麵店的那個胖子阿剛嗎？」
「對。」
「阿剛為我安排了律師……但是，為什麼？」
「你是因為我們的關係，才會變成這樣。」這句話一說出口，我來到了正確的位置。「阿剛至今仍然為這件事懊惱不已，所以叫我來照顧你。」
他目不轉睛地看著我。
我有點慌亂，但並不想掩飾。雖然腦袋裡亂成一團，但我無意虛張聲勢。阿剛的聲音像漩渦般逼近，但我並不想捂住耳朵。

臺北文華東方酒店的咖啡廳涼爽舒適，低音量地播放著慵懶的爵士樂。

「即使我弟弟不來幫我，我也可以自己搞定，」阿剛說完，無意識地摸了摸左眼的舊傷。「打架的話，我不可能輸給小雲。你記得嗎？達達那傢伙經常喜歡偷聽我們說話。」

我想起拿錢給小雲買蛇酒那天的事。

那天，我們在阿剛家的屋頂。雨剛停，加蓋工程做到一半。我們在那時候得知小雲張羅到的蛇是眼鏡蛇。阿剛用碎石塊丟向鐵門後，達達戰戰兢兢地從門後走出來。「你們在小聲商量什麼？」「和你沒有關係。」阿剛對弟弟破口大罵。「而且我說了幾次，叫你不要偷聽！」我們對已經無法後退感到不知所措，沮喪不已。為了擺脫這種情緒，只能繼續墮落。

「就是決定要執行小雲那個愚蠢計畫的那一天，」阿剛瞥了一眼已經空了的咖啡杯，咂了一下。「其實我很煩躁。因為我爸剛去高雄，你又在屋頂上一直丟磚塊，所以我覺得一切都無所謂了，想要找一個人算帳。」

「就是我的繼父。」

「沒想到你的繼父——」

「是啊，在小雲從屋頂墜落後不到半年，就被討債的綁走不見了。」

「之後完全沒有消息了嗎？」

我搖了搖頭。

「那可能被拿去做消波塊了。」

繼父消失後，阿公也死了。除了那支從來沒有用於正當用途上的黑簫以外，那個男人沒有留給我們任何東西。阿公留下了幾個布袋戲的戲偶，但媽媽連同那支受到詛咒的黑簫一起燒掉了。之後，媽媽一個人養育我和妹妹長大。不知道是幸運還是不幸，我申請到災害遺孤的獎學金，所以才能順利從高中畢業。服完兵役後，我半工半讀，讀了夜校，也讓兩個妹妹讀了高中。我在大學四年級時通過了律師考試。畢業後，進了法律事務所，用工作幾年存下來的錢前往美國。

「怎麼會這樣？」阿剛嘆著氣。「即使我們不動手，只要再等一段時間，老天爺就會收拾他。」

「那時候怎麼知道？」

「是啊，都是馬後砲。」

「總之，我瞭解情況了。」三十年前的徒勞重重壓在我的肩上，我喝著冷掉的咖啡。「你沒有去報警，是因為想要保護達達。」

「為了達達……我一直這麼認為，覺得我這個哥哥，當然要保護弟弟，但也許我當時也在找可以不去報警的理由。」

阿剛傲慢地叫住了服務生，伸出戴了金戒指的粗手指，指了指空咖啡杯。身穿黑色工作服的服務生微微鞠躬後離去。

「達達從屋頂把小雲推下去時，精神狀態有點失常。當他看到小雲撞破路邊攤的屋頂墜落在地上時，拍著手大笑起來，興奮的樣子連我看了心裡都有點發毛。他跳著說：『哥哥！怎麼樣？你每次都把我排擠在外，現在終於知道了吧！』幹！我現在仍然忘不了達達當時說話的聲音……『如果不是我偷聽，你現在就被他幹掉了！』」

「他慌了神吧。」

「沒那麼簡單，那根本是錯亂了。」

「達達在四個月前死了，」我說。「所以你不需要再保護弟弟了，是不是這樣？」

「我最後並沒有去找警察，因為我不希望達達去坐牢，但是，如果我一開始就不說要去報警，小雲就不會打我，達達也不會把小雲從屋頂上推下去。」

「這只是結果論。」

「我終於瞭解了。」

「瞭解什麼？」

「就像我想要保護我弟弟，小雲可能也想要保護某個人。他為了保護誰，不惜殺了我這個好朋友？阿杰，是你嗎？」

「或是他媽媽。」

「我也這麼覺得。」

「他哥哥是在前一年死的。」

「在他哥哥死後，小雲的媽媽就對他異常嚴格，即使打電話給他，他媽媽也不肯叫他來聽電話。」

「我也一樣。」

「有一次我想去小雲家，被住在他們家隔壁的老頭叫住。你還記得李爺爺嗎？他對我說：『你這個小太保又要來帶壞小雲了嗎？下次不許你再來這裡。』我聽得莫名其妙，事後才想到，一定是小雲的媽媽對李爺爺說我的壞話。」

「你當時還真的是小太保。」

阿剛聽到我這麼說，搖晃著龐大身軀笑了起來。「和你比起來差遠了。」

服務生悄然無聲地走過來，為阿剛的杯子裡倒了咖啡，又靜悄悄地走開了。

「你不恨小雲了嗎？」

「一旦上了年紀，很多東西都會自然消失。」阿剛喝咖啡時發出很大的聲響。「就好像頭髮一樣，憎恨和痛苦也一樣。即使緊巴著會自然消失的東西，也沒什麼好結果。我爸的死的確是意外，雖然我們製造了原因，但那還是一場意外。」

我點了點頭。

「這也許是狡辯，但那又怎麼樣呢？自我正當化？那很好啊，每個人都是這樣過日子。」

「是啊。」

「但並不會因為這樣就忘記。」

「怎麼可能忘記？」寒意在全身擴散，我搓著手。「每次遇到挫折時，就會忍不住想，是那件事的報應。」

「我在電視上看到小雲的新聞時，你知道我最先想到什麼？啊，小雲是因為我才會變成這樣，是因為我才會崩潰，所以才會去殺那些無辜的小孩。」

「阿剛……」

「不需要說一些沒用的安慰話，因為當時你不在場，所以不太瞭解。小雲真的是不顧一切說服我，但是我……我的頭被袋子蓋住了，沒看到他的臉，但我一直很在意。」阿剛拍了好幾次胸口，好像喉嚨被什麼食物哽住了。「不知道當時小雲是怎樣的表情，他打我的時候不知道是怎樣的表情……現在也會夢到。在夢中他爬上公寓的牆壁，不知道想要把我拉去哪裡。他滿身是血，一臉悲傷地對我說：『是你殺了我，是你殺了我』，然後緊緊抓住我的腳。我對達達說這件事，達達不以為然地說，小雲是自作自受。但是我很清楚，那並不是他的真心話，他一直很怕小雲的影子。阿杰，我殺了小雲嗎？小雲是因為我變成那樣嗎？達達是因為我，才會背負原本不需要他背負的東西嗎？」

我看著阿剛露出求助眼神的雙眼，只能不置可否地搖搖頭。我很想拯救阿剛，但我也無法回答他的問題。因為這也是我問了自己無數次的問題。我從頭到腳，連皮鞋內也都變得冰冷。

「好吧，」我只能這麼說：「那我接受你的委託。」

「廢話，」阿剛露出疲憊的笑容。「我一開始就知道了。」

「不用律師費，經費各出一半。」

「這不是錢的問題，對不對？」

全身突然發燙，我感到驚慌失措。握緊拳頭，就可以抓住指尖的熾熱，好像在轉眼之間，溶化了身體內的冰冷。

「但那真是傑作！」

「什麼？」

「付蛇酒錢的時候，小雲不是叫你準備裝蛇的籠子，叫我準備飼料嗎？我擔心喝醉的蛇派不上用場，結果小雲說，不會有問題，成龍的電影——」

「對啊，我記得很清楚。」我接著說。「成龍的電影不是也有《醉拳》和《蛇形刁手》嗎？」

「喝醉的蛇天下無敵、喔？」

他的眼眸深處有什麼晃動，我覺得好像在他眼中看到了似有若無的光，就像魚的銀鱗在泥水中閃動。

「小雲，你覺得那條眼鏡蛇去了哪裡？」

「什麼意思？」

「我相信你知道。」

「…………」

「一九八四年，蛇從萬華的蛇肉店逃走，你為了幫助一直被繼父毆打的朋友，利用這件事想出了殺人計畫。一九八五年，你在華西街的蛇肉店買了條毒蛇，差不多一公尺左右的眼鏡蛇，打算用那條蛇殺了你朋友的繼父。」

小雲的身體前後搖晃。

「但是，在執行計畫的那天，發生了意想不到的事。阿剛的爸爸被蛇咬死了。」

小雲的眼睛——逃開了。他的視線開始飄忽，好像搖晃身體還不足夠，然後開始啃指甲。

「筆錄上並沒有寫這些，」我對他說：「因為當時我也在場，所以我知道。」

「不可能。」他的聲音中帶著明顯的怒氣。「不可能，不可能……知道那條蛇的，只有——」

我從公事包裡拿出一張照片放在他面前。小雲一臉疑問地看著我。

「雖然變胖了許多，頭髮也變少了，這是阿剛現在的樣子。」

他的視線被照片吸引。

「如果你想看，我也可以請阿剛把我們小學時的照片寄過來。」

「你別騙我！」

「我沒有騙你。我是沈杰森，這是林立剛。」

「閉嘴！」小雲用雙拳敲著桌子。「你有什麼目的？我是布袋狼，我希望被判死刑，這樣還不夠嗎？」

「……」

我轉頭看著監視器，制止了哈蘭副警長，然後回頭看著小雲。

「這三十年來，簡直就像是溫水煮的青蛙，求生不得，求死也不能。」

「小雲，要不要試一試？」

「試一試？試什麼？」

我從口袋裡拿出兩個一美元的硬幣放在桌上，小雲的視線在我和硬幣之間徘徊。

「這是筊杯。」

他瞪大了眼睛。

「我用這兩個硬幣來問關公。」

我拿起硬幣，閉上眼睛，隔絕了布袋狼。全神貫注，然後說出了該說的話。我是沈杰森，好久沒去拜拜了，我現在已經四十五歲了，感謝關聖帝君關照，我目前在美國當律師。今天無論如何想請教一件事，所以恕我無禮相問——

「我眼前的鍾詩雲承認我是沈杰森嗎？」

我睜開眼，把硬幣一丟。

坐在輪椅上的小雲探出身體，代替筊杯的一美元硬幣在半空中勾勒出拋物線後掉落，在地上打轉。房間內迴響著金屬的聲音。

「一正一反……是聖筊。」我撿起硬幣，放在他面前。「輪到你了。」

小雲一動也不動。

「你問關公，我是不是沈杰森。」

他瞪著放在他面前的硬幣，然後突然伸手抓住，用力一丟。臨時筊杯丟到牆上彈了回來，殘音像錐子般刺進耳朵。

「做這種事有什麼用？」

「你沒忘記筊杯吧？」我走去牆邊，低頭看著硬幣。「又是聖筊。」

「不用你管！」

「我是阿杰，是你的朋友。」

「是喔，如果不是聖筊，你打算怎麼辦？」

「我會說同樣的話。」

「別來管我！」

「我想協助你回想那件事，不，你必須回想起那件事。」

「為了什麼？」他鬆開了抱著的手臂。「我殺了那些孩子，即使回想過去的事，也無法改變任何事！」

「沒這回事。」

「沒這回事？你說沒這回事？」

「小雲，你不要孤孤單單去死。」

我很擔心他內心急速膨脹的東西會導致他破裂。他滿臉通紅，就像小動物快死了一樣喘息著。

「我和阿剛都無法陪在你身旁，」我說：「如果你不想起我們，我們就無法和你在一起。」

我和小雲正在談論已經無可救藥的事。阿宏因為我們魯莽的計畫而死，他變成了布袋狼。阿剛也一直深陷痛苦。當我在美國為了小雲的事在夜晚煩悶時，人在臺灣的阿剛為了忘記小雲，拚命做生意。

這三十年來，我們三個人都一直被困在同一個地方，我們少年時代的記憶是如此強而有力，無論在任何意義上來說，我們之間的羈絆都很粗壯、牢固，不會因為任何事受到影響——突然湧現的覺悟牢不可摧，讓我產生這樣的錯覺。

「小雲，你要努力回想。」我幾乎用命令的口吻對他說：「至少讓我能夠在回憶中，陪你到最後一刻。」

當我發現他大汗淋漓時已經來不及了。他翻著白眼，下一剎那，不顧右腳已經骨折，向我撲了過來。

我從椅子上跌了下來，他趁機搶走了我剛才用的鋼筆。

「小雲，住手！把鋼筆放回桌上！」

他汗如雨下，呼、呼地用力喘息。他翻著白眼，把鋼筆舉到眼前。我是冷星，我是冷星。他唸唸有詞。我是冷星，我是冷星。

門用力打開，戴夫・哈蘭副警長率領下屬衝了進來。

「小雲，你別激動。」我舉起雙手，同時制止緊握鋼筆的小雲，和殺氣騰騰的警察。「別擔心，沒有任何問題……來，把鋼筆還給我。」

「我就說嘛！」哈蘭副警長叫了起來。「我就知道會這樣！」

警察小心謹慎地散開，包圍了小雲，有人已經拔出了槍。

但是，這些事無法造成任何影響。小雲仍然呼吸急促地說著：「我是冷星，我是冷星。」他的聲音越來越大，然後把鋼筆的筆尖塞進指甲下，插進指甲和手指之間。

所有人都倒吸了一口氣。

小雲動作熟練地把筆尖用力塞進指甲下，利用槓桿原理把指甲剝了下來。指甲和肉剝離的聲音聽起來格外大聲。他呻吟著，就像用開瓶器打開瓶蓋般，把左手中指的指甲剝了下來。鮮血染紅了他的指尖。

這無法稱為情境再現。因為我的記憶中不曾有過眼前閃現的景象，但我仍然看到小雲為了克制無法戰勝的破壞衝動，一片一片剝掉自己指甲的背影。小雲孤獨地掙扎，孤獨地承受痛苦。

「我沒事……」小雲用英語說：「已經沒事了。」

他的白眼翻了下來，黑色眼眸中恢復了神智清醒的光。

「小雲！」我抓住了他的手臂。「為什麼要這麼做？」

「你是阿杰。」

「……啊？」

「你是阿杰啊？」說完，他露出鬆弛的微笑。「不是嗎？」

「小雲，你想起來了嗎？」

「你是阿杰。我想起來了，你是阿杰。」

一切事出突然。

就像是鼻子挨了一拳，淚水從我的眼中流了下來。我慌忙把頭轉向一旁，試圖用手帕止住淚水，但淚水流個不停，令我手足無措。

小雲不可能想起我。誰都知道不可能發生這樣的奇蹟，他用整個身心假裝自己恢復了記憶，他把所剩不多的時間都賭在我身上。

「怎麼會這樣？」哈蘭副警長低頭看著小雲，然後瞪著我。「所以我們反對不給他穿約束衣。」

「沒事了，」小雲說。「真的沒事了。」

「馬上包紮傷口。」

「沒必要。」

「喂，傑米，去把醫生找來！」

「沒必要！拜託了……真的……趁我的腦袋還清醒。」

那個叫傑米的員警用眼神請求哈蘭副警長的指示，哈蘭副警長看著我。

「小雲，你真的沒事嗎？」我用中文問他。「如果你不舒服，我們可以改天再聊。」

「沒時間了。」小雲低著頭，按著正在流血那隻手的手腕。「不知道下次什麼時候才能想起來。」

「小雲……」

「阿杰，你在哭什麼？」小雲說：「如果你不舒服，我們可以改天再聊。」

我噗哧一聲笑了起來。美國的警察看到我破涕為笑，都感到納悶不已。

殺人魔住在小雲體內，而且總共有六個。虎眼、流刀、蠶娘娘、黑簫、醉蛇，最後一個人是布袋狼。同時還有懲罰這些殺人魔的正義冷星——這些冠冕堂皇的理由可以安慰我的心靈，然而，一旦這麼做，我將會再度失去重要的朋友。不需要理由。無論我試圖想出什麼理由都是錯誤的。我和小雲要從這裡，從沒有理由的荒地，從無論再怎麼掙扎，都無法補償的這裡邁出第一步。

我流著淚，簡直就像……沒錯，簡直就像喝醉的蛇一樣笑了起來。小雲也面帶微笑。

「你會被判死刑，」我笑著對他說。「我沒辦法救你。」

「嗯，」他臉上的笑容並沒有消失。「我知道。」

「你殺了七個人，這是當然的結果。」

「嗯。」

「我會讓你在有死刑的州接受審判。」

「阿杰，謝謝你，」小雲說。「和你當朋友，一直是我的驕傲。」

記憶的片斷同時湧現，因為太洶湧，我一時說不出話。那天放學後和阿剛一起打小雲、除了霹靂舞以外，沒有任何煩心事的悶熱夏天、小雲演完布袋戲後得意的表情、豬腳麵線的味道、在半空中翻動的紅色筊杯、一起在小巷子裡追被潑鹽酸的男生──幸福的記憶像風一樣吹過內心的破洞。

「阿杰，你記得嗎？」

「記得什麼？」

「我們第一次見面的事。」

「怎麼可能記得？」

「也對，因為是很久以前的事了。」

小雲點了點頭，溫柔地瞇起眼睛，然後我聽到了充滿懷念的聲音。

「但是，我記得一清二楚。」

接下來，我要和他一起走下漫長的螺旋階梯。我不認為階梯的盡頭是樂園，但直到這個世界少了他這個人為止，我都會陪他一起走。

「是喔。」我用手帕擦著眼角，再度坐回椅子上。「那我們就從那裡開始。」

27

我在小學二年級的夏天第一次騎腳踏車。

阿剛那傢伙雖然很胖，但那時候已經會三角騎了。三角騎就是小孩子騎大人的腳踏車時，因為腳碰不到地，所以一隻腳跨過車身中間的三角架，站著踩踏板的騎法。

阿剛的阿公送他一輛嶄新的腳踏車當作生日禮物時，我也向媽媽央求，但媽媽只會數落我，根本不當一回事。

「為什麼要騎那種危險的東西？」

「一點都不危險。」我反駁道：「而且哥哥不是也有腳踏車嗎？」

「小默已經是中學生了，小雲，你還是小學生。」

「爸爸！你買腳踏車給我啦。」

「嗯？」爸爸正坐在餐桌旁喝咖啡，在回答時繼續看著手上的報紙。雖然才早上七點半，他已經穿好西裝，繫好領帶了。「反正你要聽媽媽的話。」

我看向正坐在爸爸身旁吃吐司的哥哥。

「我知道你在想什麼，」小默先發制人。「不行，你忘了這件事。」
「我什麼都沒說。」
「不、行。」
「為什麼？你的腳踏車借我練習一下有什麼關係！」
「你別做夢了。」哥哥把吐司塞進嘴裡後，抓起書包，用力打我的頭。「你這個白痴，不趕快出門就要遲到了。」
「小默，不要說粗話！」媽媽對著衝出家門的哥哥吼道。「今天放學就直接回家，不要到處亂跑！」
我咂著嘴。
「那這麼辦。」爸爸折起報紙對我說。「這次的期末考試，如果你考到第一名，爸爸可以考慮。」
「真的嗎？」
「嗯，所以你要好好用功。」
我從那天開始，就開始廢寢忘食地刻苦用功。雖然我原本成績就不錯，但隔壁班有一個競爭對手。二年甲班的他叫陶杰森，上小學之後，每次考試在走廊上貼出的前二十名中，他都榜上有名。通常都是前五名，有時候也會在我前面。
一九七九年六月。

像一座山一樣擋在暑假前的期末考試折磨著全臺灣的所有學生。那時候剛好發生了黑心油事件。彰化縣一家公司製造的食用油含有名為多氯聯苯的化學物質，民眾在食用後導致皮膚變色，長出黑色青春痘，甚至生下了黑色的嬰兒。雖然社會上有很多人比我過得更慘，但對我來說，腳踏車才是大問題。

結果，我並沒有達到目的。雖然我努力苦讀，但以兩分之差被人搶走了第一名。看到貼在走廊上的成績排名表時忍不住愕然，痛恨陶杰森，也憎恨爸爸。放暑假後，我也像一座小型活火山，整天都很生氣。

我想學會騎腳踏車，幾乎每天都去阿剛家，但腳踏車是阿剛的，我不可能隨便推出去騎。我主動去牛肉麵店幫忙，很有耐心地等待時機。除此以外，我還能怎麼做？洞悉一切的阿宏有時候調侃我：

「小雲，你爸爸還不肯幫你買腳踏車嗎？腳踏車很棒喔，想去哪裡就可以去哪裡。」

這時，煮麵煮得滿頭大汗的阿剛媽媽就會挖苦老公：

「你這個王八蛋，照理說該由你買腳踏車給阿剛！阿剛的阿公，我爸爸說：『如果有人可以讓阿宏花錢買腳踏車，那個人就有本事讓國家預算通過』。」

「嘿嘿，那個老頭說得真有道理。」

「唉，真是太沒出息了！」

穿著白色背心、短褲的阿剛斜眼看著父母，一臉無趣地把麵端給客人。有時候客人調侃他長得胖，他總是毫不客氣地頂回去。

「我說阿剛，你吃得那麼胖，是有什麼好處嗎？你看看你的肚子！」

「至少不會被綁架，」讀小學二年級的阿剛說：「叔叔，你就閉嘴趕快吃吧，別忘了是誰幫你端的麵。只要我願意，可以幫你在麵裡加很多意想不到的料。」

於是，調侃阿剛的人就很後悔，其他客人哄堂大笑。

「小雲！那個客人點了兩碗牛肉麵，三個小菜，還有一瓶啤酒。」

我的工作就是聽到這些點餐內容後，對阿剛的母親大聲說出總計金額。除此以外，還要負責照顧還在讀幼兒園的達達。達達的頭上有三個旋，所以脾氣特別差，如果沒有人陪他玩，就會開始鬧彆扭，把蠟筆和橡皮擦吃進肚子。

阿剛一直不肯借腳踏車給我。這也難怪，因為如果讓我騎他的新腳踏車，應該很快就會摔得破破爛爛。換成我是阿剛，也不想借給別人，但這並不代表我不恨阿剛。總之，每次當他得意地在我面前騎腳踏車時，我都要費好大的力氣，才能克制自己想要揍他的衝動。

在暑假已經過了一半的某個雨後的下午，終於有了千載難逢的好機會。

那天，牛肉麵店裡沒有人。阿剛好像跟著阿宏一起去採買香辛料了，但這並不重要。總之，午餐時段結束，晚餐時段還沒開始的下午，阿剛的媽媽和達達一起去二樓睡午覺。

空無一人的昏暗店內，只有電風扇嘎答嘎答地搖著頭，我聽著鍋子裡煮東西的聲音，然後走進了廚房，推開了通往後院的紗窗。

阿剛的藍色腳踏車就放在圍住後院的鐵皮圍牆上。鐵皮圍牆上挖了一個可以出入的小門，從裡面鎖住。事到如今，不是腳踏車存，就是我亡。我幾乎抱著赴死的決心打開了鎖，打開了小門，輕輕把腳踏車推了出去。

小門外就是延平南路，小南門就在附近。沿著延平南路走一小段路，阿九的水果車被雨淋濕的車身在陽光下閃閃發亮。我看了看馬路左側，又看了看右側，猶豫了一下，騎上腳踏車。因為整天看到阿剛輕鬆自如地騎腳踏車，所以我太輕視腳踏車了，以為只要坐上座墊，腳踏車就會自己動起來。

我兩腳一放在踏板上，就像墜入地獄般跌倒了。

我難以相信眼前發生的事。不不不，這一定有什麼問題。我調整心情後又試了一次，結果還是一樣。我受到很大的打擊，完全沒想到腳踏車這麼不聽話。當我第三次跌倒時，覺得腳踏車變成了其他的東西，比方說是美國牛仔騎的野馬。

「幹……我絕對不相信阿剛會騎，我卻不會騎。」

我絞盡腦汁思考自己可以做什麼，然後發現自己無能為力，只能央求哥哥教我騎。我下定決心，推著阿剛的腳踏車沿著延平南路往前走。

這是錯誤的第一步。

如果我沒有在那裡遇到胖子，就不會被哪個壞蛋偷走腳踏車，也不可能因為這個原因和阿剛打架。

但是，老天爺在一九七九年八月的最後一個星期三，把胖子放在我面前，簡直就像在象棋「兵」的前方放了「馬」。仔細想一想，發現我很討厭「馬」的奇怪走法。「馬」不像「車」那樣勇往直前，也不像「砲」那樣飛天擊破敵軍，我以前就很懷疑只能在「日」字的對角線上移動的「馬」的存在，到底有什麼意義。

胖子也一樣，既沒有「車」的直接，也不像「砲」那麼乾脆，總是像「馬」一樣死皮賴臉地糾纏不清。

「啊喲，這不是小雲嗎？」他光著上半身，穿了一條短褲，在馬路對面叫住了我。「你來得剛好，你過來一下」。

我忍不住咂嘴。胖子的「剛好」從來不是小孩子的「剛好」。老實說，對胖子有利的事，全都建立在犧牲小孩子的基礎上。

「你在磨蹭什麼？大人叫你，你就趕快過來啊。」

對方是大人，我只能乖乖聽話。

「這輛腳踏車是你的嗎？」

「啊？不，呃……」

「我之前看過阿剛騎和你一樣的腳踏車，算了，這不重要。你幫我去辦點事，你騎腳踏車去南門市場幫我買豬肉，買半斤瘦肉。」

「你在說什麼啊，」我對他說：「南門市場兩個月前就搬走了，好像搬去南海路還是哪裡，反正已經搬走了。」

「真的嗎？不在廣州街了嗎？」

「你是大人，連這種事都不知道？我還有事，那就先走了。」

「等一下。」胖子按住腳踏車。「那你去阿九那裡幫我買半個西瓜回來。」

「啊？」

「我媽在家裡打麻將，老人家說要吃西瓜，來！」胖子說完，把一百元塞到我手裡。「你騎腳踏車的話，不是馬上就到了嗎？」

即使打死我，我也不想說自己還不會騎腳踏車，只能用可憐的語氣對他說，騎腳踏車沒辦法拿西瓜。

「那我幫你看腳踏車。」

「不，但是……」

「快去！」他一巴掌打我的頭。「我很忙，和你們這些小鬼不一樣。」

接下來的事就不用說了。

當我上氣不接下氣地抱著西瓜回來時，胖子和腳踏車連影子都不見了。我不知所措，只好先把西瓜抱去胖子家。胖子的媽媽謝奶奶叼著菸接過西瓜後，轉告了胖子交代的話。

「他說你的腳踏車停在外面。」

「胖子叔叔呢？」

「他出門了。」

我剛從外面進來，沒看到腳踏車。我這麼告訴謝奶奶，她把菸一吐，對我說：

「你跟我說也沒用啊！」

蟬鳴聲吵死人。

烈日把我的思考也燒焦了。如果這裡不是臺北，而是其他地方，或許有可能找到腳踏車，但這裡是臺北，無法期待任何奇蹟。我無精打采地走回家裡，在暑假結束之前，絕對不靠近阿剛家一步。

在我讀幼兒園之前，媽媽就要我背〈朱子治家格言〉。朱用純是明朝末期的學者，〈朱子治家格言〉是他的家訓。雖然我完全不懂別人家的家訓和我有什麼關係。

總之，〈朱子治家格言〉中有這樣一句話。

善欲人見不是真善，
惡恐人知便是大惡。

這兩句話的意思是，為了讓別人知道而行善，並不是真正的善；怕別人知道的惡便是大惡。

按照這句話，我做的事是大惡。雖然我整天都擔心阿剛早晚會知道，但該來的還是躲不掉。

升上小學三年級的九月第一天，阿剛在新教室門口等我。他抓住我的書包，一句話也沒說，就把我拉去司令臺後方。因為周圍種了棕櫚樹，所以那裡有點像祕密基地。南山國小和南山國中在一起，共用同一個操場和司令臺。

「王八蛋！」阿剛用力推我。「如果你敢說謊，我就打你十倍。」

「等一下……阿剛，怎麼了？你為什麼生氣？」

現在回想起來，我挨揍是活該。換成我是阿剛，也會痛扁我這種滿口謊言的人。話是這麼說，但被別人打了，任何人都會打回去。我們扭打在一起，又打又踹，日積月累的不滿和牢騷也和鼻血一起流了出來。當我一巴掌打在阿剛臉上時，看到幾個女生躲在棕櫚樹後方。

「阿剛，別打了！被人看到了，老師馬上就來了！」

「你給我閉嘴！」阿剛火冒三丈。「你這個死小偷！」

「被人看到了……真的被人看到了！」

我抓著像野豬一樣衝過來的阿剛，又抱在一起扭打著。挨了幾拳之後，就覺得什麼都無所謂了。我和阿剛輪流騎在對方身上，揮著拳頭相互傷害，直到戴著軍帽的教官把我們拉開。

「都是他的錯！」阿剛咆哮著。「你這個小偷！騙子！」

「他冤枉我！」我對教官說。「這個胖子突然打我！」

教官的拳頭平均落在我們的腦袋上，把我們帶去辦公室，要我們立正站好，把我們狠狠教訓了一頓。

「今天才剛開學，你們就打架。」教官輪流指著我們。「你們還真有膽量。這麼想打架嗎？好啊，你們就在這裡打給我看。」

我低著頭，阿剛一把抓住我胸口，所以他又挨了教官一拳。我在心裡偷笑。

「你這個小太保，還真的打嗎？要不要我拿菜刀給你？我要通知你們家長，在家長來接你們之前，兩個人都去走廊上半蹲！」

這是我有生以來第一次承受這種屈辱。

我們承受著奇恥大辱，女生偷笑著從我們面前跑過去，有些男生閒著無聊，跑過來說「要蹲低點」、「手要伸直」。

「幹！全都怪你。」

「阿剛，你誤會了。我要怎麼解釋，你才相信呢？」

「我絕對不原諒你。」

「我的確沒向你打招呼，就把腳踏車借走，但那是——」

「看吧！我就知道是你！」

「你聽我說，我為沒有向你打招呼就借走腳踏車道歉，但那是因為謝家的胖子——」

「誰在說話！」教官大聲喝斥。「啊喲，你們倒是聊得很開心嘛。說太多話，是不是口渴？要不要我倒杯茶給你們？你們這兩個笨蛋，給我蹲低點！手伸直！我再看到你們說話，就絕不饒你們！」

我們只能乖乖聽話。

正當我們在沉默中半蹲得膝蓋發抖時，一個身穿米色洋裝的漂亮女人，和一個個子矮小的男生從辦公室走出來。瘦瘦高高的校長也跟著他們一起走出來，校長瞥了我們一眼，就像發現了害蟲一樣咂著嘴。

「校長，」女人轉過頭。「情況就是這樣，請你多關照。」

「不用擔心，經常遇到這種事。陶杰森……喔，以後就是沈杰森了。沈杰森成績很好，品行也沒問題。新學年剛開始，我會請老師趕快在第一堂課之前換好名冊。」

「麻煩校長了。」

「沈同學也要趕快適應新名字。」

聽到校長這麼說時，我們才發現那個學生是陶杰森。在小二最後一次期末考時，他的成績超越我成為第一名。就是他害我沒有得到腳踏車的獎品，才會害阿剛的腳踏車被偷。

「你不用擔心，」校長鄭重其事地說。「升上三年級後，也要像以前一樣好好讀書。」

他們母子向校長鞠躬。

沿著走廊離去時，陶杰森一直看著我們，臉上露出納悶的表情。雖然他個子矮小，但皮膚晒得很黑，把水藍色的制服襯托得格外鮮明。他的眼睛看起來就很機靈。

「王八蛋，看屁啊！」阿剛罵他。「有什麼好看的。」

陶杰森不為所動，似乎在看我繡在制服上的名字。

「你就是鍾詩雲？」

「…………」

「公布成績時，你的名字經常上榜吧。」

「那又怎麼樣？」

「你們打架嗎？」

「關你屁事。」阿剛說。「王八蛋，快給我滾。」

「的確不關我的事。」

他聳了聳肩膀，沿著走廊跑去追他媽媽。

「喂，阿剛，」我看著那對母子的背影問。「你認識剛才那個人嗎？」

「不要跟我說話。」

「他是二年甲班的陶杰森。」

「我要跟你絕交。」

「但剛才校長叫他沈杰森，這是怎麼回事？」

「就是改姓了啊。」

「為什麼會改姓？」

「應該是偷了別人腳踏車被發現了吧，你不趕快去改名字，警察也會來抓你。」

「我說了，那是胖子——」

我們的腦袋被黑色點名簿各打了一下。校長不知道什麼時候站在那裡，一臉鐵青地看著我們。

我和阿剛蹲了下來，伸直手臂。

我思考著改姓這件事。我雖然叫鍾詩雲，但想像自己變成了王詩雲、張詩雲或李詩雲，但無法順利想像。因為我是鍾詩雲，不可能是王詩雲、張詩雲或是李詩雲，如果我必須變成王詩雲、張詩雲或是李詩雲，那一定是一件很大的事，所以我猜想陶杰森應該發生了什麼重大的事。

「你不要以為就這樣算了。」阿剛斜眼瞄著走進辦公室的校長，又說了起來。「等一下再來收拾你。」

我轉了一下眼珠子。

那是我們升上小學三年級第一天發生的事。

尾聲

孤獨獅出版社的查爾斯・卡薩雷斯總編羅列了我文稿中的一百個缺點之後，安慰我說：

「只要你認真寫，這本書一定可以在全美引起轟動。雖然還有很長一段路，但是杰森，這樣的結局完全不行。」

「什麼意思？」

「最後一幕怎麼可以在臺灣呢？」

「為什麼？」

「因為對你和布袋狼來說，臺灣是充滿回憶的地方，也就是說，你想要用你們的美麗回憶來為這本書畫下句點。」

我換腳翹起二郎腿。

查爾斯・卡薩雷斯和三個夥伴一起成立了孤獨獅這家小出版社，他們四個人都很喜歡巴布・馬利，所以就為出版社取了這個名字。卡薩雷斯總編坐在辦公桌前，雷鬼風格的衣索比亞式色彩毛線帽下是辮子頭的腦袋，穿著絞染的迷幻效果幾何圖案T恤。但這裡是美國，不能以貌取人，在酒吧外爛醉如泥，看起來有點髒的人搞不好就是比利・喬。最好的證明，就是這家出版社至今為止積極出版了加勒比海的作家，也就是克里奧爾人所寫的書，以及幾本歌頌大麻的書。

我在艾利斯・哈薩威的建議下，把自己寫的文稿拿來這家出版社。艾利斯說，這家出版社應該對我這個來自臺灣，甚至不是作家的人寫的廢文有興趣。

「雖然只是初稿，但目前的狀態也可以讓美國讀者瞭解布袋狼的真面目，他的確是怪獸，但是我覺得導致他崩潰的最大理由，該怎麼說……是他的義氣。我雖然來自多明尼加，但我覺得臺灣和中南美很相像，尤其是用占卜來決定殺人那一段，我看了也忍不住發毛。」

我攤開雙手，催促他趕快進入問題的核心。

「總而言之，」卡薩雷斯總編清了清嗓子。「如果你想把這本書獻給遭到布袋狼殺害的那些孩子的家屬……如果你真的這麼想，結局應該是布袋狼執行死刑的那一幕，被害人家屬想看的是殺人魔的悔悟，杰森，他們並不想看你們青春時代的回憶。」

我立刻對出版這件事失去了興趣。

「這本書必須賣得出去。」

言之有理。

「如果你希望版稅全數捐給家屬，書的內容就必須更加顧慮到家屬的心情。」

你說得對。

「這是你的書。」雷鬼總編起身向我伸出手。「但你好好考慮一下我的建議。」

隨便啦。我帶著這種心情和他握了手，走出了出版社所在的住商大樓。

第十四街上冷冷清清，雖然還不到中午，但整條街好像在春天的陽光下打瞌睡。一群人圍在停在椰子樹下的一輛很有加州風味的廂型車周圍，艾利斯・哈薩威開的豐田車從廂型車後方慢慢駛來。

「你能相信嗎？那些人搶著買一杯十二美元的啤酒。」戴著墨鏡的艾利斯為我推開了副駕駛座的門。「搞不好不久之後，就會有人說啤酒是貴族才能喝的飲料。」

我坐上了車。

「杰，情況怎麼樣？有可能出版嗎？」

「他說結局完全不行。」

「什麼！那個結局不是很棒嗎？」後方的車子按著喇叭催促，艾利斯大聲喊著：「好啦，好啦，你是老大」，把車子開了出去。「孤獨獅真是搞不清楚狀況，你不必放在心上，洛杉磯並不是只有這一家出版社，一定有出版社願意用你目前的稿子出版。」

「即使沒有，我也無所謂。」我戴上墨鏡。「艾利斯，你說實話，我寫的文章真的那麼差嗎？」

「你別問我，我不想傷害你。」

「好吧，這件事就到此為止。」

「問題並不在於能不能出版，」艾利斯說。「最重要的是，你要放下那個案子。」

「別再說了。」

「ＯＫ。」

「午餐去那家店吃吧，剛開張時的熱鬧應該已經告一段落了。」

「ＯＫ。」

「臺灣的牛肉麵很好吃。」

「但為什麼叫老大哥牛肉麵？老大哥聽起來就像是歐威爾的《一九八四》，吃麵的時候一定會覺得有人在監視，沒有人告訴他嗎？」

「你可別當著他的面說這種話，這個店名充滿了他對死去的弟弟的回憶。」

「但這也太——」

「這可是我兄弟在美國開的第一家店。」

「而且你一手包辦了所有法律相關的事宜，ＯＫ，我不再說了，你是老大。」

喬治·歐威爾的《一九八四》是一部描寫未來監視社會的科幻小說，故事中，所有的一切都按照老大哥的意志進行。主人翁是一個公務員，愛上了女同事，躲避了老大哥的監視幽會，最後遭到可怕的嚴刑拷打，精神崩潰。

「你怎麼了？」

我把頭轉向窗外。

「杰，你怎麼了？有話就說，這樣讓人很不舒服。」

「我想起了《一九八四》這本書，」我對他說：「有一句話我一直無法理解，但現在覺得好像懂了。」

「喔？是哪一句話？」

「我忘了前後文，應該是『正常與否，並不是統計上的問題』。」

艾利斯沉默不語，專心開車，然後用力點了點頭。

「嗯，沒錯，他說得對，不愧是歐威爾大師。」

我們沿著聖塔莫尼卡海岸行駛。

椰子樹葉在豔陽下隨著海風搖曳，雖然加州的風景有點不真實，有點感傷，但這應該是我仍然用統計的觀點看待事物的關係。

我在這三年期間，也許就是努力不用統計的觀點來判斷小雲，我不知道自己有沒有成功，但在最後一次面會時，我看到的他很平靜，如果可以實話實說，不必擔心會招致誤會，我覺得他很滿足。

在底特律見到小雲後，我實現了他的心願，也就是把他移送至有死刑的賓州。

在二〇一九年五月十九日正午執行死刑前的將近三年時間，我幾乎每兩個月就去賓州一次。在一審判處死刑後，小雲沒有上訴，接受了判決，所以我們在面會時，幾乎都在聊以前的事。

雖然小雲有時候會發作，根本無法聊往事，但他清楚記得腦袋受傷之前的事。我和艾利斯・哈薩威一致認為，他在十四歲時陷入昏睡，之前的記憶就像在雪山遇難的人的屍體一樣保存完好。

每次面會時，我都會寫下小雲告訴我的故事，但並不是為了給別人看，只是想為自己記錄下來，也許就像是拍照的感覺，想用某種方式留下早晚會離開這個世界的小雲。

有一天，當我下班回家時，發現艾利斯對著我寫的好幾本筆記流淚。雖然我應該為他侵犯我的隱私生氣，但我感到困惑，所以沒有生氣，反而安慰他。艾利斯哭著對我說，他覺得終於瞭解了真正的我，還說小雲應該是我的初戀對象。

「不是你想的那樣，」我當下否定。「我和小雲不是那種關係。」

「就是那樣，」艾利斯說：「你藉由記錄和他共度的日子，重新走過自己的少年時代。」

「我只是……」

「如果布袋狼不是小雲，而是那個胖子，你也會寫嗎？」

我無言以對。

最後一次見面時，我問小雲：

「你希望我陪你嗎？」

穿著橘色囚衣的小雲抬頭看著鐵窗外的春日天空片刻，聽到了小鳥的啼叫聲，然後，他靜靜地搖了搖頭。

「真的嗎？你沒有勉強自己嗎？」

「有一個看守對我很好，大家都叫他巴弟。他人真的很好，只是有一個缺點。」

「什麼缺點？」

「他的口臭很嚴重。」

「啊？」

「有時候，我覺得嚴重的口臭是巴弟人格的一部分。」

「小雲，你想說什麼？」

「沒特別想說什麼，」他說。「只是覺得巴弟很不錯。」

那一天，小雲心情很平靜，也很久沒有發作了。在死刑執行的日子確定之後，他一直都是這種狀態，他的眼中有一種宛如即將報廢的機器所展現的清晰。

他獨自離開了。

他被綁在桌上，手臂上紮著導管，用三劑注射的方式將毒劑注入他的體內。首先用麻醉劑讓他昏迷，然後再注射肌肉鬆弛劑讓他停止呼吸，最後再注射氯化鉀溶液，讓他心臟停止跳動。

僅此而已。

任何人都不希望別人從統計的角度看待自己，小雲也一樣。正如巴弟的嚴重口臭和巴弟的善良毫無關係，小雲應該也希望切割布袋狼這個殺人凶手和我兒時玩伴的關係。

「杰，你還在想這件事吧？」

「即使書出版了，也無法贖罪。」我重新戴好墨鏡。「即使把少得可憐的版稅交給家屬，也無法改變任何事。既然這樣，我到底在幹什麼。」

「即使這樣，你仍然繼續寫下和他之間的回憶，然後尋找願意出版這些內容的出版社。」

「…………」

「就是這樣，為了逃避某件事，專心做另一件事，用這種方法一步一步離開那件事。」

「只有這種方法嗎？」

「嗯，只有這種方法。」艾利斯想了一下，改變語氣說：「好，那我們去買夏威夷衫。」

「為什麼突然想到這件事？」

「我上次在電視上看到，夏威夷衫是以前移民到夏威夷的日本人在貧窮艱困的生活中創造的。他們沒有沮喪地詛咒自己的命運，而是笑著把艱困的現實變成了夏威夷衫，所以夏威夷衫很偉大，我們去買吧。」

「任何事都可以有不同的說法。」

我稍微打開車窗，帶著潮水味的涼風吹進車內。艾利斯大叫他頭髮吹亂了，趕快關上車窗。

有朝一日，和小雲之間的回憶，也會像夏威夷衫一樣，成為我人生熱鬧的點綴嗎？果真如此的話，我相信一定會有牛肉麵、關帝、紅色筊杯、蛇、冷星和耐吉球鞋的圖案。沒錯，會有一九八四年，我們生活中的所有一切。

《一九八四》。我忍不住想，也許歐威爾和我們一樣，也對一九八四年有特別的情感。然後我想起當初送給我這本書的人。那時候，我讀中學，他是大學生。

一九八四年。

那一年，我們十三歲。我清楚記得那一年，阿剛家的榕樹特別茂密。

逆思流

我殺的人與殺我的人

（原名：僕が殺した人と僕を殺した人）

作者／東山彰良　譯者／王蘊潔
發行人／黃鎮隆　副總經理／陳君平
總編輯／洪琇菁　國際版權／黃令歡
執行編輯／呂尚燁　美術編輯／方品舒
企劃宣傳／邱小祐
發行／英屬蓋曼群島商家庭傳媒股份有限公司城邦分公司　尖端出版
台北市中山區民生東路二段一四一號十樓
電話：（〇二）二五〇〇－七六〇〇（代表號）
傳真：（〇二）二五〇〇－一九七九
中彰投以北經銷（含宜花東）／楨彥有限公司
電話：（〇二）八九一九－三三六九
傳真：（〇二）八九一四－五五二四
雲嘉經銷／威信圖書有限公司　嘉義公司
電話：（〇五）二三三－三八五二
傳真：（〇五）二三三－三八六三
客服專線：〇八〇〇－〇二八－〇二八
南部經銷／威信圖書有限公司　高雄公司
電話：（〇七）三七三－〇〇七九
傳真：（〇七）三七三－〇〇八七
香港總經銷／城邦（香港）出版集團有限公司
香港灣仔駱克道193號東超商業中心1樓
電話：（八五二）二五〇八－六二三一
傳真：（八五二）二五七八－九三三七
E-mail：hkcite@biznetvigator.com
馬新經銷／城邦（馬新）出版集團　Cite(M)Sdn.Bhd.
E-mail：Cite@cite.com.my
法律顧問／王子文律師　元禾法律事務所
台北市羅斯福路三段三十七號十五樓
二〇一九年二月一版一刷

■中文版■

郵購注意事項：
1. 填妥劃撥單資料：帳號：50003021戶名：英屬蓋曼群島商家庭傳媒(股)公司城邦分公司。2. 通信欄內註明訂購書名與冊數。3. 劃撥金額低於500元，請加附掛號郵資50元。如劃撥日起 10～14日，仍未收到書時，請洽劃撥組。劃撥專線TEL：(03) 312-4212 ・ FAX：(03) 322-4621。E-mail：marketing@spp.com.tw

國家圖書館出版品預行編目資料

我殺的人與殺我的人 / 東山彰良 著 ; 王蘊潔 譯. --1版.
--臺北市：尖端出版, 2019.02 面 ; 公分.--(逆思流)
譯自:僕が殺した人と僕を殺した人
ISBN 978-957-10-8311-7(平裝)

861.57 107011939